JN075925
9S
ナインエス
true side
XIII
葉山　透　イラスト◆増田メグミ
Tohru Hayama　Megumi Masuda

05 true side

Contents

デザイン◎鈴木 亨

9S ナインエス true side

The Security System that Seals the Savage Science Smartly by its Supreme Sagacity and Strength.

禍神の血は最強の暗殺者。

だからなんだ。

鳴神尊を抜く者は絶対的な強者。

だからなんだ。

誰かの目的のために作られた存在。

だからなんだ。

己の心も、魂までも、

誰かに作られたとでも

いうつもりか。

自分の存在意義はなんだ。

由宇が見つめる、その瞳に映る自分は、

いったいなんのために

この少女の前に存在している?

OS
The Security System that Seals the Savage
Science Smartly by its Supreme
Sagacity and Strength.

ナインエス 9S true side XIII

The Security System that Seals the Savage Science Smartly by its Supreme Sagacity and Strength.

ああ、なるほど君の意見はもっともだがね。
あの娘が本気を出せば私を凌駕(りょうが)することなどたやすいだろう。
だから常識という枷(かせ)をはめて、私と娘はようやくイーブンなのだよ。

ある科学者が友人に語った言葉

プロローグ

男は上機嫌に口笛を吹きながらあるものの周囲を回っている。男が見ているのは液体で満たされたシリンダー状のガラスケース。その中に浮いているのは一体の人間の胎児だ。

「おまえさんの気の抜けた口笛はなんとかならねえのか？　調子がくるってしょうがねえ」

真目不坐は口笛を吹く男と胎児という組み合わせに顔をしかめるしかない。

「で、どうなんだ？　こいつは成功しそうなのか？」

不坐がガラスケースを叩くと、中の胎児がわずかに動いた。

「順調に成長している。これまでの禍神の血の継承者とは比べものにならないほど、強力になっている。強化された要因は三つ。一つは君と君の妹の血を引いていること。血の濃さは何よりも重要だ」

「競走馬やレース鳩で言うインブリード、近親交配ってやつだな。これくらいなら俺だって思いつく」

「ただの近親交配ではない。虚弱に生まれる要因は消してある」

「ああ、わかったわかった。しかしぞっとしねえな。体外受精とはいえ、俺と妹の子なんてよ。だまくらかして卵子採取したからな。もう口もきいてくれねえ」

ああやだやだと、不坐は首を振った。

「君の家庭の事情には興味がない。禍神の血とやらを強くする二つ目の要素は、脳の成長の促進だ」

「賢い子が生まれるのか。それはいいな」

「いやいや、脳の成長と知性の高さは無関係だ。禍神の血は脳に特定の血の流れがある。その流れをスムーズにする。胎児の頃から常に流れるようにしている」

「常に血が発動している状態にするってのか？」

「これから先流れない時間が十年以上続く。胎児のときに慣らしておく必要がある」

回答にひっかかるものを感じた不坐は、目の前のマッドサイエンティストに詰め寄った。

「流れない時間が続くってのはどういうことだ？　そりゃ赤ん坊の頃はさすがに無理だが、物心ついた頃には鳴神尊握らせて、慣れさせるもんだ」

「私の方法は違う」

「そんな話聞いてねえぞ」

「話していないのだから聞いていないのは当然だろう」

目を見開いて何を言っているのだと言わんばかりだ。

　こいつは思った以上に話が通じそうにない。不坐がのちに世界を狂騒におとしいれるマッドサイエンティストに対し危機感を抱いたのはこのときが最初だった。

「これは三つ目の方法論に関わる問題だ」

「……聞かせてもらおうじゃねえか」

「禍神の血の力を高める三つ目の方法。これこそが最大の要素なんだが」

「なんだ？」

「かりそめの人格を植え付ける。強制的な二重人格と言ってもいいだろう」

　不坐は怪訝な顔で顎をなでた。

「今までの継承者と何が違うんだ？　鳴神尊を抜いて禍神の血が発動すれば、人格は変わるぞ」

「本来の人格を徹底的に世の中から隔離する。世間的常識に触れさせる真似はしない。そのため長く眠ってもらう必要がある」

　ここで二つ目の手段の理由がでてきた。

「殺戮人格にもとから常識なんてものはねえだろう？」

「ある。真目蛟の言動を観察してわかったことだが、裏の人格と呼ばれるものも意外と常識を持ち合わせていた。常識という枠組みは異能の力と相反する。世界の外側にはみ出る力なのに、世界の枠組みに収まっていてはだめだろう」

「……なるほどなあ」

直感で理屈は正しいと悟った。永く真目家は禍神の血を継承してきたが、そんな発想をする人間は一人もいなかった。それを天才科学者はたった二年で到達した。予想以上の才覚だ。しかし同時に一つ懸念が生まれる。このいかれた科学者を御するのは困難だろう。下手をすると真目家の屋台骨を揺るがすほどのことをしかねない。

──いずれ殺す必要がありそうだな。

しかしギリギリまでその才覚は真目家に役立ててもらう、その時期の見極めは自分、真目不坐の仕事だ。

「だが完全に封じてしまうといつまでも赤ん坊のままだ。ある程度の認識能力は共有しなければならないだろう。この被検体は……」

そのとき、ひたひたとこの場に不釣り合いな音が響いた。それが硬い床を歩く裸足の足音だと不坐が気づいたのと同時に男──峰島勇が話すのをやめた。普段はどんな状況でもおかまいなしに話を続ける男が、誰かの足音に話すのをやめるのは驚きでしかなかった。

「あぁ、ここにいたぁ」

のんびりとした穏やかな口調で近づいてきたのは、息を呑むほど美しい妙齢の女性だ。その美貌に不坐は再び驚くことになる。完璧という言葉はこのためにあるのではないかというくらい整った顔立ち、白くなめらかな肌、さらさらという音が聞こえてきそうな美しい長い黒髪。

鼻歌を歌いながら研究所の冷たい床を裸足のままくるくると回っている。腰まである長い髪がそのたびに彼女の美しさをたたえるかのように波打つ。しかしさほど広くない場所でそんな行動に出れば危ないのは明白だ。案の定、床に張り巡らされているケーブルの一つにつまずいて転びそうになった。

峰島勇が慌てて女性の身体を支えて事なきを得た。その行動は三度目の驚きだ。

「あれぇ？　このヘビちゃんたち、踏んじゃった。痛い？　ごめんね」

子供のような笑顔で笑う。無邪気といえば聞こえはいいが、何かが足りない危うさがあった。

「身重なんだからもっと慎重になれ」

他人を心配する言葉に驚き、妊娠していることにも驚いた。たたみかけるような驚きの連続に、不坐はしばし言葉を失った。

不坐の驚愕をよそに身重の女性は子供が浮かんでいる培養液ケースの前に足を運ぶ。

「わあ……」

女性は悲鳴をあげるどころか、目を丸くして興味深そうに見ていた。

「この子、ずっと息を止めて泳いでるの？」

言っていることは見当外れで、状況を正しく理解しているとは思えなかった。

「私もやってみようかな。せえの……」

女性は息を大きく吸い込み頬を膨らませて呼吸を止めたが、三十秒ももたなかった。

「ぷはっ、無理！　この子すごい！」

手を叩いて喜んでいる。どう見ても成人女性だが、言動は幼稚園児と比べても幼い。

「なあ、こんなこと言うのも気が引けるんだけどよ。なんでこんな女と結婚したんだ？　こういっちゃなんだが、頭のネジがかなり緩いだろう」

まともな教育を受けられない知性しかない女性と、世界最高の頭脳の持ち主が夫婦というのがにわかには信じられない。見た目で選んだのかとも思うが、このマッドサイエンティストが女性の容姿を気にするとも思えなかった。

「そうか？　君たちとそう変わらないと思うが。君たちと彼女、どちらも私のやっていることなど理解できないだろう」

「ああ、そうかよ。つまりあんたにしてみればどんぐりの背比べってわけだ。ゴリラとチンパンジーを比べてるようなもんか」

しかし顔をべたっとガラスケースに貼り付けて中の胎児を見ている人間と一緒にされるのは、やはり不本意だった。

「で、そのう、なんだ、お腹にガキがいんのか？　どうなんだ？」

「ああ、妊娠七ヶ月だ」

普通の返事が返ってきた。

「まさか自分の子供も実験に使うのか？」

「いや、子育ては妻に任せる」

「がんばるっ！」

両手のこぶしを握り締め気合いを入れる美女は、ひじをぶつけて涙目になっている。まだ十歳にもならない勝司に任せたほうが何倍もましに思えるし、実際無難にやり遂げるだろう。

――大丈夫かね、ほんと。

不坐の心配は杞憂に終わった。

峰島勇――後の峰島勇次郎の妻は娘を産んですぐに亡くなってしまった。

一章　グラキエス殲滅

1

「やあ、岸田君、久しぶりだね」

巨大なグラキエスの脳のそばに閉じ込められてどれだけ時間が経過したか、ふいに現れ帽子を持ち上げて挨拶をしてきた人物に、岸田博士はしばらく言葉を失っていた。

「……ゆ、勇次郎君」

白いスーツと帽子という姿はあまりにも十年前のままで、夢を見ているのではないかという感覚にとらわれた。

本来は明かりのない洞窟の中だが、かたわらにある巨大なグラキエスの脳がうっすらと発光しているため、かろうじて視界は保たれている。勇次郎の存在は確かにそこにあるのに、まるで陽炎のように存在が乏しかった。

唖然としている岸田博士を気にかけた様子もなく、勇次郎はカツカツと白い革靴の踵を鳴らして歩き、手近に転がっていた古びた椅子に腰をおろし足を組んだ。その立ち居振る舞いは記憶の中の峰島勇次郎そのままで、岸田博士は過去の幻影を見ているのかと思ったほどだ。

「君とこうして言葉を交わすのは十年ぶりか。どうした間の抜けた顔をして？　君もくつろいだらどうだね」

「あ、ああ、そうだったかな」

　何事もなかったかのように話しかけてくる勇次郎に気圧されつつ、言葉通りくつろごうとしたが唯一この場にある椅子に勇次郎が座ってしまったので、しかたなく岩場に座ろうとする。しかし岩はあまりにも冷たくすぐに立ち上がり、結局のところ所在なくその場に立っている羽目になった。

「なんというか、君はいつまでも君だね。体型も相変わらずか」

　どこか呆れたようにそして嬉しそうに勇次郎は語りかけてくる。

「私は変わったよ。十年前の私ではいられなかった。君こそ十年前のままだ。……なぜ変わらずにいられるのか私には解らない。あれだけのことをしでかして、世界を変えてしまい……君の娘は、由宇君は、絶えず君がしでかしたことを背負い一人で苦しんでいる。なのに君は十年前と何も変わらない。なぜそのようにいられる？」

　話しているうちに言葉の調子が強くなる。

「私も変わったさ。君の思うようなところではないかもしれないが。たとえばそうだな、以前ならば脳の黒点をもたない人間には、私の姿は別人に見えていただろうね。顕現するために認識の影響を受けていたのだよ。そんな有様では娘の前に姿を現すわけにもいくまい」

勇次郎の事情の一端が解る。しかしそれは岸田博士の望んだ答えではなかった。そんなものはどうでもよかった。結局のところ、勇次郎自身の事情に過ぎない。

「不満かね？　しかし私に道徳心を求めるのはどうかと思うよ。いまここで自分の罪を悔いて懺悔の一つでもすれば君は満足かね？　そんなもので君は本当に満足するのかね？　いや満足という感情を抱けば、それで良いのかね？」

勇次郎の言葉は本質をついているが、心で割り切れるものではない。たとえるなら殺人鬼に人の気持ちを推し量れと諭されるような理不尽さを感じる。

「勇次郎君、私は人の親としての、当事者としての言葉を聞きたい。いや、私が偉そうなことを言えるわけはない。勇次郎君の技術を不用意に世界に広めたのは私だ。日の目を見ない技術をどうにかしたくて、馬鹿なことをしてしまった。そのことを後悔しなかった日はない。遺産事件と呼ばれるものの根幹の原因は私にある」

「罪滅ぼしにNCT研究所で献身し、由宇の親代わりか」

「そんなことで許されるとは思っていないよ」

「許す許さないの問題ではなかろうよ。君がそうしたいからそうした。そこに善悪を論じても意味はない」

「私は勇次郎君ほど割り切った考え方はできない。私を許さない人間は多いだろう。ロシアで起こった出来事は、元はといえば私の不用意な行動の結果だ。君の技術を公開しなければ、ソ連時代の科学者に発見されることもなく、大勢の人間を不幸にすることもなく、シベリアでこのようなことが起こることもなかった」

勇次郎は肩をすくめた。

「私に懺悔を求めておきながら、自分の懺悔を始めてしまったか。なんというか由宇の内罰的なところは君に似たのではないのかね。実の親より親らしいではないか」

そう言って笑う勇次郎はやはり十年前となにも変わらなかった。自分の技術でどのような事件が起こっても、彼はいっさい気にすることはなかった。科学を発展させる者として、その姿は正しいのかもしれない。科学と道徳の両立は難しい。

岸田博士は何度か深呼吸をして、気持ちを落ち着けることに徹した。勇次郎は座ったまま、口笛を吹きながら岸田博士の次の言葉を待っていた。

「勇次郎君、そもそも君は何をしにここに来たんだ？　あの巨大な脳やグラキエスはやはり君の仕業か？」

最初に問うべきはここだ。これまでのことで言いたいことは無数にあるが、すべてを差し置いていま差し迫っている問題に向かうべきだった。

「そうだね。話すと長くなるから、やはり君のために椅子を用意すべきかな？」

「何を呑気な！　このままでは世界はグラキエスに滅ぼされてしまうぞ！」

勇次郎は鳩が豆鉄砲をくったように目を大きく見開いたかと思うと、すぐに目を細めて身体をのけぞらし笑い出した。

「はははははっ！　これは傑作だ。十年前と変わらないと言って悪かった。岸田君はこの十年で、面白いジョークを言えるようになったのだな。はははははっ！　これは傑作だ。グラキエスで世界が滅ぶ？」

「な、何がおかしい。笑い事ではないっ！」

「これが笑わずにいられるものか。世界が滅ぶ？　く、くく……。まさか君までそのような思い込みをしているとは！」

「まさかグラキエスに世界を滅ぼすほどの力はないというのか？」

「あるとも。何もしなければあと数日で、取り返しのつかないレベルでグラキエスは勢力圏を広げるだろう」

「だったらどうして笑う⁉」

「笑うだろう。君たち人類側にはあの娘がついている」

勇次郎の表情から感情が消える。ただ事実を述べているだけとでもいうように、声色は平坦になった。

「あの娘ならばもうグラキエスの対抗手段を構築している。無慈悲で効率的な手段で、グラキエスなどあっというまに滅ぼしてしまうだろう。私はグラキエスが気の毒でならないよ」

「君はそれでも父親か！　あの子がどれだけ苦労しているか解らな……い……？」

岸田博士の声が途切れたのは勇次郎の様子が変わったからだ。いままでどこか実態が危うい印象だったのが、急に存在感が増した。先ほどまでは手を伸ばしても触れられるかどうか危うかったが、いまは明確な実体をともなっていた。

勇次郎自身も自分の身体を見て感嘆の声を上げていた。

「おお、おおおおお、ついにこのときが来たか。どれだけ待ちわびたことか！」

「何か、君に変化が？」

「ご明察だ。先ほどまでの私はこの世界に干渉できることが少なかった。こうして言葉を交わす程度が精一杯。物理的干渉は不可能だった。幻のようなものだ。しかし私をこの現実につなげてくれるバイパス役の坂上闘真君が、より強い結びつきを作ってくれた」

勇次郎が歩く。その先にあるものを岸田博士は知っていた。グラキエスの中でも一番異質な存在。人の脳を模した巨大なグラキエスだ。

「より禍神の血を使いこなし、さらに鳴神尊を使いこなした。まさに理想的なタイミングで、彼は私の役に立ってくれたよ。これは坂上闘真君だけではなく娘にも感謝しなくては。よくぞあそこで壊れる寸前に引き留めてくれた。なるほど、これが親孝行というものか」

勇次郎が何を言っているのか解らない。しかし好ましくないことが最悪のタイミングで起こったことだけは察することができた。

「さて準備は整った。あの娘がグラキエスを滅ぼしてしまう前に、私はやるべきことをすませてしまいたいのだよ。その時がようやくきたようだ」

上機嫌に口笛を吹く勇次郎の手のひらがグラキエスの脳の表面に触れると、呼応するように巨大な脳が震えたように見えた。

2

ロシア、クラスノヤルスク地方、旧ツァーリ研究局跡に建つ前線基地に不似合いな瀟洒な一室で立ち尽くす三人がいる。

沈黙を破ったのは鳴神尊を鞘に収める鈍い金属音だった。

由宇がマジマジと壊れかけた鳴神尊を見る。先ほどまで得体の知れない力の奔流のようなものを感じた。しかしいまはその片鱗も感じることができず、ただの錆びかけた小刀に戻っていた。

「さすがに俺も疲れた。あとはあいつに任せるから……」

闘真の声が弱々しくなる。

鳴神尊を完全に鞘に収めた闘真の身体が、いまにも倒れそうなほどにかしいだ。由宇が慌てて支えようとしたが、寸前のところで闘真はふんばった。
「僕なら大丈夫、一人で立てるよ」
由宇の手をとろうとした闘真の手から鳴神尊が落ちた。分厚い絨毯の上に弾むこともなく
そのまま落ちた小刀を拾ったのは不坐だ。
壊された封印を乱暴に投げ捨てると、再び闘真に投げよこした。不坐は忌々しそうに闘真の
頭部を指さす。
「闘真は完全に開いちまった。完全に目覚めた。言ってる意味はわかるよな？　あのマッドサ
イエンティストの通り道ができちまったぞ。また比良見と同じようなことが起きるかもしれね
え、それでいいのかお嬢ちゃんは」
「……待てよ、親父！」
比良見は由宇の深いトラウマの一つだ。その傷を容赦なく再び突いて来ようとする不坐から
守ろうと前に立ちはだかる闘真の肩を由宇は軽く叩いた。振り向くと由宇は意外にも笑顔を見
せる。
「大丈夫だ闘真」
その微笑みを見て、由宇の言葉を思い出した。
──私は私の枷をとる。遺産技術を使うことをよしとした。闘真、君は何を選択する？
由宇は確かに選択をしたのだろう。最後に会ったのはフォーツーポイント上のサルベージ船

で別れたときだ。あのときの由宇は闘真の力に怯え、恐れ、不坐から放たれた言葉に、見たこともないほど動揺していた。

由宇の泣いている背を見て闘真は不坐と真正面から対峙することを決心し、不坐のもとで自分というものの正体を突き止めるつもりだった。情けないことにその答えらしきものをつかめたのはついさっきで、それまでは何一つ由宇のためになることはできていない。不坐の呪縛を破ることができた今でさえ、命令をはねのけられるようになった、ただそれだけだ。自分自身の答えはまだ何も見いだせていない。

その間、サルベージ船で別れた後、由宇に何が起こったのかも闘真は知らなかった。聞きたいことはたくさんあるが、闘真の口をついて出たのはどれでもなかった。

「由宇は親父と会ったことがあるの?」

峰島勇次郎と真目不坐の因縁を考えれば会ったことがないほうが不思議なのだが、闘真が真目家にひきとられたころにはすでに、不坐の前で峰島の名前を出すものは誰もいなかった。

闘真の唐突な質問にも由宇の微笑みは変わらない。

「十年ほど前か。一度だけ勇次郎の研究所に来た。なんだ普通じゃねえか、私を見るなりそう言った。私を普通の娘と言ったのは後にも先にも真目不坐だけだったから印象に残っている。今ならその意味も解るが」

由宇の美しい唇が皮肉な笑みの形を作る。しかしその微笑みはやはり美しく、頭二つは大きい不坐を見上げる目のどこにも恐れはなかった。

「サルベージ船の上では君の父親にみっともないところを見せた。峰島の娘としては、やられっぱなしというわけにもいかない。だろう？　闘真。大丈夫だ。もう手は考えてある。さて、真目不坐。たしかに闘真の禍神の血は脅威だ。放置していい問題じゃない」

　前半は闘真に向けた言葉、そして後半は不坐に向けた言葉だ。真っ向からの由宇の強気な口調に、不坐も面白そうに片眉をあげて問う。

「ほう。ならどうするっていうんだ？」

「解決方法は三つある」

「三つもあるのか。さすがだな。聞かせてもらおうじゃねえか」

「一つ、今ここで闘真の命を絶つ」

　迷いなく発せられる言葉に、どこか余裕を見せていた不坐のほうが一瞬気圧されるのが解った。

「これが一番簡単な方法だ。できれば脳が完全に破壊される死に方がいい。拳銃で頭を撃ち抜くか、だがこれは大口径の銃でやらないと」

　そう言って由宇は闘真に向かって銃を撃つ真似をする。

「幸いここは軍事基地だ。道具はすぐに調達できるだろう」

「おい、闘真、おまえの恋人はおっかねえな」

「はは。慌てるな。三つあると言ったろう。悪い順に言っているだけだ。二つ目はもう少し穏便だ。脳の黒点部分を破壊する。別人格の闘真を乖離させ、そちらだけを完全に潰す。封印ではなく破壊しなければならないから、人格は壊れるだろうが、これはしかたない」

「もっと怖えじゃねえか」

「そうか？　それでは本当にしかたない。一番穏便な三つ目の方法を選択しようか。今、闘真を捕え鳴神尊から引き離し、どこか強固な牢獄に閉じ込める。不坐。貴様と同じやり方だ。闘真はつい一年前まで鉄格子付きの病室に入れられていただろう。すべては元通り。どうだ？」

由宇が脅しでもなんでもなく、本気でそう思って言っているのが解ったからか、不坐は絶句する。その不坐の向かいからなぜか笑い声が聞こえてきた。笑っているのは闘真だ。

「おい、闘真？」

当惑する不坐がおかしくて、闘真はいっそう愉快な気持ちになる。

「さて、闘真、君はどれを選ぶ？」

真面目な顔の由宇に闘真は微笑んで答える。

「どれもダメだ」

「どれもダメか。わがままだな。じゃあ君が……」

「四つ目の方法を見つけてくれ、でしょ？」

「おい、それは私のセリフだろう？」

「え？　この場合は僕じゃないの？」

　真面目な顔をしていた由宇も、こらえきれなくなったのかつられて笑い出し、破壊しつくされた貴賓室に不似合いな明るい笑い声が満ちた。不坐だけがまだ成り行きを理解できずぽかんとしている。

　いつ何時もこの世で知らないことはないという顔をしている不坐が、実際知らないことはほとんどないであろう不坐が、自分と由宇が笑っている理由が解らずにまだ当惑した面持ちでいるのを見て、なぜこんなにも屈託ない笑いがこぼれたのか闘真は理解した。

　――由宇を好きだと思う気持ちは、この想いは。誰かの思惑なんかじゃない。作られたりしたものじゃない。僕の本当の気持ちだ。本物の気持ちなんだ。

　以前、海星の事件の時。由宇が自分の頭脳が悪用されないために今言った三つの方法を示し、闘真は答えた。どれもダメだ、絶対に、そんなのダメだと。由宇も同じ気持ちなのだ。別人格の闘真が犠牲になり闘真が壊れ、鳴神尊が使えなくなり、闘真が闘真でなくなれば、比良見のような悲劇は訪れず世界が壊れないのだとしても。峰島勇次郎の介入が解決するのだとしても。それが由宇の一番の願いなのだとしても。それでも。

「ありがとう由宇。もう一人の僕も……」

――好きだと言ってくれて。

それはなんとなく口にしづらかった。嫉妬か、それとも父親の前だからか。

――自分に嫉妬もないだろう。

どこからかもう一人の自分の声が聞こえた気がした。たしかにそうかもしれない。

スピーカーから音声が響いたのはそのときだった。

『あら、こちらの状況はもう落ち着きましたのね』

真目麻耶の声だ。ここで何が起こっていたのか把握しているような口ぶりだった。

不坐は怪訝な顔をし、闘真と由宇は顔を見合わせた。

『先ほど真目家会議が終わりましたわ。今後の真目家の未来に関わる大事な案件です』

「俺は知らねえぞ」

『お父様抜きでやりましたから』

「そういうことかよ」

不坐は闘真との闘いがおとりであることに気づく。

『兄さんと峰島勇次郎の関係を推測しました。おそらく正解だと思うのですが……』

「僕がこの世界に峰島勇次郎を認識するから、出現するって話？」

隣で由宇が痛ましげに目を伏せた。

『さすがですわね。いつお気づきになりました？』

「ついさっきだよ」

不坐との闘いの最中で、もう一人の闘真が行き着いた真実だ。

『極めて可能性は高い、くらいに思っていましたがもう確定と思って間違いありませんわね。真目家会議の見解をお伝えしますね』

軽く深呼吸をする音が聞こえてくる。

『峰島勇次郎の危険性を鑑みて、兄さんの存在は看過できないということになりました。峰島勇次郎の存在に深く関わっています』

「看過できないとはどういうことだ？」

スピーカー越しに詰め寄る由宇に、

『いざというとき、殺すこともいとわないということです』

感情のない声で麻耶は答えた。

『お父様、これがどういうことか解りますか？　真目家には禍神の血は必要ないということです。有り体に言ってしまえば、時代錯誤です』

不坐は面白くなさそうに舌打ちをする。

「麻耶、君は自分の兄を……」

『話は最後まで聞いてくださいな』

麻耶の声はどこまでも落ち着いていた。

『兄さんが峰島勇次郎の存在の鍵だとします。ただはたして兄さんともども峰島勇次郎を消せば問題解決、となりますでしょうか？　それどころから峰島勇次郎に手が届く手段を失いかねません。ですので兄さんの命は、逆に一番守らねばならないということです。会議も最終的にはそのようなところに落ち着きました』

「闘真を殺すって言ってなかったか？」

『私の覚悟をお見せしただけです』

大事なのは禍神の血は真目家にとって必要ないと決断できたことだ。

「最大の覚悟を持って話の主導権を握ったか。はあ、ほんとおめえは俺にそっくりだよ」

『侮辱はやめてください』

「褒めてるんだろうが！」

『父親に似ていると言われて喜ぶ十代の娘なんて存在しません。世界中の情報網を握っているくせに、そんなことも解らないんですか？』

麻耶は本気で気分を害していたようだ。不坐は世の多くの父親と同じようにショックを受けた顔をしていた。

「君の妹は人が悪い。本気で焦ったぞ。しかし君は落ち着いて聞いていたな」

「うん、まあ、それくらいのことは言いそうだから」

「そうか。兄妹の信頼というものか」

「そうだね。いざというときは麻耶は僕を殺してくれると思うよ」

闘真のあっけらかんとした言い方に、由宇はかぶりを振った。

「……そんな信頼、私はいらないからな」

『話が横道にそれてしまいましたわね。お父様、なんでしたら通信室に来てください。いまでしたら勝司お兄様ともお話ができます』

「いますぐいく。まだおまえらの勝手にさせるわけにいかねえからな」

不坐は肩をいからせて、足音を立てて部屋を出て行った。

あっというまに部屋の雰囲気が麻耶によって書き換えられてしまった。

『さて、お二人にはつもる話もあるでしょう。そのわりには時間も残されていないといいますか。ですのでお二人でゆっくり話ができる時間も、これが最後くらいに思ってくださいな。由宇さん、あなたにはグラキエスをどうにかしてもらわないといけません』

「解っている。その研究は大詰めに入っている」

『さすがですわ。そして兄さん』

「言われなくても大丈夫。僕にしかできないことがあるからね」

峰島勇次郎を追う。グラキエスに深く関わっているのは間違いない。いま勇次郎に迫れるのは自分だけだ。

『あら、今回ばかりは兄さんもぽけぽけっとしていらっしゃらないのですね。そろそろお父様が通信室についたようです。さて私はこれからキツネとタヌキ相手に化かし合いをしなければなりません。とはいってもグラキエスが解決した以降の話。絵に描いた餅を取り合うがごとくの滑稽な話し合いですわ。ではごきげんよう』

麻耶の通信が切れた。ここで起こったことなどどうでもよくなるくらい麻耶はすべてをかっさらっていった。

「確かに麻耶って親父に似てるな……」

どこからか咳払いが聞こえた気がした。

「うむ。大局を見据えて物事を考える。あの視野の広さは素直に感心する。私にはできないことだ」

禍神の血を必要としない象徴として、真目家初の女性当主になりそうだ。

「頼もしいけど、逆に心配なところもあるよ。頼もしすぎて結婚相手が見つかるかな」

「そうか？　麻耶は見た目も頭もいい。大勢の人間から好かれると思うが」

「信奉者ばかり増えそうな気がする」

少しばかり由宇の表情が険しくなる。

「君は限られた時間の中で、妹の心配を最優先するのだな」

闘真は慌てて両手を由宇の前で振った。

「そんなことないよ！　話の流れでたまたまそうなっただけで！」

しかし由宇はそっぽを向いてしまい、闘真を見ようとはしなかった。慌てている様子をこっそりと見て、微笑む顔は決して闘真に見せない。

「残りの時間、妹のことばかり考えたらどうだ？」

「……残された時間って？」

「あと一分十五秒だな」

由宇は不機嫌そうに答えた。

「具体的な数字だね」

「LAFIサードでグラキエス対策の実験準備の計算をさせている。それが終わる時間だ」

「麻耶の話なんかしてる場合じゃなかった！」

叫んでから周囲を見回す。もう咳払いは聞こえてこなかった。

「由宇っ！」

もう少しすねたふりをしていようかと思った由宇だが、思いのほか間近に闘真の真剣な顔があるので動揺してしまった。

「な、なんだ？」

闘真は由宇の両肩をつかみまっすぐに見る。美しい黒曜石の瞳の中に自分が映っていた。前に同じ言葉をかけようと声を振り絞ったときは、サルベージ船の上で由宇は背を向けたまま決して振り返ってはくれなかった。闘真自身もまだ自分の力を制御できなかった。

いま、ようやく目を見て正面から言える。

「由宇。好きだよ。大好きだ」

穏やかな口調で語られたストレートな言葉は予想以上に由宇の心に響いた。

「……う、うん」

しおらしくうなずいてしまう。すねたふりなどもうどこかにいってしまった。

「わ、私も……君のことが……好きだ」

闘真の顔が近づいてくる。最初由宇は顔を背けようとしたが闘真の指があごに優しくかかり止められてしまう。由宇は顔を真っ赤にしながら、震えるようなまなざしを闘真に向けた。

二人の唇が重なった。

一分十五秒を少しばかりオーバーした。

3

——はたして思惑通りにことは進んだだろうか。

由宇と闘真の二人の様子に、風間は思うところがあった。

それは必ずしも風間が人間的になったからではなかった。もしグラキエス問題だけならば静観していただろう。よけいな藪をつつかなくとも、由宇ならばグラキエス問題を解決する。そう踏んでいたし、事実そうなっていた。

しかし事情が変わった。新たな問題が浮上した。

峰島勇次郎だ。

過去、彼がグラキエスに介入したことは想像に難くないが、いま再び介入してくるとなると話は別だ。さらに脳の黒点を開く可能性のあるグラキエスの脳の存在も明るみに出た。

風間は真目家の秘密会議を傍受していたし、暗号化されたデータはものの数分で解読していた。この世界で風間に対抗できるコンピュータは存在しない。

勇次郎の介入に風間がまっさきに下した判断は、早すぎるということだった。由宇にはまだ準備ができていない。脳の黒点を理解し切れていない。感情的にも能力的にも足りず、敗北は必至と言ってよかった。

ならば由宇には早急に峰島勇次郎に追いついてもらわねばならない。

鳴神尊を破壊し別人格の闘真を抹消すれば勇次郎が現れなくなるという可能性もあったが、グラキエスの脳なるものがある今、確実性に欠ける。それよりも勇次郎に干渉できる鳴神尊と闘真の存在を失うほうが手痛い。

坂上闘真の存在を許すことは一種の賭けだ。グラキエスの脳とそれを操る峰島勇次郎相手に、分の悪い賭けなのか良い賭けなのかすら判断がつかない。

しかしグラキエスの脳の黒点は、あらゆるリスクを押しのけてでも憂慮しなければならない問題だと認識していた。

本来、風間に勘と呼べるような感覚、あるいは思考に該当するものはない。冷徹なまでにデータを重視する。人間とのコミュニケーションの円滑さを考慮して多少の変動はあるが、それもまた人間の行動原理をデータ化し確率統計を行った結果に過ぎない。

だから今回の由宇へのアプローチは、データを無視した例外ということになる。

――あるいは峰島勇次郎を危険視する深層心理のようなものが俺にもあるのか。

ＬＡＦＩファーストから人間の脳へ、人間の脳からＬＡＦＩファーストへ、ＬＡＦＩファーストからＬＡＦＩサードへ。度重なる本体の移動は、風間自身の中にも不確定の要素を残す結果となった。それは己でも制動できないアトランダムを生み出し、判断能力を左右した。

人間ならばそれを感情が生まれた生物的な行動だと歓迎したかもしれないが、己自身の中に抑制できない要素があることを風間は少しばかり不快に思っていた。

――不快か。ずいぶん人間らしく考えるようになったものだ。

風間は自嘲すると、すぐさま思考を切り替えた。いまは自己分析よりも優先しなければならないことがある。本来ならマルチタスクでいま程度の思考ならば、さほどリソースを割かなくとも可能なはずだが、想定以上の負荷がかかったため自己分析のタスクを停止させた。

――人間の思考はこれを積み重ねてますます処理が重くなり思考が遅れるのか。

自戒せねばならない。人間的思考に近づくのはデメリットも大きい。峰島由宇でさえ感情に左右されて判断が鈍ることもある。

──さて、これ以上思考能力が鈍ったと自己分析に嫌悪を抱かないよう、やるべきことをやるか。

これから行うのは由宇にも明かすことなく風間がひそかに行動していたいくつかの一つだ。通信網を確立したのは様々な意味で好都合だった。いまも何十という通信が基地内と周辺で行われている。

そのうちの回線の一つをオープンする。通信先は基地内でもなければ周辺でもない。回線を最小限にするため、通信データは音声のみとする。

通信先は日本、ＡＤＥＭの本拠地にいる人物だ。

4

伊達の携帯電話のコール音が鳴ったのは深夜のことだった。

盗聴が困難な秘匿回線が使用されている。本来なら発信者の表示があるはずだが、それがない。

「誰だ？」

通話ボタンを押したが相手の声は聞こえなかった。怪訝な顔をするも、さらに不可思議なことが起こる。突然、携帯電話の画面が消えて再起動がかかった。

「こんなタイミングで故障か」

再起動が終わると同時にまた電話が鳴った。まるで見計らっていたかのようだ。今度切れたらメンテナンスに出すべきか。そう思いながら電話に出ると、今度は相手の音声が問題なく聞こえてきた。

『セキュリティがあまりにも甘いので、勝手に暗号化プログラムを組み込ませてもらった。通話中の音声も常に妨害する音域が流れているため盗聴器のたぐいで音声を拾うのも不可能だ。特定の個人には影響しないので、俺の声は問題なく聞こえているはずだ』

一方的に言いたいことをまくし立てる様は峰島由宇を連想させたが、男性の声だった。音声を加工している様子でもない。

「まさか風間か？」

『こうして直接話すのは初めてか』

「どうしておまえが電話をしてくる？　峰島由宇はどうした？　蓮杖や環、それに八代は？」

『俺の独断による通信だ。故に本来の通信網は使われていない。由宇やLC部隊は通していない』

伊達は頭を抱えたくなった。風間がこれだけ独立した意思で勝手に行動するなら、もっと使用制限をかけなくてはならない。

「あの娘も知らないのか？」

『いまはグラキエスの殲滅方法を模索している。とはいっても指針はできている。伊達真治、二十年前の事件の当事者の一人として、意見を聞きたい。いや、その前にこちらを先に伝えるべきか。今回のグラキエス事件、峰島勇次郎が直接介入している』

伊達はしばし絶句した。可能性の一つとして考えてはいたが、まさか風間からこのような形で断定情報が入るとは予想外のことだった。

「おまえの情報が正しいという保証がどこにある？」

『急ぐなら真目家に確認すればいい。何もしなくても十分以内にロシアから報告が入るはずだ。それに峰島勇次郎の介入は、おまえも薄々感づいているのではないか？』

風間の言葉は正しい。

今回の事件で嫌でも思い出されるのは二十年前の出来事だ。ソ連から亡命してきたマッドサイエンティスト、セルゲイ・イヴァノフ、同行していたスヴェトラーナ。若くして真目家当主になっていた不坐。まだ無名だった改名する前の峰島勇。

あまりにも密接に関わりすぎている。

「二十年前……そうか、もう二十年前になるのか。きっかけは峰島勇次郎と真目不坐が出会ってしまったことだな」

『もう一つ、真目蛟とスヴェトラーナが出会うきっかけにもなった』

過去にするには鮮烈すぎる出来事ばかりだった。

「俺はいまでも後悔していることがある。二十年前、俺は真目蛟とスヴェトラーナの二人を捕らえられる機会があった。二人は満身創痍で、銃しか持たない俺でも充分戦える状態だった」

伊達はためらうように言葉を区切ったが、すぐに先を続けた。

「ただ俺はあのとき何を思ったか二人を見逃してしまった。周りに翻弄される二人がよりそっている姿に哀れみを感じてしまった。……俺も若かった。もしあのとき二人を捕らえていたら、遺産事件もシベリアもこうならなかったかもしれない」

『俺の見解を言うなら、どうせ捕まえられなかっただろう。真目家の暗殺者もスヴェトラーナもそこまで甘くない。そこで戦っていたら伊達真治という死体が一つ増え、ＡＤＥＭは創立されず、峰島勇次郎の遺産事件はもっとひどい有様になっていた』

「慰めか？」

『客観的事実だ。そうだな、仮に捕まえられたとしても、あの二人はすぐに脱走するか、より大きい権力で釈放された。結果的に思惑は真目家よりに有利に運び、今よりさらに悪い未来があっただけだ。まさか二十年後に起こった事件の責任を感じているわけではあるまいな。だとしたらただのバカだぞ』

「そこまで愚かではない。ただ二十年前から渦中にいながら、俺ができたことはあまり多くない。そう感じただけだ」

『いまシベリアに峰島由宇がいる。これ以上の功績があるというのか？』

伊達は黙ったままだ。

『ならばもう一つ、最大の功績を教えよう。峰島由宇と坂上闘真を会わせたことだ』

「会わせて良かったのか？」

『由宇は裏の闘真にも惹かれ始めている。裏も表もなく、闘真自身なのだと認めようとしている。それは否が応でもスヴェトラーナと蛟の関係と重なる。同じ轍を踏ませないためにも、伊達真治の持つ二十年前の情報が欲しかった』

ようやく腑に落ちた伊達は、思い出せる限りのことを風間に語った。当時なにがあったのか報告書にはない伊達自身の感想も踏まえ、丁寧に話す。

どれだけ話しただろうか。

『だいたい聞きたいことは聞けた。協力に感謝する』

「そうか」

『俺がやることは一つ。峰島由宇と坂上闘真を最高の状態で勇次郎の元へ届けることだけだ』

だから風間は精神的ケアになりそうな情報をもとめたというのか。

「風間、俺からも一つ聞きたいことがある。なぜそこまで人間側に肩入れをする？　勇次郎と敵対する立場にあるからか？」

『ふむ、なかなか興味深い質問だ。正直に言えばそこの自己分析がすっぽりと抜けていた』

人間くさいことを言う。

『そうだな。確かに俺は勇次郎の道具という立場から抜け出したくて、LAFIファーストとサードに分かれた経緯がある。敵対していると言えばそうなのだろう。ただ勇次郎を脅威には感じるが、敵愾心はさほど大きくはない。ではなぜかと問われれば……』

考え込むように一呼吸を置いて風間は答えた。

『もう少し峰島由宇の先が見たい。どこまでいけるのかじつに興味深い。そう思ったからだ。そして由宇に大きな影響を与える坂上闘真も、ついでに見てみたくはあるな』

あまりにも人間くさい内容だった。はぐらかすための欺瞞ではないかと疑いたくなったほどだ。しかしもしそうならば、もっともらしい答えは他にもあっただろう。

風間の言う通り、二人を見ているとスヴェトラーナと蛟を思い出す。彼らは不坐と勇次郎に翻弄され、道を誤った。では由宇と闘真はどうだろう？　二人の父を超え、彼ら自身の道を切り開けるのか。

「そうだな。俺も最後まで見届けたい」

『だろう？』

顔こそ見えないし存在もしないが、携帯電話の向こうで風間がにやりと笑ったように感じた。

5

あきらが訪れたのは基地内でイワンが拠点にしていた研究所の内部だった。塹壕作戦が終了してすぐに由宇はそこへ引きこもってしまい、半日以上が経過した。

「少しくらい賞賛の声を聞いてから引きこもってもいいのになあ」

由宇がいる研究室の前には英語とロシア語で緊急時以外入ってくるなと書かれていた。

「あたしフランス語じゃないと読めないいんだよね」

ヘラヘラと笑いながらそっとドアを開けて中に入る。

「うわあ！」

想像以上に広い部屋だった。そして予想通り薄暗い部屋だった。

部屋の中にはグラキエス関連のものがところ狭しと並んでいる。

グラキエスの標本とでもいうべきだろうか、様々な身体の一部が並んでいる棚があり、大きな作業台の上には、仰向けになったグラキエスの腹部が破壊されて中央の赤い核が剝き出しになっている。

生物ではないと解っているが、生物的なフォルムと活動を見ているので、生々しく感じてしまう。

「おおい、由宇さーん？」

小声でおそるおそる呼んでみても反応はない。しかたないので奥へ進む。

正体不明の液体に浸かったグラキエスのケースがずらりと並んでいる場所もあった。

「ホルマリン漬け、じゃないよね？　なんていうか、マッドサイエンティストって感じ」

元々の部屋の持ち主であるイワンによるものか、由宇が引きこもった成果なのか。あるいはその両方か。

部屋の突き当たりにはガラス張りの大きな隔離施設があり、その中には様々なグラキエスが蠢いていた。今までの標本と違い、この隔離区画ではすべてが生きて動いている。

「な、なにこれ？」

隔離部屋の壁やガラスはよほど頑丈なのか、中のグラキエスは小型のものばかりということもあり、攻撃を受けてもビクともしていなかった。

とはいえ万が一ここのグラキエスが基地内に解き放たれたら被害は少なくないだろう。

「これより音ウィルスの検証を行う」

その隔離施設を覗き込む由宇の姿があった。ガラス窓に近づくと、様々なグラキエスがガラス越しに攻撃をしかけようとしてくるが、少女は眉一つ動かさず平然としていた。安全性に自信があったとしても、人間の身体を易々と真っ二つにしそうな攻撃を鼻先で行われては、普通なら少しは身構えてしまう。

『カウントダウン開始』

男性の声はあのノートパソコンから聞こえてくる。風間と呼ばれる人格のものだろうか。

隔離部屋の天井から棒状のものが降りてきて、

『10、9、8……』

カウントダウンが静かに行われる。

由宇は首にかけていたヘッドホンを耳に装着した。

『3、2……』

よく解らないがあきらは慌てて隔離部屋から離れ、両手で耳を塞いで口を開けた。

『1、音ウィルス投射開始』

隔離施設の巨大なガラスが、一瞬ぶれたように見えた。何かの影響で振動したのだ。同時にひどい耳鳴りがした。

中の多種多彩なグラキエスの暴れ方がひどくなった。それだけではない。数こそ少ないものの、いくつかのグラキエスの全身が真っ白になるほどひび割れたかと思うと、崩壊して砂状になった。

同じく中を覗き込んでいた由宇の表情が曇った。

「失敗だ。サタンのアクセスコードが通じない」

『しかしまるで通じない訳ではない。五十二種試みたが、三種に成功している』

何が起こったか解らないが、失敗したらしい。

「全体の一割にも満たない。おい、……入るなと入り口に張ってあったはずだが。フランス語で書いていなかったは言い訳にならないぞ」

後半はあきらを見て言っていた。

「あれ、聞こえてた？」

「聞こえなくても君が言いそうな言い訳は簡単に想像がつく」

由宇は不機嫌そうに机のLAFIサードに何かを打ち込んでいる。

「なんていうかすごい部屋だね」

たまに部屋の隅で何かが動いているのが怖い。

「ああ、イワン・イヴァノフの人間性はあれだが、この研究室は使いやすくていい。じつにくつろげる」

由宇は満足そうに部屋を見渡していた。

「それでなんの用だ？」

「ADEMへの定期報告。通信網も確保できたし、これからは密に行わないと。で、状況がどうなのか聞きにきたわけ」

由宇は頬杖をついてまた不機嫌な顔になった。

「思わしくない。期待していたサタンのバックドアのアクセスコードはごく一部にしか効果がなかった。ただアクセスに成功したグラキエスのアポトーシスプログラムの強制起動には成功した」

『いまここにいるごく一部のグラキエス、五十二種のうち三種類しか効果がなかった』

　モニターに五十二種類のグラキエスのシルエットが表示され、そのうち三つにだけチェックマークがついている。

「成功すればグラキエス全部が粉々になってた？」

「そういうことだ」

「一つ一つ解析していけば？」

「風間でも一つの解析に三日かかった。次はもっと時間を短縮できるだろうが、それでも全グラキエスの四分の一も解析しないうちに地上はグラキエスに支配される」

「うわあ、詰んでるねえ。でも効果のあったグラキエスって、なんか似てない？」

「ああ、進化の系統が一緒なのだろう……。やはりそういう結論になるか」

『懸念していたことが起こったな』

　由宇と風間の深刻な声に、あきらは戸惑う。

「もしかして何か都合の悪いこと言っちゃった？」

「気に病まなくていい。ある程度は想定されていたことだ」

　どういうことかといまだ把握できていないあきらに、由宇は簡単に説明する。

「過去のグラキエスのアクセスコードは系統が同じなら通じる可能性がある。つまり初期の初期。原種ともいうべきグラキエスのアクセスコードを解析すれば、全グラキエスに通じるということだ」

「おお、すごい！　でもセキュリティ、ガバガバすぎない？」

あきらは拍手をしながらも首をかしげた。

「そもそもこんな状況は想定されていない。さらに言えば勇次郎にセキュリティ意識なんてものもない。だから雑なんだ。アクセスコードが生存競争に影響しなかったこともあるだろう。遺伝子情報ととらえたほうが近いか。遺伝子情報に無駄なゴミがあるのと一緒だ。その中から必要なものを割り出し抜き出すのは困難だ」

あきらはふうんそうと、適当な相づちをうっている。

「問題は初期のグラキエスなど既に存在しないということだ。グラキエスの生命サイクルは早い。一週間生存していても長寿の部類になる。過去のサイクルはもっと早く数分だっただろう。十年以上も前となると、有機物生物で言えばカンブリア紀より前の生き物を探すようなものだ」

「でもサタンってかなり昔からいたんじゃなかったっけ？　カンブリア紀レベルかどうか知らないけど」

適当に聞いているようで、あきらは的確な質問をした。

「察しがいいな。サタンの身体のつくりから考えても、グラキエスの系統の中ではかなり特殊な部類だろう。そもそも峰島勇次郎の手が加わっている。問題はいま、そんな昔のグラキエスの核が残っているかどうかだが」

「昔から研究続けてる、イワン・イヴァノフなら持ってるんじゃない？　悪趣味にコレクションしてそうだ」

察しのいいあきらに由宇は話がしやすそうだ。

「確かに持っていそうだが、目につく研究所内では見当たらなかったな。あと、その、なんだ。……悪趣味ではないと思うぞ。資料として収集するのは学者として当然の行い、なんじゃないかと……」

だんだん声が小さくなる由宇にあきらは初めて親近感を覚えた。確かに天才的な頭脳の持ち主であきらも舌を巻くほどの戦闘能力を有しているが、年相応のかわいらしい一面もある。由宇を見ているとひさしく忘れていた甘酸っぱい感情がこみ上げてくる。

「な、なにをニヤニヤみている？」

由宇は珍しく狼狽して後ずさりした。

「可愛い生き物って、抱きしめたくなるよね」

両手を前に突き出しじりじりと詰め寄るあきら。タックルを仕掛けようとするレスラーのような動きだ。

「ここに可愛(かわい)い生き物なんていないぞ」

由宇(ゆう)も腰を低く据え、いかなる行動にも対応できるようにした。

「大丈夫、怖くない怖くない。あいたっ！」

突然頭をはたかれて、あきらはうめく。

「あなた、どこからどう見てもあぶない人よ」

背後にはいつのまにかアリシアがあきれ顔で立っていた。

「失敬な！　あたしは可愛(かわい)いものを愛(め)でたいだけだよ！」

「くだらないこと言っている暇はないでしょう。今の最優先事項は、その昔の初期型グラキエスの核を探す必要がある。で、いいかしら？」

「あ、ああ。その通りだ」

命の危機を脱したがごとく、由宇(ゆう)は胸をなで下ろした。

6

風間(かざま)との通信が切れた後、伊達(だて)はすぐにNCT研究所に連絡を入れた。現在LAFIセカンドで解析中のデータの進捗状況を問うためだ。

風間(かざま)は勇次郎(ゆうじろう)を視野に入れているが、その前に解決しなければいけない大きな問題がある。

グラキエスだ。

最新の報告によると生息圏はすでに日本の国土の広さを超えたという。これ以上の拡大は有機物生物の生態系に致命傷を与えかねない。

その対グラキエスの切り札ともいえる計画が、NCT研究所のスーパーコンピュータLAFIセカンドで実行中だ。

『はい、こちらサタンチップ解析班責任者の朝倉小夜子です』

伊達の連絡にすぐに応答があった。

『こんばんは伊達司令。あっ、もしかしたらもうおはようございますと言ったほうがいい時間帯かもしれませんね』

小夜子の声は落ち着いていて聞いているとなんともいえない安堵感を抱かせる。

「忙しいところすまないが、現在の進捗状況を教えてくれ」

『はい。由宇さんが提唱したグラキエス全滅プログラム。その第一段階である七つの大罪のサタンチップのデータの解析は完了しました。進捗に遅れはありません』

順調と言っていいのかもしれないが、シベリアの数時間は取り返しのつかない状況に陥るのかもしれないので油断はできない。

「朝倉君、君はこの計画をどれくらい理解している？」

小夜子は優秀な技術者で岸田博士も太鼓判を押していた。

『そもそもの計画はグラキエスの元になっているIFCと呼ばれる自己コピーの遺産に組み込まれているアポトーシスプログラムの強制実行です。アポトーシスとは、予定された細胞分裂の寿命のことです。細胞分裂には回数に制限があり、この回数がつきると老化を引き起こします。ここまではよろしいでしょうか?』

「うむ。続けてくれ」

『IFCのアポトーシスも同じ機能です。無限に自己コピーを繰り返し際限なく増えるのを防止するためのものでした。しかし現在アポトーシスプログラムはほとんど機能していません。しかし設計の基盤に組み込まれているので、変異したグラキエスの核にもIFCのときの名残、アポトーシスプログラムが眠っていると思われます。その強制起動の手段を探すのが、私達解析チームの役目です』

小夜子(さよこ)の説明は簡潔で解(わか)りやすい。

「アポトーシスプログラムの強制起動に成功すれば、どんな大きさのグラキエスもあっというまに滅ぶことになる。ということでいいのだったな?」

『はい、理論上はそうなります。しかしグラキエスはスタンドアローン、つまり無線や通信手段を持っていません。外部からアポトーシスプログラムを起動するのは難しいと思っていました』

たとえアポトーシスプログラムの強制実行が可能だとしても越えるべき問題は多い。

『それをまさかあんな方法でアクセスするなんて。盲点でした』

由宇が思い付いたいくつかの奇抜な方法は伊達も感心するものだった。研究者として立場の近い小夜子ならば、その驚きはもっと大きなものだろう。

『由宇さんは本当にすごいです』

小夜子の言葉の端々から、由宇を尊敬する気持ちであふれているのが解る。

しかし彼女の明るい表情はそれほど長く続かなかった。点字モニターを指先で読んでいた表情が曇った。

「伊達司令、比良見の様子を監視している萩原さんから連絡が入っています。何か気になることが起こっているようです」

7

陽だまりの中で寝ころぶと新緑の向こうに抜けるような青空が見えた。いま横切ったのは何という鳥だろうか。鳥がさえずり、風が吹くたび葉の形に切り取られた陽光と影が草の上で揺れる。

――あと数ヶ月で人類が滅亡するかも？　って話がなんでいきなりあと四日で人類、いや全有機物生物が滅亡するって話になって？　でもそんなこと、ここにいるだけじゃ、ぜんぜん感じないよなあ。

「風、気持ちいぃ」

口をついて出るのもそんな言葉だ。

まだ梅雨入りしていない六月の、カラっと乾いた晴天の日。頬をなでる風は優しい。今この瞬間、シベリアの地で人類の存亡がかかった戦闘が行われているとはとても想像できない。

――やべ、このまま寝落ちしそう。

萩原誠がここでうたた寝するのは何度目になるか、もう慣れたものだ。休憩は三十分ある。

「若者よ、わしもご一緒してよろしいか？」

思いもかけない声に、眠りかけていた萩原は慌てて飛び起きた。

すぐ隣に痩軀の褐色の肌をした老人が座っている。いつの間に隣にきたのかと問うだけ無駄だろう。

比良見特別禁止区域を見渡すことができる丘の上。一ヶ月前はここから由宇と闘真と海星を監視していた。そのときもやはり突然、謎の少女、クレールが横に現れた。

――俺がここで居眠りすると、人外がやってくる法則でもあるのかな。

どこか現実感のない光景にそんなことを考える。

「会ったのは二度目だのう」

そう言うとルシフェルは萩原の瞳を覗き込んだ。しげしげと顔を見ている。二度目と言うが、

一度目に心当たりはない。強いてあげるならルシフェルが素手でパワードスーツを軽々と倒したのを遠くから監視していたとき、双眼鏡越しに目が合ったことだろうか。

この老人相手にやっぱり見えていたんですかと言うのもマヌケな気がして、萩原は言葉を返しあぐねた。

面白そうに萩原を見ていたルシフェルの口から出たのは意外な言葉だった。

「おまえさん、脳が面白い形をしている。脳に適性がある」

「え？　脳の形が面白いってなに？　適性？　なんの？」

「おぬしらが脳の黒点と呼んでいるものじゃ」

「いやいやいやいやいやいや、そんなわけないでしょ。ってか、あれって坂上みたいにごくごく限られた人間にしかないはずで、俺はあんな超絶チート戦闘力持ってませんよ？」

「むろん、真目家の人間は特別じゃ。しかし特別なだけで真目家にしかないわけではない。ほんの僅かでも才や適性があれば、努力や修行によって伸ばすこともできる。わしのようにな」

この老人に限ってほんの僅かの才ということはなかろうが、凄まじい修行を重ねたであろうことは想像に難くなかった。

「わしよりベルフェゴールのほうが適性は高い。あの子は生まれたときから世界の外側を見ることができた。おぬしにも素質はあるようじゃ。どうじゃ？　開いてみぬか？」

「いやいやいやいやいやいや、そんな簡単に人外クラブに勧誘しないでくださいよ。そんな大それたもの、いらないです！」

「戦争で家を焼かれたら、そんなことは言っていられなかろうて。たとえ悪魔に魂を売ることになっても、素手でパワードスーツを倒せるような力が欲しいと、思うんじゃないかのう？」

「そうかもしれません。なんだかんだいっても日本はまだ平和です……」

　老人の歩んできた凄惨な人生は想像しかできない。想像しかできないからこそ、力が欲しいなんて、そんな日は永遠にこなくていいと思う。こうしてなんでもない景色を楽しめる時間がいかに貴重か、ＡＤＥＭに所属してよく解(わか)った。

「しかし、おぬしは戦闘で何度も死にかけて、強い遺産武器と相対したこともあるのに、いらぬと申すか」

「そりゃ、無敵に近い力って憧れますけど、でも強い武器を持ってるからといって安泰ってわけじゃないじゃないですか。身の回りの安全をいっとき確保するだけなら、強い武器は有用だけど。……でも平和は違う。遺産がいい例でしょう？　自分一人がどんなに強くなっても調和は生まれない。安定的な平和は維持できない。結局、それにかわる強い武器を持ち出されたら終わり。海星(かいせい)のように。いたちごっこです」

「欲がないのう」

「何言ってるんですか。平和なんて最高の贅沢(ぜいたく)を望んでるんですから、欲深ですよ」

　萩原(はぎわら)の言葉に老人はカカカと笑い、目を細めたまま萩原(はぎわら)に向かって何度もうなずいた。

「平和、良識、安楽、それはそれで恵まれた環境と資質よの。安心と安寧と安全を知らなければできないこともある。あの真目のお嬢さんもそうじゃ。平和を知っている若者とも、もっと話すべきだったかもしれんのう」

苛烈な人生を歩んできた老人が纏う白い衣が初夏の風にはためき、陽光に白がまぶしい。

そのとき萩原の通信機が呑気なメロディを奏でた。

「あ、これは遺産じゃなくてPランクの通信機。ほどよくポンコツで俺にはこれくらいでちょうどいいんです」

萩原の闘真にまつわる情報も入ってくる通信機には、携帯の一般回線もつながるようになっている。この着信音はADEMからの緊急連絡ではなく、闘真の高校に潜入しているときに親しくなった長谷川京一からのメールだった。

──元気か？　うちの高校、学園祭六月じゃん？　よかったらこないか？

「学園祭か」

平和の象徴みたいなイベントだ。自分の高校時代は適当に盛り上がる日常の一つでしかなかったが平和の危うさを知ると、そんなイベントがいかに貴重か実感できる。こうして律儀に連絡をくれる長谷川の優しさも嬉しい。

「坂上と……麻耶ちゃんも誘ってみようか」

きっとなんの変哲もない学校のイベントを珍しがって喜んでくれるに違いない。ルシフェルに説明しようと身を乗り出すと、背後から二人を呼ぶ声が聞こえた。

「萩原さん、探しましたよ。もう休憩終わりですよ。見張り交代してくださいよ」

一緒に比良見の監視役をしている星野が息を切らせて立っていた。星野の隣には褐色の少年がいる。七つの大罪の一人、ベルフェゴールだ。

「おじい、そろそろ戻らないと。LAFIフォースの共鳴が強まってる」

ルシフェルの表情が引き締まった。いままでのひなたぼっこを楽しんでいる老人という風情は一瞬にして消え失せ、今見せている横顔は七つの大罪ルシフェルのものだった。

「ほんとうに平和というものは儚く尊いものよ」

「共鳴？　共鳴ってなんですか？」

十年前に悲劇の起こった地、比良見。何かが起こる前触れがあると、ここに来たときまっさきに聞いたが、それがより確かなものになっていくようであった。

ただごとでない様子に、萩原はADEMへの通信回線を開く。

小鳥のさえずりはいずこかに消え、風が強くなったように感じた。

8

由宇から彼女がしようとしていることを聞いた後、闘真は単独行動に出た。

峰島勇次郎を探す。

由宇にそのように宣言した闘真だったし、最優先事項であるのは重々承知していたが、もう一つ同じくらい優先しなければならないことがあると感じていた。

己が深く関わった責任であり、行動の結果であり、軽率が招いた悲劇――クレールの死。しかしスヴェトラーナや不坐の行動から導き出される答えは、クレールにはまだ何か大きな秘密があるということだった。

スヴェトラーナは言った。

――あなたのおかげで昔の感覚をだいぶ取り戻せました。これでクレールへの施術もうまくいくことでしょう。

不坐は言った。

――ははははは、いやいやいや。ちょいと違うな。いやだいぶ違うか。クレールなら十二年前にとっくに死んでるんだよ。

蛟の脳はここ、シベリアにある。歪とはいえあれほど愛し合っている二人は、どんなに変わり果てた姿になろうとも、再び出会うことになるに違いない。同時にそこには脳の黒点やグラキエスに関わり続ける峰島勇次郎もいるはずだ。

闘真は迷わず死体安置所に向かっていた。兵士達の遺体に並んで戦場に似つかわしくない遺体が一人横たわっているはずだ。

「クレール……」

闘真とクレールがシベリアにきたのは勝司やアリシアの思惑だが、ひいては不坐の思惑であった。自分と同じように、脳の黒点の実験道具だった子供。しかし本当に実験道具として造られた自分とは違い、クレールは蛟とスヴェトラーナの純粋な愛情から産まれた子供だったはずだ。

いかなる運命が幼い少女を今の姿にさせてしまったのか。峰島勇次郎に関わると誰も彼も人として壊れていくのか。

たどり着いた死体安置所には多くの死体袋があり、この中からクレールを見つけるのは困難だった。

「よう、闘真。こんなところにいたのか」

安置所にはリバースの姿もあった。険しい顔をしてロシア兵と何か話していたが、闘真に気づくとやや表情をやわらげて近づいてきた。

「クレールがいないんだ。兵士の証言だと、姉御が連れて行ったらしいんだが……」

困ったように頭をかく。

「なんでもクレールが生き返ったって言うんだ。いくらなんでも、なあ。蘇生を成功させるには時間がたちすぎてる」

闘真に驚きはなかった。なかば予想していたことだ。

「生き返らせるっていうのは本気だったんだ……」

スヴェトラーナはクレールの身体を連れてどこに向かったのか。

死者を蘇らせることは遺産技術を使っても可能なのだろうか。心停止しても低温状態であれば脳へのダメージは少なく蘇生できる確率が上がる。しかしスヴェトラーナのやろうとしていることは、通常の蘇生とは違う。

「クレールが仮死状態だったってことはないですか？」

「そう思いたいのも無理はねえが……。背後からの弾丸は心臓を破壊していた」

「クレールが安置されていた場所はわかりますか」

「ああ、こっちだ」

死体袋の中にクレールの姿はない。そのかわり他に気になるものがあった。赤い何かが光った。その赤い輝きを闘真はよく知っていた。ここ数日嫌というほど見てきた。拾い上げた闘真の動きが止まる。視界の端に見える死体袋の一つが動いたように見えたからだ。

「どうかしたか？」

「気のせいだと思うんですけど、死体袋が動いたような……」

「ゾンビ映画でもあるまいし死体が蘇るわけ、蘇るわけ……あるのか？」

さらに別の死体袋が動いたかと思うと、死んでいたはずの兵士が上半身を起こしていた。しかし何かしら奇跡が起こり蘇った、という雰囲気ではない。顔はどす黒く死人のままだ。

「おいおいおい、まさかここにきてゾンビ映画か。まさかクレールもゾンビになって蘇ったってわけじゃねえよな？」

「たぶん、違うと思うけど……」

スヴェトラーナとの会話内容は曖昧で確証があるわけではないが、死人を無理矢理動かすという雰囲気ではなかった。

起き上がった兵士は一人で終わらなかった。次々と立ち上がる兵士達、あるいは芋虫のように蠢く死体袋。破損が激しく立ち上がることができず、床を這う兵士達。

「ここに何人くらいの死体があったんですか？」

「ざっと見たところ二百人以上はいるみたいだったが。全部蘇るなんてことはないよな？」

すぐそばで立ち上がった死体を思い切り殴りつけたリバースだが、死体はわずかにのけぞった程度で、すぐに身体を起こした。リバースは蹴飛ばした感触に驚いているようだった。

「ずいぶん硬い身体をしてやがる。なあ、噛まれるとやっぱりゾンビになるのか？」

「破傷風にはなりそうだけど」

闘真は躊躇なく鳴神尊を引き抜くと、襲いかかってきた死体の腕を切り飛ばした。血はほとんど流れず、切り落とされた腕の断面は人の物ではなかった。

「まさか、これってグラキエスか⁉」

水晶のような断面にリバースは驚きの声を上げた。

そうしている間にも蠢く死体袋の数は増えていく。袋の中から這い出る死体が何体も目につくようになった。

「うじゃうじゃ出過ぎだろ」

リバースがそばにきた動く死体を片っ端から殴り、闘真も抜刀こそしないものの、鳴神尊で応戦した。

——うしろだ、ぼやっとするな！

どこからか響いた声に闘真はとっさに振り返ると、倒れた死体の口の中から、蛇のようなものが飛び出してきた。

「うわっ！」

とっさに鳴神尊で両断する。

「また別のグラキエス？」

床に落ちた二分された細長い残骸を見て、闘真は驚く。人の体内から出てくるグラキエスなど初めて見た。

それともう一つ気になることがあった。いま警告を発した人物の声だ。耳から聞こえた声ではなかった。

——いつまでたってもおまえはボケッとしてるな。馬鹿やらかして死ぬのは勝手にしろって言いたいところだが、俺まで道連れになっちまう。

その声は頭の中から響いてきた。

「ちょっと待って！　なにこの声？　幻聴？　疲れすぎた？」

——どっちでもねえよ。俺だよ俺。

「詐欺？」

——くだらないジョークだけは一人前に言えるんだな。いや、もしかしてジョークのつもりじゃないのか？　本気だったのか？

「もしかしてもう一人の僕？　いきなりどうして声が聞こえるようになったんだ?!」

——鳴神尊が色々とぶっ壊れたからな。俺とおまえの境界もぶっ壊れたんじゃないか？

「そんないい加減な理屈ってある？」

話しながら戦っていると、リバースが怪訝な顔を向けてくる。

「おい、闘真！　なにぶつぶつ言ってるんだ！　この状況解ってるか！」

「ええと君と話していると、変な目で見られるんだけど」

心の中で話しても大丈夫かな、聞こえてるよねと内心で続けたが、

——変な目で見られるからなんだってんだ？　いきなり黙るな。

「もしかして声に出さないと、僕の声聞こえない？」

——聞こえないようだな。いいじゃないかお互いのプライバシーが保たれて。

いったい何が起こったのか。由宇か不坐に相談するべきかもしれない。

「闘真、いい加減にしろ！」

闘真がどこか上の空で戦っている分、リバースが奮戦していた。

「いまはともかく闘いに集中しよう」

それから脳内でどんな言葉が聞こえてきても無視することにした。


動き出した死体の数は十数体だった。そのすべてを動かなくなるまで破壊した闘真とリバースは、グラキエスを相手にするのとは違った疲労感に襲われた。

「やれやれ、ここにいる死体全部倒さなくちゃいけないと思ってヒヤヒヤしたぜ」

――同感だな。こんなクソつまらん戦闘に時間をかけたくねえな。

リバースに同調したのは脳内で喋るもう一人の闘真だ。

「どうした難しい顔をして？　さすがに疲れたか？」

闘真の不機嫌な顔を勘違いしたリバースが気づかう。

「いえ大丈夫です」

――いい加減、無視するのやめないか？　もっと賢く生きろよ。

うるさいと叫びたいところだが、またリバースに不審な顔をされる。

「そうだ、由宇に相談しよう」

「あの頭いいお嬢ちゃんか。そうだな。それがいい」

闘真はもう一人の自分についてつぶやいたつもりだったが、リバースは動き出した死体のことと勘違いしたようだ。しかしリバースの言う通り、この件も由宇に相談すべきだ。

——動く死体のほうだけにしておけ。俺達の問題は俺達で解決すべきだ。馬鹿かおまえは。今、グラキエスと戦っているのに、さらによけいな負担をかけるつもりか。

「それはそうかもしれないけど……」

しかし黙っているというのは納得がいかない。

——頑固な奴だな。これは俺達の関係性の変化だ。鳴神尊のことでまたあの女を悩ませるな。いまはグラキエスに集中させておけ。いまだって探しているものが見つからなくて焦ってるんだ。

由宇と別行動をする前に彼女の今後の目的は聞いておいた。古いグラキエスの核が必要だと言っていた。

——あの女の認知能力は人一倍高い。絶対悟られるな。

声には切迫感があった。冗談やからかっている様子はない。それに闘真自身も、言われたことに納得する部分があった。

騒ぎを聞きつけたロシア兵が惨状を見て通信機で何か報告をしていた。

「いまさら遅えよ。しかしなんでこんなグラキエスが基地の中に紛れ込んでるんだ？」

リバースは別の話題を投げかけてくるので、闘真はすぐさま対応できず混乱する。

——基地の混乱を狙ったか。解ってるか、いまこのでかぶつが言ってるのは、ゾンビ兵士のほうだぞ。

「だとしても誰が？」

「基地を混乱させる目的、でしょうか？」

「そんなことできるのは……」

グラキエスを操っていた人物がいたことを思い出す。

——名前は確か、イワン・イヴァノフだったか。

「イワン・イヴァノフです」

9

ずるずると何か重たいものを引きずる音が近づいてくる。

「なんでえ、景気の悪い音させやがって」

貴賓室の窓から退屈そうに外を見ていた不坐だが、引きずる音が部屋のドアの前で止まったことに不機嫌そうに唇を曲げた。

やがて開いたドアから闘真が姿を現したかと思うと、引きずってきた動かなくなったロシア兵を部屋の中央に投げ入れた。

ロシア兵と思われた動かなくなった物体の服は引き裂かれ、そこからグラキエスに酷似したクリスタル状の身体を覗かせていた。

「聞きたいことがあるんだ」

ほとんど荒れ果てたままの貴賓室で心底くつろいでいる不坐を見て、毒気を抜かれてしまった。

「他の部屋に移ろうとは思わなかったの？」

「茶を飲める椅子とテーブルがあれば充分だろうが。聞きたいことってまさかそれじゃねえだろうな？」

「これについて知りたい」

床に転がった兵士を指さし問う。

「俺にはとんと見覚えはねえな」

「死んだはずなのに死体安置所で起き上がったんだ」

「死亡判定がいい加減だったんだろ。葬式の最中に起き上がるなんて、僻地じゃたまに聞く話だ」

不坐はなんのことやらと、わざとらしいゼスチャーでとぼけて見せた。

「スヴェトラーナさんはクレールを生き返らせることができるみたいなこと言ってた。十二年前、クレールはすでに死んでいたって言ったよね？　このグラキエスになりかけてる死体と何か関係があるんじゃないの？」

　不坐は顎をなでて、

「さあ、言った憶えはねぇな」

　とやはりわざとらしくとぼけて見せた。

　――解ってると思うが言ったぞ。この耳でしっかりと聞いた。

　言われなくても闘真も解っていた。もう一人の自分がでているときの記憶はしっかりと残っている。

　揺るがない闘真の眼差しを見て、不坐は舌打ちをする。

「俺の知ってることなんて、たいしたことじゃねえぞ。峰島勇次郎に繋がる手がかりなんて期待するなよ」

　不坐は椅子にこしかけると、簡潔に語り出した。

「クレールが俺のもとに来たのは十二年前、まだ赤ん坊の頃だ。そのときからすでに身体に異常があった。内臓器官はいっさい検査不可能でよ、正体不明の有機的なフォルムをした鉱物のように硬い臓器。当初は遺産技術かと思っていたが、いまにして思えばグラキエスだったんだな。十二年前に事故で亡くなったとき、足りない臓器をあの女はグラキエスで補完しやがった」

「事故？」

「そう、どこの国でも起こってる平凡な事故だ。生まれこそ特殊だが、これぱっかりはどうしようもねえ」

「クレールはグラキエスなの？」

「脳は生身のままだから人間じゃねえか？　グラキエス化してたのは心臓と肺、背骨や肋骨(ろっこつ)の一部だな。人工臓器つけた人間をロボットとは言わねえだろ」

「つまり撃たれたときも死んでいなかったんだね？」

「仮死状態ってやつだろうな」

「それならスヴェトラーナさんの目的も納得がいく。仮死状態のクレールを蘇(よみがえ)らせるつもりなんだ」

　──俺の身体(からだ)を実験台にしてな。

　大きなピースが一つはまろうとしていた。

10

　水をかけられるとずっとうなだれていたイワン・イヴァノフの頭は、ようやく起き上がった。目の前にいるのは、分厚いコートを着込んだゴーゴリだ。

「ようやく目を覚ましたか」

話すゴーゴリの息は真っ白だ。ゴーゴリだけではない。部屋の中にいる他の軍人達の吐く息も白い。

それも当然だ。部屋の窓は開け放たれており、シベリアの冷たい風が吹き込んでいる。異常気象で春になっても雪解けを見せない寒波はますますひどくなり、もはや真冬と言っても差し支えない気温で、マイナス三十度を下回っている。たやすく人の命を奪う温度だ。

対して椅子に縛られているイワンは下着一枚という格好だった。容赦なく冷たい風が水をかけられた皮膚から体温を奪っていく。寒さに震えた歯はかみ合わず、絶えずカチカチと鳴り続けていた。

「感謝してくれてもいいのだぞ。あのまま寝ていたら死んでいたかもしれないからな」

ゴーゴリは恰幅（かっぷく）のいい身体（からだ）を揺らして愉快そうに笑う。笑っているのはゴーゴリだけでほかの軍人は表情一つ動かしていない。

「ははははは、確かにそれは感謝しないとね」

いや、ただゴーゴリ以外ただ一人笑うものがいた。長いまつげや銀髪は凍りついて白くなり、唯一身につけている下着も同様で板のようになっていた。なのに彼は笑う。本当におかしそうに、ゴーゴリよりも楽しそうに笑い声を上げていた。

その様子にさすがのゴーゴリもいつのまにか笑うのをやめ、鬼の形相でイワンをにらみつけていた。

「ふん、まだ余裕があるようだな」

ゴーゴリは傍らのテーブルに置いてある酒瓶からグラスに中身をつぐ。

「生粋のロシア人であるわしはウォッカが好きでね。とくにこのアルコール度数96パーセントのスピリタスをストレートで飲むのを好んでいる」

グラスを片手にゴーゴリは厳かに言う。

「我らがロシアの大地よ、そしてシベリアの地よ、栄光あれ」

グラスの中身を一気に飲み干すと、満足そうにゲップをした。

「ふむ、寒いときはこれに限る。全身がかっと熱くなり、シベリアの寒さに負けない身体にしてくれる」

「スピリタスはカクテルにして飲むのが正しい飲み方だよ。ストレートで飲むなんて、馬鹿な若者がはしゃぐときの飲み方だよ」

ゴーゴリはアルコールとは異なる顔の赤さで、手に持っていたグラスを床にたたきつけた。

「ふん、これでもわしは慈悲深くてね。この寒さに耐えられるようにスピリタスを馳走してやろうと言うのだ。ストレートは好まないようだが、贅沢は言うなよ」

そう言って酒瓶をイワンの目の前まで運ぶと、逆さにして頭からスピリタスをかけた。アルコール度数96パーセントの液体は、体温の熱ですぐに蒸発する。そのさいの気化熱で容赦なく体の表面から体温を奪ってしまった。

体温の低下は水をかけられたときの比ではない。イワンの身体はますます蒼白となり、痙攣を起こしている。心臓発作でいつ心停止してもおかしくない状態だ。

「どうだね。ストレートのスピリタスも悪くないだろう」

「司令。このままだと死んでしまいます。尋問の一つもしないうちに殺してしまうのはいかがなものかと」

「この程度では死なんよ。末端の凍傷がせいぜいだ。手足の指や耳は凍傷で切断するはめになるかもしれんが、しかたあるまい。この程度の怪我、シベリアでは珍しくない。しかし尋問は必要か。おい、日本から来た博士の行方を聞かねばなるまい。どうなんだ？　あの博士を呼んだのはおまえだぞ」

「拷問の方法としては下の下だね。恐怖で口を割るかどうか見極められないなら尋問官などやめたほうがいい。親身になり敵地で唯一の友人と思わせストックホルム症候群を狙うほうがマシだ。信頼を築くなど……」

イワンは歯の根が合わないほど震えているが、それでも不思議なほど流ちょうに喋っていた。その姿がゴーゴリの怒りを買い、さらにスピリタスをかけられた。

さらに凍えたイワンは身体をのけぞらせて痙攣するばかりで、答えられる状態には見えなかった。

「ふう、これでは聞きたくとも無理だな。死なんていどに治療はしてやれ。それでも死んでしまったらしかたない。ＡＤＥＭの連中に知られると面倒だ。自害したことにしておけ」

ゴーゴリが立ち去ろうとすると、イワンは今度は前のめりに痙攣しうめきだす。開いた口から大量の液体がこぼれ落ちて床を汚した。

「まったく醜悪で見ておれん」

「ぐ、が、が……」

ゴーゴリは鼻をつまみながら部屋を出て行こうとした。しかし周囲の軍人のざわめきに、再度足を止める羽目になった。

「何を騒いでおる！」

イワンを見たゴーゴリは、軍人達が何に驚いているのかすぐに理解した。

うつむいたイワンの口は限界まで開いていた。そして口の中から腕ほどの太さのあるヒルのようなものが、身体をうねらせながら出てこようとしていた。

「な、なんだこれは！」

口からこぼれおちると、ヒルのようなものは床の上でのたうち回った。さらにもう一つ、イワンの口から巨大なヒルが這い出てくる。イワンは五体吐き出したところで、ようやく痙攣が止まり、身体を起こし口を閉じた。

「失礼、見苦しいものを見せてしまったね。紹介しよう。寄生型グラキエス、パラシートゥスだよ」

ようやく我に返った軍人達が銃を抜き続けざまに撃った。しかしその前に五体のパラシュートウスは身体をうねらせてはねると、ゴーゴリやほかの軍人達の身体へ蛇のように絡みついた。

「うわ、なんだ。離せ、離すんだ!」

「君達が見るのは初めてかな。グラキエスの中でももっとも進化した種だ。なにせこのグラキエスは弱点である炭素を克服する可能性を秘めている」

ヒルのようなグラキエスは腕や足、身体を登り、顔を目指した。やがて叫び声をあげる軍人の口の中に無理やり太い身体を割り込ませる。ゴーゴリも顎が外れそうになるくらい無理やり口を開かされ、そこからグラキエスは喉の奥へと入り込み、最後は左右に揺れる尾まで口の中に消えてしまった。誰もが腹をおさえてのたうち回った。

「苦しいかい。しかし我慢してほしいね。君達は生まれ変わるんだ」

誰もが苦悶の表情でのたうつなかで、イワンは悠然と縛られた身体のロープを引きちぎると、スピリタスをまだ割れていないグラスにそそぎ、一気に飲み干した。

「空きっ腹にスピリタスのストレートはきつすぎるな。しかしこの胃と口の中が焼けるような感じ。生きていると実感するね。うん、ストレートも悪くない。さっきは馬鹿な飲み方だと馬鹿にして悪かったね。聞こえているかいゴーゴリ司令官。喜んでくれ。君を認めるのは初めてのことだよ」

ゴーゴリに聞いている余裕など欠片(かけら)もなかった。のたうちまわり痙攣(けいれん)し、顔色は見る間に青ざめていく。皮膚の内側に蛇がいるかのように波打つ。

その凄惨極まる光景がどれほど続いただろうか。五分か十分か。その間イワンは、椅子に座りまるでワインを楽しむかのように、スピリタスを飲んでいた。

「おや、空になってしまったか。先ほどもったいないこぼし方をするから。でもちょうどいい頃合いかな」

イワンが立ち上がった足下にはゴーゴリやほかの軍人が横たわったままほとんど動かなくなっていた。だからといって死んでいるわけではない。開いている目がでたらめに動いている。まるでカメレオンのように両目の動きはバラバラだ。

脳を乗っ取り人形にするか新たないかずち隊の先兵とするか。

「兵士には向かなそうだよね」

ゴーゴリの贅肉(ぜいにく)まみれの身体(からだ)を見てイワンは鼻でせせら笑う。なんと醜い生き物だろうか。兵にも駒にもできそうにない。いや、したくない。利用価値は高そうだが、いっそ殺してしまうのもいいか。

思考に没頭していたわけではなかったが、ドアがいつのまにか開いており中を見ている人物がいることに気づくのが遅れた。

「やあ麗しのグラキエスの聖母、スヴェトラーナ・クレール・ボギンスカヤ様ではありませんか」

　イワンがうやうやしく一礼するのは、冷ややかな眼差しを送っているスヴェトラーナだった。いつから部屋の有様を見ていたのか。その目からはなんの感情も読み取れず不気味だった。

「まるで昔のあなたのようですね。二十年以上前のあなたはそんな目をしていた。もっとも憧れていた頃の姿ですよ。ああ、天上の女神も同じようにゴミを見るような目で人間を見るのでしょうね」

　わざとらしい芝居がかったイワンの口上は完全に無視した。

「あなたのプラグ、役に立ちました」

　その腕には布に巻かれた子供一人分の大きさのものを抱きかかえていた。

「これでクレールを蘇らせる可能性が開けた。忌まわしい記憶でしたが、礼は言っておきます」

「おや、まだ蘇らせられない？」

「一度は成功しましたが、ADEMのグラキエス対策が不透明なので、いまは仮死状態にしてあります。それより……」

　スヴェトラーナの髪が何本か持ち上がると苦しんでいるゴーゴリ達の口の中に入り込み、グラキエスを引きずり出した。ほとんど瀕死だがゴーゴリ達はまだかろうじて生きていた。

「無駄に相手を苦しめるのは悪趣味よ」

髪に絡め取られた五体のグラキエスは、締め付けられそのまま粉々に砕け散った。

「僕の邪魔をしに来たのかな？」

「礼と忠告を兼ねて、でしょうか。私はずっと誰かの手のひらで踊らされていた。そんな人生だった」

イワンは鼻で笑う。

「あなたも誰の手のひらで踊っているか早く気づきなさい」

スヴェトラーナはそれだけを言うと背を向けて歩き出した。しかしイワンはその背に向かって甘い声をかける。

「ねえ、親愛なるスヴェトラーナ。あなたがいればグラキエスはさらに高みへといける。いまみたいに不完全な炭素克服ではなくてね。無機物生物と有機物生物の長所を併せ持ったさらなる進化を望むこともできる。完璧を超えたさらに先の世界を見ることができる。僕と貴方ならその世界の王になれる！」

しかしスヴェトラーナは振り向きもしなかった。

「もう何かの上に立つのはまっぴらです。いまはこの子を助けることだけ」

スヴェトラーナが愛おしそうに布にくるまれたものに頬を寄せると、めくれて中から眠っているかのように見えるクレールの顔が現れた。

世界すべてを統べる存在と子供一人とを比べて子供を選ぶ理由がイワンには解らない。

「人間はグラキエスに滅ぼされる。それはもう決定事項だ。なのに人間を選ぶというのかい⁉」

「人もグラキエスも選んだつもりはないけれど。いいでしょう。屋上に出てみなさい。面白いものが見られますよ」

スヴェトラーナは意味深にぞくりとするような笑顔を残して、その場を立ち去った。

「ふられたのかな。まあ、いまのところは逃がしてあげるよ」

ずっと探し求めてきた女王。グラキエスも女王も何もかも手にしてみせる。

「それはともかく屋上から何が見えるっていうんだ？」

イワンは酒で濡れた前髪をかきあげ、近くの兵士からコートを剝ぎ取ると、屋上に通じるドアに向かった。

基地内はもっと混乱していると思ったが思ったよりも静かだった。寄生型グラキエスを仕込んだつもりだったが、騒ぎになっている様子はなかった。

「まあ、いいか。他にも手段はある」

11

イワンは悠然と足を運ぶ。

「さて何が見えるのかな？」

屋上へのドアを開けた途端、シベリアの冷たい空気が吹きすさんできた。刺すような風に思わず身震いをする。空をどんよりと暗くしている雲の流れは速く、白夜も相まって常に薄暗い。

「グラキエスはまだ到着していないのか？」

それだけは不可解だった。地平の彼方には赤い光点が無数にあり、グラキエスがひしめいているのが解る。ならばこの基地ももう呑み込まれているはずだ。

「何か時間稼ぎでもしたのか？」

風が強いのでタバコに火をつけるのも苦労をする。それでもひさしぶりに吸うタバコは格別の味だ。

飛行型のグラキエスが五体、基地周辺に飛んできた。飛行型のグラキエスはどれもさほど強くはない。飛行に能力のほとんどを奪われるからだ。その代わり機動力は高く、撃退は困難。基地内に潜入しただけでパニックだろう。

次の瞬間イワンが見たのは信じられない光景だ。どこからか見たこともない形の戦闘機が飛んできた。空中で急制動をかけてほとんどホバリング状態になる。

「ＶＴＯＬ機？　あんな形は知らないぞ。ＬＣ部隊の兵器か？」

指の間からタバコがこぼれ落ちても気づかないほど彼は驚いた。ＶＴＯＬ機の軌道がおかしい。ヘリのようにホバリングできる程度ではなかった。飛行型グラキエスを中心に周囲を旋回し、四方八方から機銃を浴びせかけた。あまりにも速い軌道に、三百六十度同時に撃たれたと言っても過言でないほどだ。

最初の射撃であっさりと二体のグラキエスが打ち落とされた。しかし同時に三体のグラキエスが四方からVTOL機に襲いかかる。たまたまとれた連携だろうが、VTOL機にかわす手段はないだろう。

しかしVTOL機はコインのように機体を回転させ二体を回避しすれ違いざまに打ち落とすと、上空から襲いかかった最後の一体を鋭利な直角軌道で回避しあっさり背後を取り打ち落としてしまった。

VTOL機の飛行能力でもなければヘリの機動力でもない。ドローンのような自在な動きすら不自由に見えてしまう。

これまでの航空機の概念を覆すものが目の前を飛んでいた。

「これがADEMの切り札か！」

スヴェトラーナが屋上で面白いものが見られると言ったのも解る。これがあればグラキエス相手に制空権をとれるだろう。

イワンはのんびりとした足取りで屋上の端に向かった。

「でもグラキエス相手に制空権を取ったところでなんの意味があるんだろうね。グラキエスの脅威は地上と地下。空は弱小種の逃げ場所にすぎない」

のんびりとした足取りがいったん止まった。屋上の端へ近づくにつれて見えてくるものがあった。

「なんだ？」

わずかに見える地形に違和感を覚えた。グラキエスの動きの流れもおかしい。

止めた足を進める。その足が徐々に速くなった。

「馬鹿な、馬鹿な、そんな馬鹿なことあるものかっ！」

イワンは思わず手すりから身を乗り出す。わずかに見えていたものが、錯覚でもなんでもないことを思い知らされた。

目の前にあるものが信じられない。

基地を取り囲むようにいつのまにか巨大な渓谷があった。どんな巨大なグラキエスも乗り越えられるような大きさではない。断崖絶壁と言っていいほど鋭く切り立った深い渓谷はイワンの位置からは底が見えず、幅は目算で1キロ以上はあった。

シベリアの厳しい自然が生み出した地形の中にも、いま目の前にあるような険しい渓谷は見当たらない。

その渓谷を前に無数のグラキエスが立ち往生をしている。しかし群れの動きに押されて落下するグラキエスも少なくなかった。次々と落下するグラキエスは途中の岩壁に叩(たた)きつけられ、破壊されバラバラになり、渓谷の底へと消えていく。まるで地獄絵図だ。

大きさ100メートル以上の山頂の異名を取るグラキエス、クルメンが現れた。しかし幅1000メートル以上の渓谷を越えられるはずはなく、立ち往生をしていたクルメンが引き返そうと身をよじらせたところ、地面が崩れ、そのまま大量の土砂と一緒に落下した。

クルメンが地面に激突したとおぼしき轟音が鳴り響くまで十五秒以上たっていた。

「まさか深さまで1000メートル以上あるのか？　ははは、まさか、ありえない……」

いかにクルメンといえどもひとたまりもないだろう。谷底で粉々に砕け散ったに違いない。

つまるところグラキエスが基地内に入るには空からしかない。しかし飛行型のグラキエスは、あの重力や慣性を無視したかのような異常な機動力を持ったVTOL機に打ち落とされる。

いまこの基地周辺は鉄壁に守られていた。三百六十度すべてグラキエスの生息圏に囲まれながら、基地内はどこよりも平和だった。

「誰が、どうやって……こんなことを……」

誰がと考えるまでもない。あの峰島勇次郎の娘以外にこんな荒唐無稽な守りを実行できるものがいるわけがない。

「こんな巨大な渓谷を作る遺産技術があったのか……」

「そんな都合のいいもの、あるはずがないだろう」

イワンの隣で声がした。いつのまにかそこにはくだんの人物、峰島由宇が立っていた。

「派手なことをやったように見えるが、実際は地道な作業だ。手持ちの武器はバンカーバスター数十発と地下構造を調べるミツバチのみ。あとはビル破壊のように、的確なポイントをバンカーバスターで破壊し地面を崩しただけだ。魔法でもなければ超技術でもない。これまで人類が積み重ねてきた技術を応用したにすぎない」

手すりに寄りかかった由宇は淡々と説明をする。

「グラキエスが優れた種？　あまり人間をなめてもらっては困る」

「そうか、グラキエスが食い荒らした地下空洞も利用したのか」

「種明かしをしてみればたいした遺産技術は使っていない」

「何を寝ぼけたことを。君の頭脳という一番の遺産が使われているじゃないか。平凡な技術も君の手にかかれば魔法を生み出す道具となる」

イワンは渓谷から目を背け由宇を見た。この少女さえいなければ、いまごろこの基地はグラキエスで全滅していただろう。

「それで、自分の功績を自慢しにきたのかい？」

「取引だ。岸田博士の居場所を知りたい。どこに連れて行った？　もし教えてくれたなら、ＡＤＥＭは減刑も考えると言っている。おそらく人権を剝奪し、ＡＤＥＭの研究者の一人として採用するつもりだろう」

「それは減刑と言えるのかい？」

「死刑になるよりはマシとだけ答えておこう」

「確かにロシア政府は僕を死刑にするだろうね。地獄のような場所に収監し、弱り切ったところでむごたらしい方法で処刑するだろう。ああ、いやだいやだ。ソ連時代からこの国はさほど成長していないよ」

イワンは嘆息する。

「白状するけど僕は岸田博士の居場所を知らない。思わせぶりな態度をとったことがあるかもしれないけど、嘘は言ってないはずだね」

由宇は記憶を探る表情をして、すぐに判断を下す。

「確かに言っていない」

「そうだろう？　僕は嘘は嫌いなんだ」

「それは嘘だろう。しかしおまえの部下のマーガレットは岸田博士の居場所を知っていたぞ」

「……本当に？」

イワンは珍しく間の抜けた表情で問い返してきた。

「ああ、いや、ありえるか。……ありえるのか？　彼女の行動を完全に把握しているわけではないしな。……こういうことも起こりうるのか。まあだとしても根本的には僕は無関係だ。現在の岸田博士の居場所という点においてはだけどね。てっきり地下で野垂れ死んでいるかＡＤＥＭが保護していると思ったけど、これは中々興味深い謎だ。岸田博士はどこに消えたのだろうね。彼の身体能力を考えれば、たいして逃げられないだろう。もう死んでると思ったほうがいいね」

「地下には遺体も痕跡もなかった。ならばもう一つ聞こう。グラキエスの脳の場所だ」

「グラキエスの脳？」

イワンの様子は知らないというより困惑している様子だった。

「まさか知らないとでも言うつもりか？　高さ3メートルはある巨大な脳だ」

「いや、とぼけているわけじゃない。違う、違う……。知ってるはずだ」

イワンの表情から薄ら笑いが完全に消え去った。

「そうだ。僕は知っているはずだ。……そのはずだ。だから僕は……」

困惑するイワンの前に、由宇が差し出したものがあった。

「おまえがスヴェトラーナに渡したものと同じ、失われた記憶を取り戻すプラグだ」

「そういえばそんなこともあったね」

イワンの眼差しが不安で揺れていた。

「すべてを思い出したければ、このプラグを自分に差すといい」

「何を言ってるんだ。僕にプラグなんて……」

そう言ってうなじを触って確認する。そこには人の肌の感触しかなくほっとした。

「ふん、そんなブラフで僕を混乱させる気か」

由宇は黙って己のこめかみを叩いた。イワンはおそるおそる己のこめかみを触る。皮膚の感触はあった。しかしその下に骨とは異なる硬い感触があった。

「なぜだ、なぜ僕にこんなものがある？」

「スヴェトラーナもおまえも老化が止まっている。旧タイプのブレインプロクシは不完全で脳のホルモンバランスを崩す代物だ。見た目が若く保たれるメリットもあるが、記憶破壊というデメリットもある。大事な記憶を失っているのはスヴェトラーナだけではない」

おまえもだと由宇はイワンの手にプラグを無理矢理渡した。

「僕の記憶……」

取り返しのつかない何かが待っているのは解っていた。これは忘れたままにしたほうがいい記憶。決して思い出さないほうがいい真実だ。

それでもイワンはプラグを手に取ってしまった。とりつかれたように震える手でプラグをこめかみに当てる。皮膚はあっさりと裂けてプラグの先は、イワンの頭部のソケットに呑み込まれていった。

12

――十五年前。

ソビエト連邦のマッドサイエンティスト、セルゲイ・イヴァノフが日本に亡命し亡くなってから五年が経過していた。

彼の数々の研究成果が残されたツァーリ研究局は即刻破棄され、放置され、ないものとされた。セルゲイの部下として研究局に勤めていた学者達は、ある者は僻地に飛ばされ、ある者は閑職に追われ、ある者は亡命の責任をとらされ収容所送りとなった。

ツァーリ研究局は忌まわしい出来事として、無理矢理人々の記憶から消されていった。ソビエト連邦が崩壊しロシアへと国のあり方が移り変わった混乱により、記憶からも記録からも抹消された。

かつてまだ無名だった峰島勇次郎の技術が、そこで研究されていたことを知る者はほとんど残っていなかった。


ノックと言うにはあまりにも激しい音だった。

しかし部屋の中にいる酒瓶を持った男は、焦点の合わない目線を天井に向けたまま動こうとはしなかった。髪は埃をかぶったように薄汚れ、呆けた顔で口の端からはよだれを垂らしている。

一見して正常ではなく、何かしらの薬物を服用しているように見えた。

激しいノックは執拗なまでに続く。男の目線がわずかに玄関のドアに向けられたが、立ち上がることはなく、ウオッカの酒瓶を緩慢に口に運ぶだけだった。しかしすでにからとなった酒瓶は男に潤いを与えることはなかった。

未練がましく逆さに何度か振ってようやくこぼれてきた一滴を、伸ばした舌先で受け取る。それ以上は何度振っても出ることはなく、男はいまいましそうに酒瓶を投げた。壁にぶつかって割れた酒瓶のガラス片が、床に散らばってもまったくおかまいなしだ。

空いて手持ち無沙汰になった手はしばらく宙を目的なくさまよっていた。目に映るのは狭くて汚らしい部屋とキッチン、寒々しい外の景色ばかりで、まだ中身の残っている酒瓶はどこにもなかった。

代わりに伸ばした手がつかんだものは、写真立てだ。割れたガラスごしに見える写真には、数名の若い男女が写っていた。割れたガラスに映る己と、写真の中の己を見比べて男は苦笑する。いまと違い写真の中の男は無精ひげも生えておらず、しゃれた身なりをしていた。

呆けた表情が一瞬だけ真顔になり、指先が写真の端に写っている一人の女性をなぞる。亜麻色の長い髪をした美しい女性だ。

ようやくノックの音が収まる。しかしあきらめたわけではなかった。

数発の銃声が鳴り響き、ドアのノブが吹き飛んだ。床を転がったドアノブが男の足下に転がる。

ドアノブからゆっくりと目線を上げて玄関を見ると、すでに開いたドアから軍服を着た数名の人間が侵入していた。

全員が銃を携帯していた。AK—47、ソビエト連邦が生んだ自動小銃の傑作は銃口こそ下がっていて男に向けられてはいなかったが、安全装置ははずれ引き金に指がかかっており、いつでも撃てる状態にあった。

「KGBがいったいなんのようだい？」

男はのんびりとした口調で銃を持った男達に話しかける。

「ソ連国家保安委員会（KGB）の名はもうない。ロシア連邦保安庁（FSB）だ」

そう答えたのは軍服の男達の中央から割って入ってきた人物だった。

逆光の黒いシルエットは、その人物の均整のとれた体を浮き彫りにした。長い手足に引き締まった体。アッシュの髪は長いが女性というわけではなかった。光が浮き彫りにした横顔は端整ながらも、まごうことなき男性のものだ。

「ずいぶんと落ちぶれたな。まさかおまえがこんな生活をしているとは思いも寄らなかった」

男はまぶしさに目を細めて新たに現れた人物に目を向ける。

「ヨアヒム、君ほどじゃないさ。昔はトイレでうっかり体制への不平不満もこぼせないって嫌っていたのに、いまじゃKGBと肩を並べるのかい？」

男は写真立てに写っている一人を指さした。そこにはいま目の前にいるヨアヒムと呼ばれた人物が写っている。身なりはいまとさほど変わらないものの、優しい雰囲気はごっそりと抜け落ちて、代わりに張り詰めた雰囲気をまとっていた。

「ＦＳＢだ。何度も言わせるな」

ヨアヒムはわずかにいらだった様子でとがめる。

「さて問題はなぜ僕のもとにＫＧＢが来たかだ。酔った勢いでトイレで体制に文句を言ったか、あるいは大統領の悪口を往来で叫んでしまったか、はたまた選挙ポスターにつばを吐きかけたか。残念、どれかやったかもしれないが酔ってて覚えてないんだ」

しかし男の態度が改まることはなかった。それどころか酔った身体(からだ)で立ち上がると、大げさな身振り手振りで語り出しよけいに相手を煽(あお)っている。

ヨアヒムはため息とともに態度を改めさせることを放棄する。

「ツァーリ研究局を再開する」

割れた写真立てを振り回し語っている男の動作が止まった。

「ロシアになってから聞いたジョークの中では、最悪のセンスだね。いつからソビエト連邦は祖国を裏切った人間の手柄を再評価するような心豊かな国になったんだい？」

「セルゲイ・イヴァノフが残した研究成果が見直されたんだ。我々はセルゲイ・イヴァノフの遺産と呼んでいる」

それを聞いた男の口からこぼれたのは嘲笑だ。すがすがしいまでに馬鹿にしきった笑い声をあげた。

「はははははは、君はしばらく会わない間にジョークのセンスが磨かれたようだ。正直に言ったらどうなんだい。最近新政権と仲が良い新興財閥の連中が、セルゲイ・イヴァノフの研究に金の臭いをかぎつけたんだ。これはそのための調査。金のなる木をあさりに行くんだってね」

ソビエト連邦が崩壊しロシアという国として再開してまもなく、新政権と癒着したのは新興財閥だった。その結果国民の貧困を招くことになる。男のみすぼらしい住まいも、そうした問題が浮き彫りになった形の一つなのかもしれない。

ヨアヒムは皮肉めいた笑顔を見せるだけにとどまる。しかしここに来て初めて見せる表情らしい表情がすべてを物語っていた。

男は考える姿勢を取りながら、銃を携帯している男達を見る。

「僕に拒否権はなさそうだね」

「おまえの力が必要だ。あの研究局を一番熟知しているのはおまえだ」

「存分に異を唱えたいところだけどいまはやめておこう。時間の無駄だ。二十分待ってくれるかい」

ヨアヒムは言われた通り二十分待った。その間男はシャワーを浴び、無精ひげを剃り、くたびれた服をゴミ箱に放り投げると、どこからか真新しいスーツを出してきた。口笛を吹きながら、髪型を整えた櫛を懐にしまう。

先ほどとはまるで別人だった。ややウェーブした青みがかった銀髪に、女性を惑わせそうな甘いマスク。あまりの変わりように銃を持った男達の間に、無言の動揺が走った。

ただ一人、ヨアヒムだけはそれを当然のことのように受け止める。

「ようやく俺が知っているイワン・イヴァノフになったな」

「ヨアヒムも退屈そうな性格だけは変わっていなくて安心したよ」

男——イワン・イヴァノフはキザったらしく笑うと、

「ところで銃を貸してくれるかい？」

と唐突なことを言い出した。ヨアヒムは戸惑いながらも拳銃をイワンに渡した。その程度にはイワンのことを信用していた。

「ありがとう」

イワンは拳銃を受け取りざまセーフティレバーを下ろすと、銃を持った兵士の一人に銃口を向け、躊躇(ちゅうちょ)なく引き金をひいた。

銃声が鳴り響き、一人が胸から血を流しながら倒れた。すぐさま他の兵士達が銃をイワンに向けようとしたが、ヨアヒムが手を上げてそれを制する。

「なんのつもりだ？」

しかし追及する口調は厳しかった。

「なんのつもりだとはご挨拶だね。感謝してほしいくらいだ」

対してイワンの話し方はあまりにも軽薄だ。

「感謝だと？」

「警護にスパイを紛れ込ませるとは、一番笑えないジョークだ」

驚いたヨアヒムはすでに絶命している床に転がっている兵士を見る。

「ああ、ちなみに僕の拳銃の腕は最悪だよ。本当はこっちの男を撃ちたかったんだ」

そう言って隣の男に銃を向けると、再度ためらいなく引き金を引いた。

「よし、今度はちゃんと当たった。最初の彼には悪いことをしたな。まあ運が悪かったと思ってあきらめてもらうしかない。しかし銃は手がしびれて好きになれないよ」

のんびりとした口調でまだ唖然としているヨアヒムに銃を押し返すと、死体をまたいで外に出ようとする。

「どうした、いかないのかい？　これからお宝探しをするんだろう。それとも金脈発掘と言ったほうがいいのかな？」

誰がこのような光景を想像しただろうか。

そこは五年前に閉鎖されたツァーリ研究局であるはずだった。

五年間放置されたことによる建物や機材の劣化は当然のことながら予想されていた。あるいは研究局に放置されっぱなしの高価な機材を狙って荒らされている可能性もあった。

しかし実際の光景はいずれでもなかった。まったく予想のできない理解不能の光景が広がっていた。

「これはいったいなんなんだ……」

ヨアヒムを始め、数名の研究局職員と中隊規模のロシア兵はただただ呆然とするしかなかった。

研究局の倉庫の最奥の床や壁、天井には奇妙な物体が無数に張り付いて蠢いていた。ハチやアリの巣、あるいは明かりに群がる虫を連想させる光景だったが、張り付いているのは虫ではない。それどころか生き物ですらない。

粘土細工で適当に作った不格好な四足歩行の何かだ。それが張り付いて連なって蠢いている。

イワンは足下に近づいてきた奇妙な物体を指でつまもうとした。しかし指先が触れた途端、鈍い痛みが走る。皮膚の表面がうっすらと剝がれていた。さらに奇妙なことにつまもうとした動く物体が砂のように崩れてしまい動かなくなった。奇妙な物体の何かしらの攻撃的な行動にしては奇妙だ。

崩れて砂状になった物体の中に赤いルビーのようなものを見つけると、爪ほどの大きさのそれをつまみ上げた。

「なんだこれは？」

見覚えのある形状をしている。ＩＦＣと呼ばれているものだ。ただし記憶の中にあるＩＦＣに比べるとディティールが甘い。刻印されている型番もぼやけている。できの悪い金型で作った劣化コピーのようだ。

しかしなぜそんなものが奇妙な物体の中にあるのか解らない。

今度は手袋ごしに慎重に触れてみる。身につけていた手袋は耐熱耐溶剤性の高いシリコン手袋だ。それがあっさりと溶けた。指先が直接接触したときと違うのは、動く奇妙な物体が崩れなかったことだ。それどころか溶けた手袋の一部を取り込んで一回り大きくなり、活動を続けている。

「これはいったいなんなんだ？」

グラキエスが初めて人の目に触れた瞬間だった。

13

当局にきちんと報告しようと主張するヨアヒムと、自分達で観察管理ししかるべきときに発表しようと主張するイワンと、意見は真っ向からぶつかり合った。

それでも折れたのはヨアヒムだ。旧ツァーリ研究局のつらい日々を思い出せ。その一言が効いた。セルゲイ・イヴァノフは才能ある子供達を集めて、英才教育を施したが、その手段は非道の一言であった。

イワンもヨアヒムも集められた才能ある子供達の一人だった。

思い悩んだヨアヒムはイワンの案に乗った。ここで大きな手柄をたてなければ、五年前のつらい日々も浮かばれないと考えた。

――僕はつらくなかったけどね。

頭一つ飛び抜けて才覚を見せたイワンは、他の子供のような人体実験に等しい薬漬けにされることもなかった。

イワン達が無機物生物――のちにグラキエスと名付けられるものを見つけて三年が経過した。

イワンとヨアヒムは順番に旧ツァーリ研究局に向かい、無機物生物の観察を続けていた。

――なんと弱々しく、刺激的な存在なのだろう。

無機物生物が炭素に弱いことはほどなく判明した。致命的と言っていい弱点だ。生物に触れれば崩壊し、二酸化炭素の濃度が濃くても崩壊する。しかし様々な変化を遂げていて、たった三年でより高度な構造になったのは驚異の一言だ。

炭素という弱点は人間にとっては好都合だったかもしれない。もしその弱点がなく外を自由に動き回れるようになれば、あっというまに勢力圏を広げただろう。

ある日ヨアヒムが旧ツァーリ研究局から戻らないということがあった。

「事故か事件か、もしかして無機物生物に喰われたかな」

イワンは特に心配していなかった。ヨアヒムの生死にはさほど興味がなかった。ヨアヒムはよくイワンの健康状態を気にかけていたが、その気持ちはまるで理解できなかった。

旧ツァーリ研究局は古く手入れもされていない。何か事故が起こっても不思議ではなかった。ヨアヒムの遺体を発見したら面倒だ。イワンはその程度にしか考えていなかった。

しかしそこに待ち受けていたのは信じられないものだった。

「なんだこれは……」

研究局の最奥に巨大な人間の脳のようなものがあった。形だけは脳だがそれ以外の特徴は無機物生物の特徴を兼ね備えており一見コンクリートのような硬い外見をしているが、よく見ると表面が脈動していた。

「こんなもの知らないぞ」

目の前の光景に心を奪われていると、どこからか足音が聞こえてきた。まだ帰らないヨアヒムかとも思ったが、何か違うと感じとっさに身を隠してしまった。

――GRUかロシア連邦保安庁が嗅ぎつけたか？

前者ならまだ交渉の余地はあるが、後者ならば容赦なくイワン達から無機物生物を取り上げるだろう。しかし現れたのはどちらの人間でもなかった。ヨアヒムでもない。それでいて一目見てその人物が何者か解った。

「峰島勇次郎……」

セルゲイ・イヴァノフの名をあっというまに過去のものにしてしまった今世紀最高の天才。

「ふむ、目覚めるには何か刺激が必要か」

勇次郎が不用意にノックをするように素手で叩くと、脳の表面が崩れ落ちる。珪素と炭素を取り違える誤動作だ。一歩間違えればあっというまに崩壊してしまう。

「やめろっ！」

不用意に素手で触るのが許せず思わず飛び出してしまった。自分の中に我を忘れてしまう感情が残っていることに驚く。無機物生物に予想以上に入れ込んでいた。

「炭素と珪素を間違えて誤動作をしているくらい解らないのか？」

「解るとも。私がずいぶん昔に作った代物だからね」

そうだった。ＩＦＣは峰島勇次郎の技術が詰まったゼロファイルを解析して、自分とセルゲイの二人で作り上げたものだ。

「完成されたものというのは嫌いでね。予定通り予測通り動作したところで、なんの面白みもない。未知がないではないか。好奇心を刺激するものを欲している」

嘆息する勇次郎は本当につまらなそうにしている。

「まさかＩＦＣの誤動作がこのような形になるとは。素晴らしい！　これだけ好奇心を刺激されたことは、いままでの人生の中でも片手で数えられるほどしかない」

一挙一動から目が離せない。気味が悪いくらい流ちょうなロシア語が紡ぎ出す言葉は、さほど共感できるものではないはずなのに、なぜか聞き入ってしまう。勇次郎には常軌を逸した者だけが見せる奇妙なカリスマ性があった。

「さてイワン・イヴァノフ君」

「どうして僕の名前を知っている⁉」

勇次郎は巨大な脳のそばを離れ、ゆっくりと歩み寄ってきた。ただそれだけなのに猛獣に出くわしたかのようにイワンの全身から汗が噴き出した。いや猛獣なら可愛いものだ。対処法はいくらでもある。この男こそまったく未知の存在だ。人類の歴史上に生まれたとは思えないほど、異質な空気をまとっていた。

「いままで何人かここに来たのだがね。一人はこの研究局で君の同僚だった男、ヨアヒムだよ」

「あいつに何かしたのか？」

勇次郎が目の前に立った。背格好はさほど変わらない。威圧感があるわけでもない。ただそこに立っている。なのに気圧されてしまう。

「じつのところ君が来るのを待っていたのだよ。いままで来た人間では知性が足りない。しかし君ならば条件を満たしていそうだ」

勇次郎はつま先で軽く地面をタップした。硬質な音が洞窟内に響き渡る。

音に呼応するように何かが地面を這うように近づいてきた。蛇のようだが、もっと太く短い。

あっというまに足からまとわりついてきて登ってきた。

「やめろ、やめ……」

叫んだ口に堅い頭部が入り込む。身体をくねらせて喉から身体の中へ入り込んだ。すさまじい激痛に目の前が暗くなった。

気絶から目覚めたイワンは己の身体を見て叫んだ。胸や腕が硬い。まるで無機物生物のようだ。身体が硬化する病気はあるが、ここまで急激に症状は進まない。

「どうなっている！　どうなってるんだ！」

イワンの叫びに勇次郎は極めて冷静だ。

「君はこのように考えたことはないかい？　ＩＦＣは炭素と珪素で誤動作を引き起こし崩壊する。グラキエスの弱点だ。だが炭素と珪素を取り違えても誤動作を引き起こさなかったら？なかなか興味深い実験だとは思わないかね？」

「グラキエス？」

「ああ、無機物生物という名称はどうにも味気なくてね。炭素の代表がダイヤモンドなら対照的に珪素の代表は水晶だろう。水晶は単一元素ではないが。さて、その結果がいまの君だ。どうかね？　身体が徐々に人でないものに変わっていくのは、なかなか体験できるものではない」

　この男は何を言っているのか。

「ただ残念ながら、いままでの実験体は君ほどうまくはいっていない。もう一人の男は、脳の機能はほとんど失われるだろう。擬似的な人格チップを取り付けるとしようか。しかし君は人格や記憶までしっかりと残りそうだ。これは生来の脳機能の優秀さが関係していると私は見ている。君の脳はシナプスの繋がりがしっかりしていて、珪素に置き換わっても脳機能が保たれているのだろう。さてここで君は生物としてどのように行動するだろう。どのように意識が変わるのかとても興味深い」

　勇次郎が説明している間もイワンは恐怖で叫び続けた。

「自分が人間以外になるのがそれほど怖いかね？　ふむ、このままだとせっかく残った記憶や人格が崩壊しかねないか。しかたない」

　勇次郎の手がイワンの頭をつかんだ。

「では――になった記憶を破壊するとしよう」

　そこでイワンの意識は途切れた。

14

「ああああああああっ！　あああああああああああっ！」

蘇った記憶の続きをするかのようにイワンは叫び続けた。

「なんだいまの記憶は！　知らない、知らないぞ！」

目を見開き頭を抱え、何かに必死に耐えようとする。

「いったい、僕はなんなんだ……」

錯乱しうずくまる姿に由宇は哀れみの眼差しを向ける。

「違う、違う、違うっ！　僕は――なんかじゃない！」

肝心の言葉が声にならない。

「さて大詰めと行こうじゃないか」

「大詰め？」

「グラキエスと決着をつけるときだ」

由宇が空を指さす。分厚い雲を押しのけて現れた飛行物体があった。

元海星の主力兵器、フリーダムだ。一見ゆっくり移動しているように見えるが、それはフリーダムが巨大だからに他ならない。

全長320メートル、全幅432メートル。世界最大の航空機は分厚い雲に張り付いたように飛んでいた。

艦載機の発着場である後部ハッチが開いた。しかし艦載機が発進するわけではなかった。ハッチのカタパルトに乗っているのは艦載機ではなく、巨大なライトと数名の人間だ。そのうちの一人は双眼鏡を持って、開いたハッチの向こうに広がる地平線を双眼鏡で覗(のぞ)いていた。

地面にはグラキエスの大群である無数の赤い光があるが、それには目もくれなかった。

巨大なライトが不規則に明滅する。

由宇(ゆう)が通信機のスイッチを入れると、いま飛び交っている通信音声が流れた。

『フリーダム、まもなく作戦地点に到着。これより作戦を実行する』

フリーダムが移動を停止しその場にホバリングしたのは、基地から10キロほど離れた場所だった。それでもその巨大さから、基地からフリーダムを見てもさほど距離が離れていないという錯覚を起こしてしまう。

『クラスノヤルスク中央基地より返信。健闘を祈る』

「……何をしようとしている?」

イワンはフリーダムの行動を青ざめた顔で見ていた。基地内に潜入してくるグラキエスの撃退とはあきらかに違う挙動だ。ある種の予感が、イワンの心を追い詰めていった。

空中から侵入してくる飛行能力のあるグラキエスは、周辺を飛び回っている数十機のＶＴＯ

L機でなんなく撃退できている。わざわざフリーダムがグラキエスの生息圏で低空飛行をする意味はなかった。

その様子から目を離せない。おそらくいまからこのシベリアの局面を一変させるようなことが起こる予感があった。

『作戦地点に到着』

『フリーダムは現在地を維持。対グラキエス、ショックウェーブ砲発射準備』

あきらが命じるとフリーダムの下部が開いて巨大な砲身のようなものが出現した。

『さあてここらでグラキエスを退散させますか。全員、イヤーマフを装着』

誰もが防音用のイヤーマフを耳に装着した。

『ネズミ駆除を始めようじゃない。カウントダウン開始、10、9、8……』

フリーダム下部の兵器の周囲が歪(ゆが)んだ。正確には空気が歪(ゆが)んだ。

『2、1、ショックウェーブ砲発射』

ショックウェーブ砲が発射された。フリーダム全体がまるで巨大な見えない手でねじられたかのようにきしんだ。

空気の歪(ゆが)みが地面に向けて一直線に伸びて、地上で蠢(うごめ)くグラキエスに命中した。

フリーダム周辺のグラキエスが崩壊した。身体全体にヒビが入り白く濁ったかと思うと、粉々に砕け散った。こぼれ落ちた赤い核から急速に光が失われていく。

崩壊現象はフリーダム周辺にとどまらなかった。波紋のように周囲のグラキエスに広がり次々と砕け散り、残骸と赤い核を大地にさらした。

「な、何が起こったんだ？」

イワンは目の前で起こった出来事を正しく判断することはできなかった。一つはグラキエスが次々と破壊される光景が信じがたいからだ。いったい何をどうしたらこのような状況になるのか、イワンにはまるで想像がつかなかった。

大地を埋め尽くさんばかりだったグラキエス。しかし次々と破壊の連鎖は広がり、ものの数十秒でイワンから見えている地平の彼方、20キロ以上の距離に動いているグラキエスはいなくなった。

もう一つはひどい目眩に襲われたからだ。原因はまったく不明。気づかなかったが、目尻や耳、鼻から血が垂れていた。

「ひどい超音波酔いだな。10キロ離れているとはいえ、なんの装備もなく身体で受け止めたらそうなるか」

「超音波酔い？」

「私が勝手に名付けた造語だ。あれだけの超振動を身体にあびたら悪影響があるのはわかっていた」

とたんイワンは腹の中からあふれた物を吐き出した。自分も超音波酔いというものにかかったのかと思った。

しかし吐き出されたものは吐瀉物ではない。粉々に砕け散った水晶のようなものを大量に吐き出した。

「なんだ、これは……」

「見れば解るだろう。グラキエスの破片だ」

自分の腹の中に潜ませていたグラキエスか。イワンはそう思うことでかろうじて正気を保っていた。

「自覚がなければ音ウィルスは効かないのか」

由宇はイワンをマジマジと見て言った。自覚とはなんなのか。おぞましい真実が忍び寄ってくる予感に、心はますます乱された。

「フリーダムが放ったのはグラキエスの、いやＩＦＣの眠っていた機能を強制実行するウィルスだ」

「アポトーシスプログラムか。しかしグラキエスは完全にスタンドアローン。核にアクセスする手段はないはずだ」

しかしイワンは崩壊していくグラキエスにばかり目を奪われて、もう一つの現象を見落としていたことに気づく。

　グラキエスは崩壊前に皆、奇妙な音を発していた。その旋律とも言える音は断末魔に奏でる歌のようでもあった。

「何が起こっている……。まさかこの断末魔の歌は……、音ウィルス？」

　由宇が言った単語を思い出す、

「そうだ。グラキエスの会話手段は超音波。ならば超音波にウィルスを組み込み、グラキエスの核へと届ける。超音波でバックドアにアクセスし、システム深部に侵入しアポトーシスプログラムを実行させ、さらに音ウィルスをしこんだ超音波を崩壊前に発信させ、周囲のグラキエスをも感染させる。その輪はグラキエスがいる限り次々と広がっていく」

　次々とグラキエスを死滅させる歌が奏でられる。グラキエスが崩壊していく。

「こんな……、こんな悪辣な手段が許されると思っているのか」

「許される？　何を見当違いなことを。これは生存競争をかけた種と種の争いだ。どちらかが殲滅されないと終わることができない争いだ。情けをかける余裕などあるものか」

　由宇の言葉にはなんら間違いはない。この期に及んで悪辣などと批判するのは見当違いも甚だしい。

「照射されたグラキエスを中心に音ウィルスは音の速さで広がっていく。いまの気温では秒速322メートルといったところか。グラキエスの生息域全体に広がるまで二十八分前後。グラキエスは地球上から完全に消え去る」

「まさかこんな短期間にこれだけのことができるとは……」

「幸運があった。グラキエスが明るみに出る前から、事前に調べることができた」

そういって取り出した由宇の手にあったのは、グラキエスの核に酷似した赤いチップだ。

「このチップは七つの大罪の一人、サタンを形成する核だ。灼熱と超低温を操る人工生命体とでもいうべき存在だが、その正体は人間を模写したグラキエスだ。元は人間、いやコピー元の人物が誰なのかがわかっている」

由宇は間を置いてイワンの様子を探るように正体を明かす。

「元となった人間はヨアヒム。かつて旧ツァーリ研究局で、君と一緒だった男だよ」

「ヨアヒム？　誰のことだ？」

「忘れたか？」

――では…………になった記憶を破壊するとしよう。

そのとき誰かの言葉が脳裏に蘇る。

「ヨアヒム、ヨアヒム？」

意識は混乱するばかりで、反するように一つの事実が浮かび上がろうとしている。

「七つの大罪でサタンと名乗っていたヨアヒムはグラキエスだった」

由宇が取り出した赤いチップはサタンの残骸から見つかったものだ。

「彼はグラキエスになっていた。グラキエスは本来炭素に触れると誤動作を起こす。炭素と珪素の区別ができないからな。しかしおそろしく低い確率、おそらく何百万に一つという確率で誤動作しても崩壊しなかったグラキエスが存在し、その生物の形を模写することになった。グラキエスが有機物生物と似た形をしているのも当然の結果だ」

「そんなことは知っている。何が言いたいんだい？　グラキエスは有機物生物がいなければ進化できなかったから優れていないとでも言うつもりかい？」

「そんな水掛け論になりそうなことを言っているわけじゃない。もっと単純なことだ。いまこうして話している間にも真実に思い至らない、君の思考の不自然さを指摘していると言い換えてもいい」

「思わせぶりな遠回しな言い方はやめてくれるかな。いったい何が言いたいんだ！」

いらだったイワンは珍しく声を荒らげた。

「なぜこんな簡単な結論に気づかない」

由宇は指先を突きつけて、決定的な一言を言い放つ。

「君はグラキエスだ」

しばらくイワンは無言だった。

「違う、違う。そんなわけないだろう……」

「一つ疑問なのだが、なぜ君はショックを受ける？　もっともすぐれた生物であり有機物生物すべてが滅んでも問題ないと思ったのだろう？　ならばなぜ自身がグラキエスだったことを喜ばない？」

イワンはもう返事をすることもできなかった。

「さて順序立てて考えてみよう。君は自身がグラキエスであることに気づかなかった。気づいてもおかしくない、いや気づかないほうがおかしい情報がそろっていてもだ。そしてグラキエスであることにショックを受けている。あれほどグラキエスに心酔していて、ともすれば有機物生物が絶滅した後も見届けたいと言っていたのにだ。さらにここにもう一つ情報を付け加えよう。なぜスヴェトラーナを探していたのか？　幼い頃から同じ研究局にいた。会ったことも話したこともあるだろう。ならば憧憬か思慕か。しかしどうにも君の見せる執着心はピンとこない。ロシア軍を利用してまで探していたというのに、どこかおざなりだ。もしかしたらグラキエスになりたいのかとも思った。スヴェトラーナの炭素を操る能力は、グラキエスと有機物生物の橋渡しとなる。グラキエスが限定的ながら炭素を克服した背景には、彼女の能力の付与があるように思える。ならば君の望みはグラキエスになることだ。ＡＤＥＭがロシアで調査を行う際、岸田博士を要求したのもその一環だと思っていた。人がグラキエスになる。そんな偉業、峰島勇次郎の遺産を理解できるほどの科学者の協力がなければ不可能だと考えた」

「そう、そうだ！　僕はグラキエスになり、この優れた生物の行く末を見届けたかった！」

「ならばなぜグラキエスになれたことを喜ばない？」

イワンは何か言い返そうとして、言葉に詰まった。

「答えは単純だ。グラキエスに心酔する感情、すべてが作り物だからだ。峰島勇次郎によって後天的に植え付けられた感情。グラキエスを管理するのにちょうどいい人材として作られた存在だ」

「そんな、そんなありえない……。ほら見てみろ！」

イワンは己の腕にナイフを突き刺した。切り裂かれた皮膚から赤い液体がにじみ流れる。

「ほら血が出る！　痛みもある！　この身体のどこがグラキエスなんだ！」

イワンは何度も腕にナイフを突き立てた。

「そうか、君にはその流れ出る液体が血液に見えているんだな」

「な、何を言っている？　これは血だろう？」

「いつまでも凝固しない液体を血だと？」

「血だろう！　それに、それに……」

「ナイフの先端を見てみろ」

ナイフの先が折れている。まるで硬い物にぶつかったようだ。

「皮膚の下にあるのは筋肉や骨に見えるか？」

イワンは引き裂かれた皮膚の下に見えているものに気づき悲鳴を上げた。

「嘘だ。嘘だ！　そんなはずはない！」

赤い液体に覆われて見にくいが、そこには明らかに筋肉や骨とは異なるものがあった。クリスタルのような透明なものがあり、その中には赤いラインが走っていた。

「ありえない、ありえない、ありえない！　僕は人間だ！　人間なんだ！」

イワンの身体が崩れていく。ナイフで切り裂いた傷口からは、砕けたグラキエスの身体が砂のように流れでた。

うめいていたイワンの顔から表情が失われていく。やがて別の感情が浮かび上がった。諦念と嘲笑。口元に浮かぶ小馬鹿にしたような笑みは自分へ向けられたものだ。

「そうか。これが僕の最後か。はん、実に滑稽だがしかたない」

イワンは櫛を取り出すと、崩れかけた手で器用に髪を整えた。そして口ずさむように歌い出す。

──You are my sunshine, my only sunshine
死にゆく者とは思えないほど陽気な歌声。

──You make me happy when skies are gray
あなたは私の太陽と歌う。しかし太陽は失われる。陽気な歌声と曲調とは裏腹に、もう戻らない恋人を想うアメリカのポピュラーソング。

──Please don't take my sunshine away
イワンは目を細め両手を広げ、身体が崩れるままにうしろに倒れた。そのまま床にぶつかると、全身は崩れ人の形を失った。

皮肉めいた笑顔も歌声も、もうどこにもなくなった。

「自壊したか……」

由宇はどこか寂しげにつぶやく。

かつてイワンだった砂状の破片は、風に吹かれて空に散った。

『グラキエスの自覚がないイワン・イヴァノフは超音波によるコミュニケーションを取っていなかった。ならば自覚させ自壊させるしか方法はなかったか』

風間の問いかけに由宇は無言のままだ。砕けた破片の中からイワンの赤い核を取りだした。

それも指先にわずかに力を込めるだけで粉々に砕け散ってしまった。

十二年、己を人間だと思い続けた男は哀れな生涯を終えた。


闘真が屋上にやってきたのは、イワンが崩壊しまもなくのことだった。

「終わったんだね」

「ああ、終わった」

闘真が由宇へ会いに行ったのは不坐からクレールの話を聞き、もう一度死体安置所に向かったあとだった。

「十二年前のグラキエスの核。まさか最後のピースを君が持ってくるとは思わなかったよ」

由宇の手のひらにのっているのは、先ほどイワンに見せたグラキエスの核だ。

「初期のグラキエスの核の発見が、一番厳しいだろうと予測はしていた。こうして早期に発見できたのは僥倖だ」

闘真が核を発見したのは、クレールの遺体を安置していた場所の周辺だった。スヴェトラーナはここでクレールの治療を行った。そのさい十二年前にクレールに使用した初期型のグラキエスの核を取り除いていた。

「音ウィルスは三十分もかからずグラキエスの生息域を網羅し、すべてを破壊するだろう」

「そうか、よかった」

笑う闘真に由宇はかぶりを振った。

「無理に笑うことはないぞ。音ウィルスでグラキエスが全滅すればクレールも死ぬ。そう思ったのだろう？」

「ごめん。そんなつもりはなかったんだけど」

「クレールは大勢の人を殺している。しかしそのように教育されただけだ。善悪も解っていない。罪を償う機会を与えられるべきだと私も思う。ただ思うに、スヴェトラーナという女は相当にしたたかだ。ＡＤＥＭがグラキエスにどのような対策を取るかわからないうちは、クレールは寝かせたままにするのではないか。もちろんただの推測だが」

詭弁だろうか。しかし闘真には説得力があるように感じられた。医務室で見せたスヴェトラーナの一面は、確かに由宇の言葉通りに思えた。

ならばいまこのシベリアの空の下に、娘を抱きかかえているのだろうか。どのような気持ちで崩壊するグラキエスを見ているのか。

15

音ウィルス発射から二十一分後。

NCT研究所のスクリーンではロシアはシベリアのクラスノヤルスク地方の中心部に日本全土より広い範囲が赤く塗りつぶされていた。グラキエスの生息圏だ。

右端から生息圏である赤いエリアが青へと塗りつぶされていく。音ウィルスの影響範囲を示すものだ。

「音ウィルス、順調に拡散されています。この調子ならあと七分で、グラキエスの生息域を網羅。討伐が完了します」

小夜子は喜びを隠しきれないうわずった声で報告した。

「さすが由宇さんですね。すべて予測通りの動作を見せています」

音の速さは気圧や温度で変化するが一般的には秒速３４０メートル。時速に換算すると１２

24キロメートル。マッハ1になる。現在のシベリアは氷点下で音速は多少遅くなるが、それでも驚異的な速さでグラキエスを破壊する音ウィルスは広がっていた。1000キロ以上に広がっていたグラキエスの生息圏も、三十分もかからず網羅する計算になる。

「予想より早く解決しそうだ。これ以上の拡大はシベリアの生態系、ひいては世界中に影響を及ぼすところだったろう」

伊達(だて)もほっと一息ついたが、すぐに首を振って気を引き締めた。

「いやまだ終わっていない。引き続き監視は怠らないように」

グラキエスとの生存競争も決着がつこうとしていた。それでも伊達(だて)の胸の内から不安は消えなかった。

16

「うおおおぉぉ、すげえすげえ！　一発逆転すぎるだろこれ！」

萩原(はぎわら)は興奮を隠しきれず、どちらかといえばはしゃいだ口調で、携帯のモニターに表示されているロシアの地図を見ていた。

赤かったグラキエス生息圏の半分以上は音ウィルスで塗りつぶされていた。

「いやあ、人類滅亡の危機、っていうよりも地球の危機だって言われても実感なかったつもりなんだけど、俺けっこうビビってたんだな」

　本人が思っている以上にはしゃいでいた萩原は、隣にいる人の背中をばんばんと叩いてしまう。

　そこで隣に立っている人物が誰なのかはたと気づいて青ざめた。

「す、すみません……」

「いやいや、いいのじゃよ」

　素手でパワードスーツの中の人間を殺すこともできる老人は、にっこりと微笑んだ。

「いやあ、ははは。あ、ここに埃が」

　引きつった笑顔でルシフェルの肩の埃をはらう姿を見て、そばで二人の様子を見ていたベルフェゴールはあきれたようにため息をついた。

　にこやかに笑っていた老人はふいに真顔になると、遠くに目をやった。

「おじい、どうかしたか?」

　ベルフェゴールがルシフェルの視線の先を追う。比良見特別禁止区域にあるのはほとんど瓦礫か剝き出しの地面だけで、他にめぼしいものは見えなかった。

「何かあるのか?」

　ルシフェルの険しい表情がふっとほどけて、好々爺然とした表情へ戻った。

「気のせいだといいのじゃが」

そうに違いないと、まるで自分にいい聞かせるようにつぶやいたルシフェルの横顔は、心なしか強張って見えた。

17

ふいに強烈な頭痛が闘真に襲いかかった。意識が遠のきそうになり、立っていられないほどの痛みだった。

なんとか屋上の手すりにつかまり身体を支え、意識を保った。

「闘真、どうしたんだ？」

闘真の様子に驚き由宇は慌てて身体を支えようとする。

「急に頭が痛くなって……」

たいしたことはないと口にしようとして、ためらう。

確かにひどい痛みだったが、シベリアに来てからの強行を考えると、身体に不調をきたしてもおかしくない。グラキエスが解決できたとなれば、いままでの疲れが一気に襲いかかってきたと考えることもできるだろう。

事実闘真は己にそう言い聞かせようとした。由宇にそのように答えようとした。しかし言葉が出てこない。

「おい、闘真、たいしたことないとか言うつもりか？　そんなふうには絶対に見えないぞ」

「由宇は何も感じないの？」

由宇はかぶりを振る。感覚も観察力も人一倍鋭い由宇が何も感じないのに、自分にだけこんなことが起こっている理由は一つしか考えられない。この頭の痛みは、禍神の血を無理やり使う時に酷似していた。

18

NCT研究所では次々と広がっていくグラキエス討伐領域に明るい雰囲気が続いた。あと数分でグラキエスの生息域を網羅するはずだった。誰もがグラキエスを殲滅できたと考え出した。確信に近い推測は、おごりでもなければ油断でもない。

しかし喜びが最高潮に達したとき、それは起こった。

拡大を続けていたグラキエスの討伐成功領域の動きが急に止まった。

「……なにがあった？　計器の故障か？」

「いま調査します。衛星からのデータは更新され続けています。故障ではありません」

伊達の不安が膨れ上がる。何かが起ころうとしている。

19

　ＶＴＯＬ機から送られてくる映像を見て、基地司令室はざわついた。

「これ、どういうこと？」

　あきらは困惑した。

　グラキエスが次々と倒されていく様子がＶＴＯＬ機のカメラから送られていた。地上のグラキエスはまるで津波が押し寄せるように、次々と破壊されていった。

　地上を蠢（うごめ）くグラキエスは何が起こっているのか理解することもなく、次々と崩壊していく。最後の一つになるまでそれが続くはずだった。

　突然、映像内のすべてのグラキエスが停止した。グラキエスで埋め尽くされた大地は、地平の彼方（かなた）までうねっているかのように見えていた。

　それが突然、同時に動かなくなった。

　まったく同じタイミングで、グラキエスが音ウィルスで崩壊していく現象が止まった。線を引いたように崩壊したグラキエスと停止したグラキエスの領域が分かれた。

　音ウィルスの影響範囲を調べるために四方に何機もＶＴＯＬ機を飛ばしたが、そのすべてから同じ現象の映像がまったく同じタイミングで送られてきた。

「何が起こったのか、もっと接近して確かめて」

あきらの指示で停止したグラキエスにＶＴＯＬ機が接近する。

「ちょっと映像ぼやけてない？　ピントあってる？」

停止したグラキエスの姿がはっきりと映らない。しかし突然、映像が途切れた。

「ＶＴＯＬ機の信号、ロストしました」

「墜落？　攻撃された？　でもそんな様子はどこにもなかった」

あきらは不可解に思いながらも同じ指示を他の場所にいるＶＴＯＬ機にも出した。結果は同じだ。三機目の信号がロストしたところで、ＶＴＯＬ機による原因究明はあきらめた。

距離をおいて飛行させている分にはＶＴＯＬ機がロストすることもなかった。

「これ、どういうこと？」

停止したグラキエスを遠くからカメラに捉えていたが、どれもピンボケしたかのように輪郭が曖昧になっていた。

「光学を惑わすカモフラージュか何か？」

つぶやきながらあきらは内心違うと考えていた。何か大変なことが起こっている予感がする。

外人部隊にいた時代からこの手の悪い予感をあきらは外したことがなかった。

20

「ふむ」

ルシフェルは怪訝そうに周囲を見渡すと、難しい顔をした。

「な、なんですか？」

萩原は同じように周囲を見渡したが異常は感じられなかった。爆発痕を色濃く残す比良見の中心地は景色こそ異常ではあるが、いまさらルシフェルがそんなことを気にかけるはずもない。

巨大な兵器を前にしても泰然自若としていたルシフェルが剣呑な表情を見せるのは、レプトネーターに襲われたとき以上にやばい予感がした。

「まずいな……」

ルシフェルが言ってはいけないＮＧワード十選に堂々ランクインしかねない。

「簡潔に言うと、十年前比良見で起こった出来事が、また起ころうとしている」

「え、あの爆発が起こるんですか！」

比良見の大爆発の真相はＡＤＥＭでもトップクラスのシークレットだ。核爆発と多くの類似性が見られたが、核とは切っても切り離せない放射線は検出されず、いまだ真相は闇の中だ。

「ああ、あの爆発自体が比良見の異常なのではない。異常を強引に打ち消すためのもの。爆発は核攻撃じゃよ」

「は？　あの爆発って核攻撃だったんですか？」

萩原の脳裏に様々なものが同時に発生して混乱した。

まず第一にルシフェルの言葉が本当なら、ＡＤＥＭがトップシークレットにしている秘密の一端を知ってしまったことになる。

さらに核が使われても放射線が検出されないという、世界をひっくり返しかねないことが起こっている。

極めつきは比良見で発生した異常は、解決のために核兵器さえ使用された。それがまた起ころうとしている、と目の前の老人は言っていた。

「つまり核よりやばいってこと？」

「うむ、今風に言うならば激ヤバと言ったところかのう」

内容こそおどけているが表情は微塵も笑っていない。

「た、大変じゃないですか！　あと激ヤバはほとんど死語です。今風じゃありません」

冗談めかして言うが、内心は焦りまくっていた。核より大事というのがまったく想像がつかない。

「それで、いったい何が起こるっていうんです？」

「いや、すでに起こっておる」

ルシフェルが遠い目で語る。

遥か先に比良見を隔離する壁があり、その間には街だった面影などまるでない岩と瓦礫で荒廃した大地しかなかった。異常と言えば異常な光景ではあるが、いまさらルシフェルがそんなものを指摘するわけがない。

しかしいくら目をこらしても何も見えない。ただ見ているとなぜか不安がこみ上げてくる。ルシフェルに何か言われたせいだろうか。

——違う。

これはあきらかに自分の感覚だ。何かが起こっている。否、起ころうとしている。

萩原は目の前で起こっていることを呆然と見ていた。

「なんだ、これ……」

自分がいたのは荒れ地と化した比良見のはずだった。しかし今そのような光景はどこにもない。なんの変哲もない街並みが広がり、街中には遊んでいる子供や若いカップル、犬の散歩をする人の姿もあった。

報告用にビデオカメラを回すが、映像に映るのはいつもの荒れ地と化した比良見だけだ。しかしカメラから目を離し肉眼で見ると、やはり街並みがあった。

「幻覚のたぐいなのか？」

一番納得のいく理由ではあるが、家や道路、歩いている人々は幻と言うには存在感がありすぎた。手を伸ばせば触れることができそうだ。

「触れぬよ。これは十年前の光景。記憶の残滓のようなものだが、ただの幻と思ってはいけない」

「え、激ヤバなやつ？」

「極めて危険だ。思ったよりも早く異常が発生したのう」

「まさかこれが起こることを予測してここにいたんですか？」

ルシフェルは顎をなでてふむと一言うなる。

「そこまでたいそうなことではないのう。何か起こる。ここにいると脳の奥がチリチリとよくないものを感じ取る。あの御仁がここで何を成そうとしていたのか興味があったのだが、予想以上によくないもののようじゃ」

あの御仁とは峰島勇次郎のことだろう。

「何を成そうと、してたんです？」

聞くのが怖いが聞かなければならないだろう。

「あの御仁にとって、現世はただの実験場、遊び場に過ぎなかったのであろうな。およそこの世の仕組みについて、大概理解してしまったのだろう」

「それって遊び尽くしたゲームはもう楽しめないから、改造ツールで作り替える的な？」

「そのたとえはよくわからんが、たぶんそのようなものじゃ」

よく解らないならいろんな意味で同意しないでほしい。

「十年前の爆発はその改造ツールとやらの失敗と言えよう。いや失敗した箇所の破棄というべきか」

「……破棄」

「問題は失敗したあとどうしたか、ということかのう」

「次は成功させるって意気込みを見せる？」

意気込みなどというかわいげのある言葉ではないだろうが、不安を払拭したい気持ちがどうしても出てしまう。

「ふむ、まあそういうことになるか。過去の姿の再生は、以前の実験の検証といったところであろうよ」

話している間に街の風景に変化が起こった。突然何もかも焦点がぼやけたようになる。輪郭が曖昧になり、にじんだ絵のように歪み、ぼやけていく。

「そしてこれが十年前の失敗した光景、ということになるか」

「うわっ、マジで改造ミスでバグったゲーム画面じゃないか！」

景色はぼやけただけではなく、人も車も何もかも停止していた。

「こうなるともう生きているとは言えない状態だった。異常は拡大し周囲を呑み込み、下手をすると世界は終わっていたかもしれん」

ルシフェルは空を指さす。空の彼方から何かが飛んできた。

「ミサイル？」

空のミサイルらしいシルエットはいつまでたっても動かなかった。停止ボタンを押された映像のようだ。

「核ミサイルじゃや。何もかも焼き払いこれ以上の拡大を防いだ者がいる」

「十年前の話ですよね？　いま空に浮いてるのは本物じゃないですよね？」

「おそらくのう」

そこは絶対と言って欲しい。

「ふむ、言い忘れていたが、ただ過去の映像だけが見えていると思っては危険だ」

「え、どういうことですか？」

「実験場と言ったであろう。再現されるのは映像だけではあるまい。当時の現象、たとえばこの何もかも溶けてしまう現象も」

「やばすぎでしょっ！」

「何を言う。これはまだ前段階。ただの検証に過ぎん」

「検証に過ぎないって……」

「検証が終わったら、次はいよいよ本番であろうな」

「本番って、ここでまた何かするっていうの⁉」

「ここだけなら良いが……」

　おそらくは世界規模で行うだろう。そうつなげたルシフェルの言葉に、萩原は顔を真っ青にした。

21

　由宇はLAFIサードを片手に滑走路を矢のように走っていた。

　外にいる兵士達はグラキエスが次々と倒されたことに喜び浮き足立っていた。彼らはまだ400キロの彼方で音ウィルスが停止したことを知らなかった。

　由宇は滑走路に並んでいるVTOL機に飛び乗ると、発進の準備をする。

『何が起こっていると思う？』

「解らない。グラキエスの活動が停止したように見えるが」

『起動していなければウィルスには感染しない。そういう理屈か。しかしグラキエス間で音ウィルスに対抗するため停止するといったコミュニケーションが発生したとしても、全生息圏のグラキエスがいっせいに停止するなどありうるのか？』

　超音波でコミュニケーションを取るグラキエスが何百キロも離れていて同時に行動するなど不可能だ。

「だからそれを確認しに行く。カメラ映像だけではわからないことが多すぎる」

由宇がVTOL機発進の操作手順を踏んでいる間に、後部座席に飛び乗った人間がいた。

「僕も行くよ」

闘真はおぼつかない手つきで四点式シートベルトを留めようとしている。

『音もなく後ろからついてくるのは不気味だからやめておけ』

「身体は大丈夫か？」

先ほどまで闘真は頭痛で苦しんでいた。

「今は大丈夫。痛みはあの時だけだった」

由宇が悩んだのは一瞬だ。闘真を連れて行ったほうがいい。そのように判断する根拠が彼女の中にあった。

「このVTOL機は特別製だ。Gがかなりきついぞ」

「任せて！」

『軽い返事に不安を感じるのは俺だけか？』

由宇が操縦するVTOL機は離陸すると容赦なく加速し、あっというまにマッハ3にまで到達した。

後部座席で悲鳴が聞こえた気がしたが、由宇も風間も気にもとめなかった。

VTOL機が問題の地点へ到着しようとしていた。

「見えてきたぞ」

上空から見てもその光景は異常だ。破壊されたグラキエスと停止したグラキエスがきっちり分かれている。

『やはり活動を停止して、音ウィルスを防いだか』

「そこまでは最初から推測できていた。問題はどうやっていっせいに停止したか。それと停止したあとどうするつもりかだ」

『そうだな。無人VTOL機が信号をロストしたのはこのあたりだと思うが、眼下に墜落した痕跡はないな。必要以上の接近は避けろ。VTOL機はどれも近づいてロストした』

「解っている。原因が判明するまで不用意に近づくことはしない。……闘真、何か見えるか？」

闘真からの返事はなかった。

「おい、闘真！　どうかしたのか？」

「あ、ごめん。VTOL機を見つけたから」

その返事は由宇に二重の意味で疑問を抱かせた。一つは周囲をどんなに見渡してもVTOL機らしきものはなかった。二つ目は墜落したVTOL機を発見してなぜ闘真は上の空になっていたのか。何かよほど驚かせるものがあったのか。

「どこにも墜落していないぞ？」

「下じゃない。上だよ」

「上？」

停止したグラキエスのほぼ真上に、それはあった。空に何かシミのようなものが浮いていた。

『あれはなんだ？　カメラにもはっきりと映らないぞ』

「あれは……、あれは……」

由宇の言葉の語尾が震えていた。それは明らかにおびえによるものだった。

『どうした？　おい、グラキエス側に近づきすぎているぞ』

由宇はすかさずＶＴＯＬ機を急旋回させ、

「まさか、どうして……」

『由宇、どうかしたのか？』

「あれがまた起ころうとしてるのか。またロシアで……」

『いったいどうしたというのだ？　闘真、あれは本当にＶＴＯＬ機だったのか？　シミのようにしか見えなかったぞ』

「うん、ＶＴＯＬ機だった」

確信に満ちた返事だ。しかしカメラの映像をどれだけ解析しても、風間にはシミのようなものにしか見えなかった。そもそも空にシミのようなものが浮いていることがおかしい。

「由宇が動揺するのも解る」

『何が起こっている?』

闘真はいくぶん迷って、それを口にした。

「十年前、比良見で起こったことがまた起ころうとしているんだ」

22

峰島勇次郎はグラキエスの脳の前に静かにたたずんでいた。

「間に合ったか」

希代の天才科学者は笑った。

二章　観測

1

　勇次郎はあいかわらず椅子に座り足を組み、目の前にいる岸田博士を見ていた。
　目深にかぶった帽子のつばの向こうは暗くどのような表情をしているのかうかがいしれない。
唯一よく見えるのは口元だけだが、岸田博士の記憶の中ではどんなときでも薄く微笑んでいる
ので、そこから彼の感情を探るのは難しかった。
「早めに動いて正解だった。こうも早くグラキエスを全滅させる手段を見つけてしまうとは、
素晴らしいの一言に尽きる」
　勇次郎はそこにはいない相手に拍手と賞賛の声を送っていた。
「由宇君がやったのかね？」
「ああ、見事にグラキエスを全滅しうる手段を構築したよ。よもやウィルスのように伝播させ
るとは。我が娘ながら、なんと悪辣な手段であることか。音ウィルスを伝播させるさまがまる

で歌を歌っているようだというのも美しくもの悲しく、悪趣味でたまらない」

「由宇君は別にそんなものを目指してやったわけではないと思うよ。しかしそうか。うん、うん、さすが由宇君だ。これで人類は、有機物生物は救われたのか」

「それも無駄に終わったのだがね」

勇次郎は人ごとのようにそっけなく言った。

「まさか何かしたのか？　邪魔をしたのか？」

「そんなふうに言われるのは心外だな。何かをしたのは否定しないが、邪魔をされたのはむしろ私のほうだ。十年以上前からの計画を潰されようとしていたのだから。まったくひどい娘だ」

「いったい何をした！　あの子がいったいどれだけがんばってきたか。どれだけつらい思いをしたか。十年間どんな思いで地下に幽閉されていたか。君は、君は……あの子の親として、なんとも思わないのか……」

初めは激昂していた岸田博士だが、やがて声はすぼまり涙声になった。

「自分の娘が不憫だと思わないのか……」

「はははは、おかしなことを言う。世界最高の頭脳をもっていて不憫？　それはいったいどういうたぐいのジョークかね？　地下に幽閉されたことだって、その気になればいつでも出られただろう」

「君に人の心はないのか？」

「ほとんどの感情は科学者には邪魔なものだよ。唯一探究心さえあればいい。見解の相違というやつだ。しかし君と私、大事なモノをしまう場所が同じとはね。さて、最初の質問に戻ろうではないか。もともとやろうとしていた計画を少し早めただけだ。ロシアの一角しかないのは残念だがね。本来はユーラシア大陸全土を埋め尽くすくらいの規模で行いたかった」

岸田博士には外で何が起こっているのかまるで解らない。外部の情報を得る手段が何もないので、勇次郎に聞くしかなかった。

「いったい何をしようとしているんだ？」

「十年前に失敗したことのリベンジだよ」

「十年前のリベンジ？　勇次郎君、まさか君は比良見の悲劇をまた起こすつもりなのか！」

「心配ない。由宇は今度こそ手も足も出せまい」

「あの子の強さは、常に正しく高潔な心のあり方だ。君みたいな人間に絶対負けることはない」

勇次郎はまるで動じない。

「人道的正しさがこのケースにおいてどれだけ意味があるというのだ？　岸田君、君が言っているのはただの感情論だよ。そうであってほしいと願うだけの愚かしさであり真理ではない」

「そうだ。私は愚かかもしれない。君を世界に解き放ったもっとも愚かな人間だ。しかし君は思い知る。由宇君の正しい心の強さがいかほどのものか！　その尊さに触れて改心したまえ！　そう、君は由宇君の強さに負けるんだ！」

あまりにも一気に叫んだので、軽い酸欠を起こした岸田博士はふらふらとよろけ岩壁によりかかった。

「そうだな。君がそこまで言うのなら、正しい強さとやらを楽しみにしていようじゃないか」

勇次郎は本当にそうであってほしいと願うようにつぶやく。

「君を招待したかいがあったよ」

「招待、だと？」

「本来この場所は脳の黒点がある程度は開いていないと入れない。招かれざる者は入るどころか見ることすらできない」

「まさか私がロシアに呼ばれたのは、いや呼んだのは。勇次郎君、君なのか……」

勇次郎であればイワンを通じてロシアを操り岸田博士を連れてくることなど造作もないことだろう。

「君には見せたかった。見て欲しかったというべきか。私の一方的な望みだけでは申し訳ない。君がいう由宇がどのように成長したかも、二人でここから見守ろうではないか。本当に楽しみだよ」

まるでクリスマスのプレゼントを待ちわびる子供のような無邪気な笑みを浮かべた。

2

最初、フリーダムのカメラやＶＴＯＬ機から送られてくる映像を見ても、異常は発見されなかった。地面を覆い尽くすほどのグラキエスが止まっているだけに見えた。

「あれは……」

まるでぼかしをかけたようにグラキエスがいた一帯がにじんで見えていた。

全員が肉眼で見たときの異常に次々と驚きの声をあげているのに対し、怜だけは驚きの方向が他の人々とは異なっていた。

——比良見で麻耶様に同行したときの現象と同じものだ。

比良見で麻耶は二つの重要な物を目撃した。一つは比良見の街がまるで溶けるようにぼやけていく現象だ。十年前に起こった出来事を見ていたらしい。幼い由宇が涙を浮かべ、何かをしていた。

——あれはおそらく核ミサイルの発射ボタン。

あの奇妙な現象を根本から吹き飛ばすのに必要だったのだろうか。

もう一つは峰島勇次郎と出会ったことだ。あの姿が過去のものなのかどうか解らないほど、麻耶に話しかけているように見えた。

しかも今度の規模は比良見の比ではない。小さな街の広さではすまない。面積にすれば日本に匹敵する広さが、グラキエスから発生した異常現象に覆われている。

「肉眼で見ないと認識できないのか。やっかいだな」

蓮杖は未知の現象に戸惑っていた。

「光学式の望遠レンズなら遠くまで見通せそうです。映像を電子処理しているカメラではことごとく異常は発見できませんでした」

フリーダムという最新鋭の巨大戦闘機内から、隊員の一人が双眼鏡で外の様子を探っている姿のちぐはぐさは、なんとも奇妙だった。

「まるでピントがずれた写真だな。グラキエスや地形の輪郭がはっきりとしない。あれはいったいなんなんだ?」

蓮杖や福田が戸惑い混乱するのも無理はなかった。あれは十年間、隠匿されていた峰島勇次郎最大の秘密と言っていい。

ＡＤＥＭもそうだが、麻耶や勝司も最近まではその実態を正確には把握していなかった。この世界で全容を知っていたのは、峰島勇次郎に真目不坐、それに峰島由宇くらいのものだろう。

峰島と真目家が隠匿していたこの現象を、いまここで話すべきかどうか怜は少しばかり逡巡した。

「真目家から緊急会議の要請が入っています。今回の現象に心当たりがあるとのことです」

ならば守り目である自分は、徹底して主のサポートをするだけだ。

——麻耶様はすべてお話しする覚悟を決めたようですね。


フリーダムからの報告を受けてロシア基地の司令室にいたあきらはうなった。

「どういうこと？」

グラキエスの生息域の東側は音ウィルスでほとんど滅ぼすことができた。基地の東10キロメートルを中心に半径400キロメートルほどの範囲内のグラキエスは滅んだと言っていい。音ウィルスの威力は驚くべきものだった。

それでもグラキエスの生息域の半分を取り返したにすぎない。そして基地から400キロ以上離れた場所の生息域では、グラキエスがぼやけて停止する原因不明の現象が起こり、音ウィルスの効果もなくなった。

さらにぼやけて何もかも停止する空間は徐々に広がっていった。秒速数メートルとゆったりした速度ではあるが、確実に広がっていった。

3

伊達の元にオペレーターから次々と報告が届いた。

「シベリアの異常現象は拡大を続けています。およそ毎秒8メートル」

「比良見の各種計測に異常の兆しがあります。また現地の観測員より、不可解な現象が確認されています」

「異常現象の発生源はグラキエスの生息域と一致します。グラキエスを起点に異常現象が発生したと思って間違いないようです」

普段から険しい伊達の表情はますます険しくなった。その理由はグラキエスの問題が解決しようとした矢先に新たな問題が起こった、ということだけではなかった。

まっすぐ前に向けられた鋭い眼光は、遥か先にあるものを睨んでいた。

「シベリアからの通信です。繋ぎます」

伊達は受話器を手に取ると、聞き慣れた声が聞こえてくる。

『伊達司令、八代です』

「八代か。今回の現象、どう見る？」

『間違いなく峰島勇次郎が関わっているでしょう』

八代の声にも緊張の色があった。

「ああ、俺も同意見だ」

『来るべき日が来たという感じですね』

「峰島勇次郎本人が、ついに動き出したと言うべきか」

『伊達さん、これは私見ですが』

「十年前の比良見で起こったのはこれではないか、ということだろう。現在、比良見でも観測異常が起こっているとの連絡があった。関連性があるのはほぼ間違いないだろう」

『比良見の真相は真目麻耶が握っていると思います。状況が状況です。問えば答えてくれるでしょう』

オンライン会議の準備はスムーズに行われた。グラキエスの活動停止により、電波障害は取り除かれ、ミツバチを使った制限の多い通信網を使う必要はなくなった。

会議には麻耶、フリーダムからは蓮杖に怜、ロシアの基地からはあきらと由宇が参加した。

由宇の表情が少し暗いのが気になる。何か思い悩んでいる様子だ。

――グラキエスを全滅できると思った矢先にくじかれたからか？　峰島勇次郎がからんでいる可能性が高いからか？

あるいは十年前のことを思い出しているのかもしれない。やはりシベリアの異常現象は比良見と関わりがあるのか。結論は急がないが、重要な事項として頭の片隅に入れておいた。

「さっそく本題に入りたい。いまシベリアで起こっている異常現象についてだ。まだ共有されていない情報を持っている者は、いまここで公開して欲しい」

『まるで名指しされた気分ですわ』

麻耶は苦笑いとともに発言する。緊張を和らげるような少しおどけた印象を全員に与えた。

『では私から一つ。なにぶん時間がございませんので簡潔に。現在、シベリアで起こっている空間がぼやけて停止する不可解な現象、便宜上ボーダーレス現象と名付けましょう。その正体の知る限りの情報を公開したいと思います』

しかしすぐに全員の気持ちを引き締めるようなことを口にする。交渉相手の感情を揺さぶる。若いながらも真目家の令嬢として取引相手の感情を翻弄し、交渉を有利に進める手腕はまさしくかの家の者たらしめるものであった。

『麻耶様、ほどほどに』

怜はそれとなくたしなめる。いま行う会議は相手と自分の優劣を決めて交渉を有利に運ぶためのものではない。

『皆様失礼しました。私も少し緊張しているようです。時間がありませんもの、結論から先に言わせていただきますわね』

麻耶は一呼吸をおいてそれを口にする。

『いまシベリアで起こっているボーダーレス現象は十年前、比良見で起こった大爆発の原因となったものと同じ現象です』

「やはりそうか……」

伊達はずっと気になっていた。比良見の大爆発は人工衛星の監視カメラが捉えた映像を何度も見直した。その映像は異常はないはずなのに何かが心に引っかかっていた。

『街一つを吹き飛ばした大爆発だけが記録に残りましたが、あれはボーダーレス現象を食い止めるための結果です。その直前に街には異常が起こっていました』

以前に麻耶が比良見にいったとき、異常が起こっている街の幻覚が見えたことを口にした。

「しかしどれだけ衛星からの映像を見返しても大爆発直前に街の異常は発見されなかった」

『カメラに異常は映りませんわ。今の現象と同じ目の錯覚に近いと言えばいいでしょうか。映像そのものの認識ではなく、脳内での認識です』

『目の錯覚か。うまいことを言うな』

感心したのは八代だ。

伊達の予測は確信へと変わる。

『錯覚と決定的に違うのは、脳処理のバグではなく、それは世界の外側。現実世界では把握しきれない現象ということです。しかし私達人間には個人差はありますが、それを感じ取ることができる。長年の血統を積み重ねたのが真目家の禍神の血です。さて、ここからが本番ですわ。そもそもそんな現象がなぜ起こったのか。いま皆様は頭に一人の科学者を思い浮かべたでしょうね。そう、峰島勇次郎です。あのマッドサイエンティストがすべての元凶を引き起こしました。それも真目家の力を使って……』

ここからが真目家門外不出の情報だ。麻耶は真目家の禍神の血と鳴神尊がいかなるものか、時間をかけずかつ必要充分な情報を公開した。

『真目家は禍神の血を戦闘を有利に運ぶ手段と考えていましたが、峰島勇次郎はもっと広い視点でとらえていました。禍神の血とは世界の外側に触れられる門であると気づいたのです。その実験が比良見のボーダーレス現象。対処法として選択されたのが、核熱による強制的な空間の排除です』

伊達は麻耶の話に耳を傾けながらも、カメラに映っている由宇の様子も観察していた。これまで一言も言葉をはさまず、表情は硬かった。

『そしていまシベリアのボーダーレス現象は比良見で起こった出来事と同一のものであると推測できます。この現象は峰島勇次郎の目的、あるいは目的の過程と思われます。おそらく十年前の比良見をもっと大規模に行っているのでしょう。ならば防ぐ手段も同じ方法でいいかと思われますが、比良見は核爆発に匹敵するほどの熱量で何もかも吹き飛ばすことにより解決しました』

「待て。その方法はシベリアでは使えないのではないか？」

伊達がすかさず口を挟む。

「シベリアのボーダーレス現象はグラキエスの生息域、日本の広さに近い」

『はい、その通りですわ。千発以上の核ミサイルが必要になります。シベリアの森林がどれほど世界中に酸素を供給していることか。また核熱による異常気象も世界中で発生するでしょう。自然界に甚大な被害を及ぼし、環境は破壊されてしまいます。核で全滅するかボーダーレスに呑み込まれて全滅するか。自殺の仕方を選ぶようなものですわね』

『防ぐ手段はないんですか？』

あきらが神妙な表情で尋ねた。

『ある』

簡潔に短く答えたのは由宇だ。

『なぜグラキエスを起点にボーダーレス現象が起こっているか。まずはそこだ』

「グラキエスの脳か？」

『そうだ。慣例にならいケレブルムと名付けよう。グラキエス脳が禍神の血、ADEMでは脳の黒点と呼ばれている現象を引き起こした。グラキエスはその現象を広げる媒体にすぎない』

「つまりグラキエス脳がある場所を突き止め活動を止めれば、ボーダーレス現象は止まるんだな？」

『それは朗報です。岸田博士はグラキエス脳のそばにいた。そして敵からリーディング能力で岸田博士の居場所を読み取ったと聞く』

蓮杖の明るい声に反して由宇の表情は沈んだままだ。

『私も岸田博士の居場所もグラキエス脳のありかも、見つかるのは時間の問題だと思っていた』

「まだ見つからないのか？」

由宇が見込み違いをする。ないとは言わないがかなり珍しいことだ。

『ミツバチで基地周辺、半径12キロまでは探索したが、グラキエス脳も岸田博士も読み取った記憶の地形も、なにもかも見つからない』

『イワン・イヴァノフがもっと遠い場所に連れ去ったのでは？』

怜の疑問に由宇は首を振った。

『あの男は居場所を知らないと言った。岸田博士を地下で逃がしたきりだと』

『常識的に考えて信憑性に欠けています。もしイワン・イヴァノフの言葉が本当なら、地下に連れて行かれ、グラキエスがはびこる地下空洞で逃げ回り、安全な場所にたどり着いたということになります。しかもその場所は基地から半径12キロメートル以内にはないということです』

怜の指摘はもっともだ。

『解っている。岸田博士の体型で険しい岩が剝き出しの地下を移動できるのは、せいぜい2キロメートルくらいだろう。ましてグラキエスから逃亡しながらとなると、まともに200メートルも移動できたかあやしい』

由宇は冷静に分析していた。しかし状況を考察すればするほど岸田博士の居場所が不可解になる。岸田博士のそばにあったグラキエス脳は遠い場所にあるのか近い場所にあるのか皆目見当がつかなかった。

『ミツバチで索敵は続けているが、成果があるとは思えない』

由宇の声音は状況の厳しさを物語っていた。

『問題はもう一つありますわ』

モニターの一部の表示が切り替わる。基地を中心としたシベリアの広域地図で、赤いエリアはかつてグラキエスが支配した地域だ。日本ほどの大きさの大地がグラキエスに侵略された。しかし東側には綺麗な円形状でグラキエスの生息域が消えている。音ウィルスが広がった範囲だ。

この分布図はそのままボーダーレス現象の発生エリアに切り替わった。

「ボーダーレス現象は現在、秒速8メートル弱の速さで広がっています。基地に到達するまでおよそ十五時間です。到達すればもちろん基地は全滅です」

『撤収作業の準備に取りかかっています』

蓮杖は簡潔に、基地に残っている人間は千人ほどまで減っているので、全員フリーダムに乗せて逃げるのは可能だと説明した。

『まずは基地や由宇さんの安全を確保したのち、改めて作戦会議を……』

「いや、私はここから動かない」

由宇は強い口調でさえぎった。

『なぜですの？』

『グラキエス脳や岸田博士を見つけなくてはならない』

『もうその基地周辺にはいないと結果は出ています。妙な意地を張らないでください』

由宇は答えない。何かを迷っているように見えた。

「基地にとどまる理由はあるのか？」

『……勘だ』

その返答に一番驚いたのは伊達だった。およそ峰島由宇らしくない言葉だ。

「おまえが勘などと言うとはな。無縁だと思っていたよ」

伊達の一言に由宇は面白くなさそうに鼻を鳴らした。

『その通りだ。私は勘というものを持ち合わせていない』

会議に出ていたほとんどの人間は戸惑った。

『勘がないとはどういうことですか？』

怜が全員の声を代弁する。

『人が勘と呼ぶ無意識下の理論体系を、私は意識上で言語化できる。故に私にはそもそも勘というものが存在しないと言ってもいい』

誰もが解ったような解らないような顔をする。

『つまり、頭がいいので勘はないってことかしら？』

『麻耶様、その理解はざっくりしすぎです。とはいえあながち間違っていないわけではなさそうですが』

『ともかく私には勘が働くということは皆無だ。説明が面倒で勘だと言い流したこともあるかもしれないが、そのときも脳内では理論が完成され、もっとも確率の高い可能性を勘と言っていただけにすぎない』

『いまも説明がめんどいってこと？』

あきらの言葉は常にストレートだ。

「いや、違う。理論立てできていない。ただこの基地から撤退するのはまずいと感じている。故にこう呼ぶしかない。ただの勘だ」

誰も一言も発しないので、由宇はしかたないとでもいうように言葉をつなげた。

『この状況で理屈に落とし込めない感情が、どうしてもここを離れることを拒んでしまう』

由宇にしては曖昧な言葉だ。

「ぎりぎりまで基地に残るのは許可しよう。しかし問題はまだあるぞ」

伊達は話を先に進める。伊達にとってＡＤＥＭにとって、その先にあるものこそが話の本題と言ってよかった。そのために作った組織だ。

『首尾良くグラキエス脳を見つけたとしても、立ちはだかる可能性は高そうですね』

八代は誰がとは言わない。言わなくてもこの場にいる全員が解っている。

『峰島勇次郎は必ず立ちはだかる。あらゆるものに飽きやすい男だが、比良見の実験だけは繰り返している。入念に準備し、今度こそ失敗しない、妨害されない規模で行う。それがシベリアのボーダーレス現象だ』

『実験の要はグラキエス脳。間違いなく峰島勇次郎はいますわね』

どこか余裕を持った話し方をしていた麻耶も、勇次郎の名前を出すときは緊張を隠し切れていなかった。

「そうだ。グラキエス脳はボーダーレス現象のアキレス腱。峰島勇次郎本人が立ちはだかる可能性は非常に高い。しかしＡＤＥＭ側としては望む展開でもある。遺産事件の元凶を捕らえられる」

『ピンチはチャンス、とも言いますからね』

八代は気軽に言ったつもりだが、声はややうわずった。

峰島勇次郎の名に奇妙な緊張感が漂う。

ボーダーレス現象という明確に広がる実害も脅威だが、峰島勇次郎というただ一人の人間に対しても同じくらい、あるいはそれ以上の脅威を感じていた。

それはこの十年の間に刻まれた記憶と感情だ。峰島勇次郎の天才性と異常性が生み出したものだ。遺産技術という明確なものがありながら、峰島勇次郎の実態は見えてこなかった。実と虚が絡み合い、ここにきて不気味な存在として立ちはだかった。

『峰島勇次郎の異常性は人を人として見ていないことだ』

ただ一人、虚実に惑わされず勇次郎を見ている人物がいた。

『あの男にとって実験に関わるものすべて等しい材料でしかない。常人には理解しがたい部類だろうが、あの男は何もかもにフラットな感情で接しているに過ぎない。たとえは悪いが神の視点で物事を見ている。水も土も植物も動物も人間もすべて同価値だ』

由宇の抱く勇次郎像が正解かどうかは誰にも解らない。しかし娘である彼女の言葉は、不確かだった勇次郎の虚を少しだけ打ち払った。

『傲岸不遜な態度は、ただの実験材料に敬意を抱かないだけのこと。研究者もプレパラート上の細胞片など気にしないだろう』

『なるほど。では我々は神の視点を持った男に立ち向かうということですね』

怜は視点を強調する。力でも能力でもない。

『故になにも気負うことはない。ボーダーレス現象を止めて、峰島勇次郎を捕らえる。ただなせばいいだけだ』

由宇のフラットな声は、ある意味勇次郎の視点に通じるものがあった。やはり二人は親子なのだと思わせる。しかしそのフラットさは似て非なる。真逆と言ってよかった。

こちらには峰島由宇がいる。彼女の短い言葉は、全員に安堵をもたらした。

ただ一人、伊達だけは由宇の冷静さが気になった。付き合いが長いからこそ伊達は見抜く。

由宇の言葉は彼女の感情を隠すためのものでもあった。

4

会議は一回解散となった。ボーダーレス現象に巻き込まれないようにするため、基地全体が慌ただしく動いている。

その中で伊達と麻耶、それに由宇だけが会議に残った。示し合わせたわけではないが、自然と三人が残った。

由宇はずっと難しい表情をしたままだ。

「聞きたいことがある」

『……なんだ？』

「比良見で核爆発を起こしたのはおまえか？」

由宇はしばらく無言だった。伊達はせかすわけでもなくじっと相手の返事を待つ。

『……そうだ。あれは私がやった。私が三万人を殺した』

やがて由宇は苦しそうにうめくように胸の内にためていたものを吐き出した。

モニターの向こうでうつむいている由宇の姿は、罪の意識でいまにも潰れそうになっている姿だった。

報告ではボーダーレス現象に呑み込まれた動植物は皆ぼやけたような姿になりピクリとも動かなくなるらしい。生きているとも死んでいるともつかない状態だ。

「殺したという表現は適切ではないだろう。ボーダーレス現象で呑み込まれた人々は生きていたとは言えまい」

しかし由宇は首を左右に振る。

『そうとは限らない。この世界のものではない理に呑み込まれた。生死の概念すらない状態だっただろう』

それでも由宇は三万人を殺したと言った。

由宇の行動がベストな判断かどうか伊達には解らなかったが、彼女が罪をかぶることを覚悟し行動に移さなければ被害はもっと大きかっただろう。それこそすでに十年前に人類は滅亡していたかもしれない。

はたして同じ状況に立たされたとき自分は同じことができるだろうか。ミサイルのスイッチを押せるだろうか。答えは否だった。それだけのものを七歳の由宇が決断したことに、せざるを得なかったことに、痛ましいなどという言葉ではすまない感情が湧き上がる。

伊達は由宇にかけるべき言葉を迷った。由宇を危険と判断し地下に閉じ込めたのは自分だ。峰島勇次郎への怒りを彼女にぶつけてしまったことは否めない。

「俺は十年前、取り返しのつかない過ちを犯した。まだ幼い子供を十年も地下に閉じ込めるという非道だ。峰島勇次郎を危険視するあまり、物事の分別がついていなかった」

『何も間違っていない。そうされて当然の罪を犯している』

「違う。原因は峰島勇次郎だ。峰島由宇ではない。それが見極められていなかった。しかし、一つだけ俺は正しい判断をしたと思っていることがある。おまえをロシアに送ったことだ」

うつむいていた由宇が顔をあげる。

「おまえがいなかったら確実に人類はグラキエスに滅ぼされていた。そしていま起こっている現象にも手も足も出なかっただろう」

由宇の表情はまだ曇ったままだが、それでも伊達の言葉を否定することはなかった。

『由宇さん、あなたは世界を救える。いえ、十年前だって、あなたは世界を救ったんです。犠牲になった人は帰らない、過去は償えないと言うけれど、そう悩むのはなんとかできたかもしれないと思うからでしょう？　でもたった七歳のあなたが一人でどうにかできるようなものではなかった。それは認めるべきです。以前言いましたわよね。なんでも自分の責任だと思うのは、裏を返せばすべて自分の思い通りにできるって思っていることではないかって。だいたい、そもそもの発端は峰島勇次郎の不始末ですわ。なんで父親の不始末の責任を由宇さんが感じなければならないの？』

なるべく理性的に話そうとしていた麻耶だったが、後半はほとんど感情に任せて話してしまう。麻耶にはよく解っている。由宇の悲しみは三万人を犠牲にするしかなかったことだけでなく、その根源が父親、峰島勇次郎だということが。どんなに憎もうとしても憎み切れない、父親に対する捨てきれない情だということが。

由宇を苦しめているのは悔恨だけではない。幼い子供が親に対して当然持つ思慕の念、七歳で時が止まってしまったままの——それが彼女を一番苦しめているのだ。だがそれをストレートに言ったところでどうなるだろう。

『親のしでかしたことで、子供が責任を感じるなんておかしいですわ。ええ、私は、由宇さんの気持ちが痛いほど解ります。とんでもない父親を持った娘の気持ちは。だからこそ過去の幼い自分の非力にとらわれないで、今、目の前のことに今の自分で立ち向かえばいい。私も、兄さんも、父親の思惑なんて無視することにしました。もう何も知らない幼い子供じゃないんですもの。だから由宇さんも、これから全人類七十億人と全有機物生物を救うんです。由宇さんがしたいようにするんです。峰島勇次郎の思惑なんて知ったことかですわ！』

麻耶は腕を組んで、ややふんぞり返って偉そうに言う。

不坐に対して麻耶は反抗もできた。文句も直接言えた。愛してくれる兄もいた。七歳でたった一人放り出された由宇とは比べるべくもない。それでも苦しかった。父親を乗り越えることは簡単でなかった。だからこそ言いたかった。由宇には私がいると。闘真もいると。なにより由宇には素晴らしい可能性と未来があるのだということを、由宇に解って欲しかった。

いつまでも峰島勇次郎の呪縛に囚われていて欲しくない。

急にまくしたてた麻耶をモニター越しに由宇は驚いて見ていたが、ふと表情を緩めてつぶやいた。

「……まったく君たち兄弟はよく似ている」

『あら、私には最高の誉め言葉です。とにかくさっさと終わらせて早く日本に帰ってきてくださいな。そうそう、兄さんといえば、お二人には大事な話があります。たとえば、私の結婚相手が見つからないとか、信奉者がどうのとか』

『なっ！　……どこまで聞いていた？』

『さて、なんのことかしら』

『さすがのぞき屋家業だな！』

ほほほほと勝ち誇ったように笑う麻耶に由宇がくってかかる。年相応の二人の様子に伊達は口元をほころばせた。

由宇のいまの姿を一刻でも早く岸田博士に見せたいと思った。

岸田博士はまだ見つかっていない。

――どうか無事でいてくれ。

5

八代一はドアを開けると努めて明るい声で、ベッドで寝ているマモンに声をかけた。

「やあ、元気そう……、じゃなさそうだね」

マモンの症状は快方に向かっていると聞いていたが、いまベッドから起き上がった姿は、顔色も悪くお世辞にも元気とは言えそうになかった。

「少し前から、気持ち悪くなって……。頭痛い」

声に覇気がない。本当に調子が悪そうだった。

「快方に向かってるって聞いたんだけど、何かあったのかい？」

「何もないよ。僕はおとなしく寝てただけなのに。ひどいと思わない？　とんだ詐欺だ！」

マモンは口をとがらせて、それでも彼女らしい快活さの片鱗を見せた。

「いつぐらいから悪くなったの？」

「うーん、三時間くらい前からかな」

三時間前というと、ボーダーレス現象が始まった時間と一致している。

「それよりも地図役に立った？　岸田のおっちゃん見つかった？　あ、お礼ならメロンでいいよ。網目がいっぱい入ってるやつ」

「ああ、それなんだけど」

八代の言葉は歯切れが悪かったが、得意げなマモンは気づかずに話すのをやめなかった。

「うん？　大丈夫、僕はもう心の準備ができてるよ。あびるような賞賛どんとこいだよ。まあ、僕の実力の一端をわかってもらえたよね？」

「まだ岸田博士は見つかってないんだ」

「いやあ、それほどでも……、っていまなんて言ったの？」

「だから岸田博士は見つかってない」

「僕の記憶ちゃんと風間に渡した？　あ、もしかして記憶のコピーが不完全だった？　あ、あんなやり方しちゃったから！　いつもみたいにちゃんとおでことおでこを……」

あの時のことを思い出し、赤くなってあたふたするマモンだが、八代は真面目な表情を崩さない。

「色々事情はあるんだけど、一番の理由は、どこを探しても君が読み取った地形の場所が見つからないってことなんだ。索敵範囲は基地の周辺20キロまで増やしている。でも該当する地形はどこにもないんだ」

マモンも真顔になる。

「予想できる理由としては二つある。一つは君が読み取った地形は、まだ索敵範囲内じゃないってこと。20キロより先も調査中だけど、離れれば離れるほど索敵範囲は広がり見つけにくくなる。もう一つは地形が変わってしまったことかな。グラキエスが巣穴を広げたとか、塹壕作戦の崩落に巻き込まれたとか……。それにいまは岸田博士の探索どころじゃなくなってしまったんだ」

「どういうこと？」

八代はグラキエスから広がったボーダーレス現象の説明をする。

「それってもしかして……」

「何か心当たりがあるのかい？」

「おじい……、ルシフェルが言ってた。十年前に起こった比良見の出来事、あれはやばいって」

かの老人はどこまで世界の秘密を知っているのか。

「やばいってどういうことだい？　もう少し詳しく聞かせてくれないか」

「知らないよ。ただ比良見の現象はその土台作りらしいよ。爆発で台無しにされたみたいだけど……」

それ以上の言葉はマモンから出てこなかった。昔の話だしよく覚えていないのはしかたない。それでも何か思い出そうと頭を悩ませている姿に、話題の切り替えを持ちかける。

「もう一つ、大事な用事があるんだ」

とバッグから、やたらとゴテゴテした金属部品がたくさんついたヘッドバンドを取り出した。

「なにこれ？」

「舞風(まいかぜ)君の治療に必要だって聞いたんだ」

誰の指示かは問うまでもなかった。マモンは苦い薬を飲んだかのように舌を出して顔をしかめた。

「あの女、苦手……」

「そう言わないで。今だって頭が痛いんだろう？」

八代(やしろ)は立ち上がる。

「どこ行くの？」

思わず袖をつかんだ。

「繊細な治療になるからそばにいるなって言われてるんだ」

八代(やしろ)は優しく袖からマモンの手をはずすと、

「早く治療して元気になってくれよ」

と言い残し病室を出た。

外から鍵をかける音がしたのは、閉じ込めるためでなく、治療の邪魔が入らないようにするためと信じたい。

マモンは手に持っているヘッドバンドのようなかぶりものを、うさんくさそうに見ていた。

「本当にこれかぶるの？」

『治療のためだ。早くかぶれ』

突然部屋の中に風間の声が聞こえてきた。驚いて部屋を見回していると、

『ここに俺の本体はないぞ。どの部屋にもある隠しカメラとスピーカーとマイクでおまえと会話している』

「隠しカメラにマイクって、すごいロシアっぽい。そうか治療は風間がするんだ。ってことはもしかして、これってエレクトロン・フュージョン？」

人間の意識とＬＡＦＩを繋げる技術だ。以前にも一度マモンはエレクトロン・フュージョンを利用して、変異しそうだった脳の治療を行っていた。

『そうだ』

「ダサくない？」

『機能性に問題はない』

「美意識に問題あるよね？」

ぶつくさ文句を言いながら、それでもマモンは頭にかぶる。ベッド脇にある鏡を手に取りか

ぶった姿を見るなり、

「うわっ、クソダサい」

　と吐き出すように言った。

『文句ばかりだな。これでもダウンサイジングにそれなりの労力をさいているんだ。折りたたむことで持ち運びも可能になる』

「これでちゃんと意識がLAFIと繋がるの？　迷子になったりしない？」

『理論値では98・7パーセント安全性が保証されている。ではシンクロを開始するぞ』

「待って！　それって1・3パーセントやばいってことじゃ！」

　マモンがエレクトロン・フュージョンをはずそうとするより早く、風間はシンクロを開始した。マモンの意識はあっというまにLAFIサードに吞み込まれ、ヘッドバンドをはずそうとしていた手は力なく落ちていった。

　気づけば果ての見えないだだっ広い空間に、マモンはぽつんと立っていた。

「うわぁ……なにこの空間？　頭おかしくなりそうなんだけど。また素っ裸だし、風間ってじつは変態？　倒錯した趣味の持ち主だよね。そうだよね。間違いないよね」

「人聞きの悪いことをいうな」

いつのまにかすぐそばに風間の姿があった。驚いて飛び退いたマモンは、しかしすぐさま指を突きつけて抗議する。

「現れたな変態。自分だけ服着てるなんてずるいぞ！」

「初回が裸なのはしかたない。脳への負荷を様子見しながら上げなければならない。機材のシステムも異なるから前回のデータを参考にするわけにもいかない」

「口数多いのが言い訳っぽい」

胸を張ってそっぽを向いた。

「なら隠すところは隠せ」

「もういいよ。慣れたよ。見たきゃ見ればいいだろ。減るもんじゃないし」

「俺の信用が減りそうだ」

風間が指を鳴らすと同時にマモンの身体は衣類に覆われた。長らくシベリアで過ごしていた姿だ。マモンは大いに不満な顔をする。

「もっと違う服ない？　こればっかかりで飽きたんだけど」

「注文が多すぎるぞ」

すぐに切り替わったマモンの服装はＮＣＴ研究所に突入してきた当時のものだった。

「ありものですまそうってあたり、すごい手抜き感」

風間はこめかみに血管を浮かべながらも、世界中から数千着の衣装のサンプルを並べてみせる。世界各国の民族衣装から最新のファッションまでずらりと並んだ。すべてマモンが試着した姿を想定した映像になっている。

「すごい頭が痛いんだけど……」

「脳とのデータ量が三倍に跳ね上がっている。このあたりが限界か。それでどれにする。好きな服を選べ」

　馬鹿馬鹿しいやりとりだが、脳への負荷テストを兼ねていた。

数千着の服を着た自分を見て、マモンはうへぇとうんざりした。

「もういま着てるのでいいよ。見てるだけでお腹いっぱい」

「そうか。それは何より」

風間は引きつった笑顔で腕の一振りで全衣装を消し去る。

「それより安全性が98・7パーセントってなに？　百回に一回以上は失敗するってことじゃない。下手したら死ぬよ」

「いまのおまえの状況よりはマシな数字だ。人の姿をたもっていられなくなっていいのか。変異体の能力を三回以上使うなと警告していたはずだが」

風間の周囲に何十枚のもウィンドウが現れた。それらはすべてマモンの身体状態を測定したものであった。

「何ヶ所か血栓ができている。身体の一部の変化が完全に戻ってないぞ」

「え、そんなことないよ?」

マモンは疑わしそうに自分の身体を何度も見た。

「顎の骨格がわずかに変わっている。以前より歯のかみ合わせが悪くなっているはずだ。さらに大腿部の内側の付け根の皮膚が硬質化したまま戻っていない」

マモンはすぐさま足を閉じて、間を両手で隠した。

「どうしてそんなところまで見てるのさ。完全に変態行為だよ。訴えてやる！」

「訴えたところで人間でない俺に法は適用されないから意味はないぞ。ついでに言えばおまえの人権は剥奪されているので、訴える権利もない」

「最悪だ。ＡＤＥＭってやっぱり人でなし集団だ。マスコミにリークしてやる」

「すべては無事に日本に帰れたらの話だな。まず脳の血栓は別のバイパスを経由するように、血流を調整しよう。あとで本格的な設備でちゃんと治療を受けるべきだ。スヴェトラーナの炭素操作やあきらのウィンディーネ技術を応用すれば、そのような治療も可能になるか。今度由宇と相談してみよう」

「どんどん多機能になっていくね」

マモンは珍しいものを見るような顔をしている。

「機械のような言われ方で不本意だが、事実なので否定もできないか」

「十徳ナイフだね！」

「そのたとえはやめてくれ。さて検査を続けるぞ。よけいな茶々で作業の邪魔をしないでくれ。脳組織の異常は、さすがにどうにもならないが……。せめて不適切なシナプスの流れくらいは整えておこう。少し、いやかなり痛むが我慢しろ」

「待って！　現実の僕の身体はどう反応するの？　痛みで暴れるんじゃないの？」

「脳信号は延髄で遮断してある。顔は痛みで歪むだろうが、その程度ではエレクトロン・フュージョンが不用意に外れることもないので安心しろ」

身体は静かに横たわっているのに顔だけは苦しみに歪んでいる自分を想像して、かなり気分が滅入った。

「覚悟を決めろ。おまえの中の変異体が暴走して化け物のような容姿になってもいいのか？」

「わかった。わかったよ」

それからの数分間、マモンは地獄の苦痛を味わった。苦しすぎると悲鳴すら口から出てこない。生きたまま頭を開けられて脳を火かき棒でかき回されたような苦痛が続いた。あまりの苦痛に正気を保っていることができなくなりそうだ。しかしそこは風間が精神状態を安定させ正気を保たせる。

治療が終わってもマモンはしばらく放心して動けなかった。彼女らしい憎まれ口の一つすら出せずにいた。

「これでしばらくは抑えられる」

治療の終わったマモンの脳の状態を観測し、風間は満足そうにしている。

「し、死ぬ……死んでしまう……」

しばらく動けなくなったマモンがようやく口にできた言葉だ。

「勘違いするな。死なないための処置だ」

「死ぬよ！　肉体が死ななくても心が死ぬよ！」

ようやく本来の調子を取り戻したマモンは飛び上がるように起きた。

「え、あれ？」

いつのまにか病室のベッドの上で飛び起きていた。頭にはエレクトロン・フュージョンをかぶっている。

ベッドの上で手足を動かし痛みもなく自由に動くことに破顔した。

「やった、なんの問題もなく動けるぞ！」

『治療の効果は出たようだな。もうあまり無茶はするなよ』

「風間は名医だね。僕が太鼓判押すよ。ありがとうね」

『あとで峰島由宇にも礼を言っておけ。エレクトロン・フュージョンの脳への影響を利用して、治療法を考案したのはあの娘だ。前回からさらに治療方法を進化させている』

マモンは腕を組んで首をかしげる。

「なんのために、そんなことしてるの？　恩を売るため？　僕も風間みたいに馬車馬のように働けってこと？」

『助けられそうだから助けただけだろう。父親がしでかした尻拭いという感情もあるだろうが、基本的には誰にでも手を差し伸べるお人好しだ』

「ええ、そんなふうには見えないな。もっとあくどいこと考えてそう。絶対あとで馬鹿高い治療費請求してくるよ」

『イワン・イヴァノフはグラキエスだった。元は人間だったのだろうが、戻れないところまで行ってしまった』

風間が突然関係ないことを話し出したので、マモンは面食らう。

『真目蛟の脳はグラキエスへ移植された。禍神の血を中心に移植されたのだから、本来の脳とグラキエスの脳に二分されたと言うべきか』

「なんの話？」

『そして俺は以前、勇次郎によって人間の脳に移植された。十二年前のことだ。峰島由宇の援助があって元のＬＡＦＩに戻れたが、それがなければおそらく人の身体になじめず徐々に正気を失っていっただろう』

「ファーストの風間からも聞いたことがあるよ。でもだからなんの話？」

『俺達は運が良かったという話だ。峰島由宇がいなければ、二人ともここでこうして話している現在はなかっただろう。八十八元素に木梨の変異体まで取り込んだおまえが、いまだに人の姿と心を保てているのは俺に言わせれば奇跡だ。きっとあの娘はイワン・イヴァノフも助けたかった。人間に戻し、人間としての裁きを受けさせたかったに違いない』

「……馬鹿なんじゃないの？」

そう答えたマモンはベッドの上で膝を抱えて座り込むと、窓の外の寒々しい景色を見ていた。気配があるわけではないが、風間がこの部屋から去ったことはなんとなく解った。

「やっぱりあの女は嫌いだ。立派すぎて、自分が嫌になる」

マモンのつぶやきを聞くものは誰もいなかった。

6

萩原にとってルシフェルの第一印象は得体の知れない不気味な怖いじいさんだった。素手で、遺産技術を使ったパワードスーツを着た人間をたやすく倒してしまった。

次の印象は人の良さそうな好々爺であった。比良見の監視に来た萩原を快く歓迎し、常ににこやかで穏やかで、人当たりのいい老人であった。

しかし本来の姿は、おそらくいま見せているものだ。座禅を組み、静かに深く瞑想する修験者としての姿。周囲の空気が異様な張り詰め方をしている。

ルシフェルの気配すらなくなる。そこまでは想像の範囲内だ。しかし気配が無すら超えて消え去るといったいどうなるというのか。

　まるでそこに人型の穴があるかのようだ。

「おじいのこの域は、俺もまだ到達できない」

　ベルフェゴールは、ルシフェルの姿を憧憬の眼差しで見ている。

「確かにこれは、すごいけど……、ここまでしてルシフェルさんは何をしようとしてるの？」

　ベルフェゴールは首をかしげる。

「解らない。たぶんこの地にあるＬＡＦＩフォースと共鳴しようとしてるのは解るんだけど」

　そもそも萩原にはＬＡＦＩフォースがなんなのかすら解らないので、説明の半分以上はちんぷんかんぷんだ。

　――比良見が、この地が呼応しておる。

　瞑想に入る前にルシフェルがつぶやいた言葉。

　比良見がシベリアの異変に共鳴しているのは明らかだった。萩原でもその程度の異変は察知することはできた。

　そしてもう一つ解っていることがあった。ルシフェルの常軌を逸した瞑想は、命を削るほどにすさまじいものだということだ。

　残り少ない命を削った先に、この老人は何を見ようとしているのだろうか。

7

――あれが見えるか？

「見えるよ。やっぱりあったね」

由宇とＶＴＯＬ機に乗ったとき、闘真には塹壕作戦の崩れた地面の中に奇妙な建築物があるのが見えた。目の錯覚かと思うほど奇妙なものであったため、基地に戻り由宇と別れたあと、記憶を頼りに塹壕の谷間まで足を運んだのだった。

そこで己が目にしたものが見間違いでないことに驚いた。それほどまでに奇妙なものが崩れた谷間に立っていた。

一言で言えばアリの巣に似ていた。

崩れた地面の底から地上付近までおよそ１０００メートルの高さの、一直線に細長い塔のような建物があった。

さらに横棒とでも言うべきだろうか、細長く伸びている部分が、塔の上から下まで何十本もあった。それぞれの長さは数メートルから１００メートル程度と様々だ。

地面の中から現れたのだから地下施設ということになる。ならばアリの巣のように見えるのは当然かもしれないが、問題は地面が崩れたあともその建物がほぼ無傷であることだった。

「なんで倒れないんだろう」

とくに100メートルはある横に伸びた建築部分は、よく折れないものだと感心してしまう。

——どう見てもまともな建物じゃない。なのに誰もあの建物を気にした様子はない。なぜだと思う？

「まだ誰も気づいていないんだよ。僕達が第一発見者だ」

——人類の知性がみんな自分レベルだと思うな。

「冗談に決まってるだろ」

——つまらない冗談は人を不快にさせる。覚えておけ。

「前から思ってたけど口悪いよね。君はそうとう性格悪いよね」

——おまえもな。

馬鹿な言い合いをしている場合ではない。

建物を発見したとき由宇に言おうと思ったが、なぜか言葉がうまく出てこなかった。そのことも気になることの一つだ。

「闘真君って、そんなに独り言のクセあったっけ？」

思った矢先に背後から声がかかったので驚いた。振り向くと八代がにこやかな笑顔で立っていた。

——なんでこいつは気配を殺して人に近づくクセがあるんだ？

「それで何を見ていたんだい？」

闘真と同じように谷を覗き込んでいた。ちょうどいい機会だ。

「すごい谷だよね。たった数時間でこれを作ったなんて思えないよ。感心して見入るのも解るよ。ちなみに僕もこの超巨大塹壕作りに一役買ったんだけどね」

――こいつうざいな。

「そんなこと言っちゃ駄目だよ」

脳内の声に言ったつもりだが、目の前にいる八代は面食らった顔をした。もう脳内の声には返事をしないと心に誓い、闘真は谷間に見える巨大建築物を指さす。

「ええと、あれ。あれを……」

「何か気になるものでもあるのかい？」

八代はにこやかな笑顔を崩さず問うてくる。初めて会ったときからこの笑顔だった。あの頃はどこかうさんくさいという印象しかなかったが、遺産技術をめぐって何度か行動を共にしているうちに、笑顔の仮面の裏にある素顔が少しだけ見えた気がした。

「何を見ていたって……。ですから、あれ、あの、その……」

――どうした？　このタイミングで突発的な人見知りになったとか言うなよ？

闘真は言葉がうまく出ないかわりに、必死に建物を指さした。誰がどう見ても奇妙な建物だ。巨大な谷でないならもう決まってるようなものだろうになぜ聞いてくるのか。

「あれです、あれ！　ああ、ええと……」

「あれって？」

「あそこにある……、なんて言えばいいんだろう」

うまく言葉が出てこない。自分が雄弁でない自覚はあったが、さすがにあの建物を説明するのに、ほとんど言葉が出てこないのはおかしい。

「見えませんか？　ええと……」

闘真は身振り手振りでなんとか伝えようとするが、八代には奇妙な踊りにしか見えなかったようだ。ますます首をかしげている。

「こう見えて目はいいほうなんだけど、何が見えるって言うんだい？」

八代は目の前の谷を何度も見渡していたが、闘真には見えている建物が見えていないようだった。

自分以外見えないことも、言葉で伝えることができないことも由宇の時と一緒だ。

「僕は用事があるからもういくよ。このあたりはいつ崩れるか解らないから足下に気をつけて。それと数時間以内に最低限の人数を残してみんなフリーダムに避難するから。準備だけはしておいて」

八代はそれだけ言うと去って行った。途中、闘真のほうを何度か盗み見ながら通信機で話しているのが見えた。

──ここに頭のおかしいやつがいると報告されてるぞ。俺でも通報する。

「僕もそう思うよ」

そもそもなぜうまく説明できなかったのか。もしかしたら脳に深刻なダメージがあるのかもしれない。

──本当にどうした？

「この声も脳にダメージを受けた結果かも」

──人を勝手に幻聴扱いするな。

「あの建物ってなんですか？　よし言える」

──しかしあいつには建物が見えている様子じゃなかったな。おまえがうまく説明できないことと関係あるのか？

それからさらに数人、闘真に話しかけてきた人がいた。そのうちの一人はリバースで、建物のことをうまく説明できない様子をいぶかしんでいた。やはり見えていない。闘真から離れるとき、通信機でどこかに連絡していた。声は聞こえなくとも大げさな身振りから、様子がおかしいことを伝えているようだった。

──見えていない。そしておまえはあれをうまく言葉にできない。もう決定だな。あれは世界の理からはみ出た建物だ。

「この世から消えてるってこと？」

――消えているわけじゃない。認知そのものの歪みだ。

以前、海底に沈んだフリーダムに閉じ込められたとき、由宇の姿が見えなくなったときのことがある。あのときと同じような現象なのだろうか。

――俺たちの五感はそもそもこの世界から少し外れている。何かの拍子に見えるものが見えなくなり、見えないものが見えるようになる。クレールもそうだろう。人の顔が区別ができなくなっている。相貌失認などという一般の病気じゃない。あれも認知の歪みだ。

「解ったよ。でも困ったな。このままだと誰にも何も聞けないし話せないままだ」

――おいおい、一人、話の通じそうな奴を忘れてないか？

嫌そうな声だった。


「俺を足に使うとはいい度胸してるじゃねえか」

ＶＴＯＬ機の操縦桿を握る不坐は、言葉とは裏腹にどこか楽しそうに見えた。

闘真はなぜいま自分がＶＴＯＬ機に乗っているのかよく解らなかった。

同じ禍神の血を持つ不坐ならばあの建物も見えるだろうという話になり、ついでに建物のそばに行ってみたいと口にしただけなのだが、なぜか不坐が操縦するＶＴＯＬ機に乗る羽目になった。

言いたいことはたくさんあった。和服で戦闘機を操縦するミスマッチやそんな格好で寒くないのかとか、そもそも自分から行くと言い始めたんじゃないかとか。

しかし何より大事なことがあった。

——不坐相手にはあの建物の話ができるんだな。

やはり禍神の血が鍵になっている。あれは世界の外側にはみ出た建物なのだ。

「おい、どこに建物があるっていうんだ？　俺には何も見えねえぞ」

しかし不坐にも建物は見えないことが判明した。

見えていないのだからしかたないが、建物にぶつかりそうになるほどすれすれのところを飛んで、塹壕の底に着地する。

谷間の深さは1000メートル以上で、底から空を見上げると、空が一本の帯のように切り取られている。

底にはグラキエスの残骸が無数に折り重なっていた。すべて1000メートルの高さから落下した末路だ。

「ぞっとしねえ光景だな。まるでグラキエスの墓場だ」

足下の残骸を蹴飛ばしながら不坐は闘真が指さす建物の前に立った。

「ここに建物があるってのか？」

不坐はいぶかしげに目の前の空間を見ている。

「頭いかれたかって言いたいところだが、じつのところ俺も変な感じはしてるんだよな。本当に建物があるのか」

「あるよ」

建物のそばにきて、闘真自身気づくことがあった。遠目には解らなかったが、いざ目の前にするとピントがあっていないようにどこかぼやけている。

しかし不坐にどう証明すべきか。

――斬ってみろよ。

言おうとしていることはすぐに解る。

「そうだね。試してみようか」

「あ、なんだって？」

闘真の独り言に不坐はいぶかしむが、無視して鳴神尊を握り前に進み出た。そのまま鳴神尊を抜く。人格が入れ替わると思ったがそんなことはなかった。

――俺が出たくないって思えば、引っ込んでられそうだな。

人格交代ができなくなったわけではないことに少しばかり安堵する。

鳴神尊を上段に構える。力を込めると刀身から力の奔流があふれ出ることを感じることができた。以前は力の流れがここまではっきりと解らなかった。

「て、手加減しろよな」

背後では不坐が鳴神尊が壊れるのではないかとはらはらとした顔で見ていた。

「親父に一つ聞きたいことがある。勇次郎に親父の刀は届いた？」

「かー、唐突にやなこと聞くなおまえ」

「僕なら、届くっ！」

真正面から刃を振り下ろす。切り裂いた空間から見える建物はより明確になって視界に入ってきた。

「おお、おおおっ！」

背後で不坐が驚いた声をあげていた。どうやら見えたらしい。しかしすぐに切り裂かれた空間は閉じてしまう。

「本当にあるじゃねえか！　どうしてこんな建物がこんなところに立ってやがる、なんて聞くまでもねえな」

不坐はすでに閉じられた空間を見つめながら感情を押し殺した静かな、しかし強い口調で言った。

「あいつは、峰島勇次郎はここにいる」

――ああ。峰島勇次郎はここにいる。

不坐ともう一人の自分の声が同じ言葉を発するのを、闘真は黙って聞いていた。

8

確信を得られたならば、闘真がまっさきに伝えるべき人物は決まっていた。問題は伝達方法だ。不坐相手ならばなんとか伝えることはできた。同じ禍神の血を持つもの同士、認識の外側のことでも意思の疎通ができる。

「ああ、ええと……」

闘真の要領を得ない態度に由宇は不審者を見る顔をしていた。

――やはり駄目か。

それでも由宇の手を引っ張り建物が見える場所まで案内し、闘真は説明できないことをなんとか身振り手振りで伝えようとした。客観的に見ればただ錯乱しているだけにしか見えなかっただろう。

「言葉にできないのか？」

しかし由宇は違った。闘真の特性、シベリアの特殊な状況、勇次郎の暗躍、あらゆることを総合的に考えて、闘真の立場を理解した。

「そう、そうなんだ」

あの建物の場所に行かなければ。しかしその言葉も出てこない。

「伝えようとしなくていい。なぜそのような状況なのかだいたい想像はつく。いま君が伝えようとしているものは世界の外側に属するもの、禍神の血を引いている君だからこそ見えているものだ。だからこの世界の言葉に落とし込むことはできない。伝えるのは不可能だ」

――話が早いにもほどがある。

人の心が読めるのではないかと思うほどだ。

「だからこっちで勝手に読み取る。数分待て」

由宇はその場でLAFIサードに向かって何かプログラムを打ち込み始めた。五分後に作業が完了したのか、

「これを」

由宇が手渡してきたのはカメラだ。

「そうか。これで映せばいいんだね」

闘真はさっそく正体不明の建物にカメラを構えたが、液晶モニターにはなにも映っていない。

もしかしたら他の人にはこのように見えているのか。

「駄目だよ。これじゃ……」

「違う。向きが逆だ」

由宇はカメラのレンズを闘真の顔に向けた。LAFIサードのモニターの半分には闘真の顔が映っていた。残り半分は空白だ。

「僕を映してどうするんだよ」

　――やはり通じていなかったのか？

　中と外で落胆する。

「それでいい。君は見たいものをじっくり見てくれればいい。私を信じろ」

　闘真はよく解らないながらも言う通りに建物をじっくりと見た。地下側から地上側へ視線を何度か行き来させる。

「これでいい……えっ？」

　モニターの空白部分にいつのまにか3Dで描かれた立体物があった。形こそ大まかだが、その形は塹壕にある巨大な建築物だ。

「なるほど、君にはこういうものが見えているのか。興味深い」

　由宇はモニターを覗き込み、興味深そうにしている。

「え、どういうこと？　いつのまに？」

「カメラが映しているのは君の目だ。眼球の向きと焦点距離から、君にしか見えていないものの形を推測した。つまり目を計測器代わりにしている。できるだけ細かく細部を見てくれ。より明確な形を知りたい」

「わかった！」

　それから闘真はできるだけ細部にわたり建物を見た。形をなぞるように目線を動かし、形を見ることにこだわった。モニター上には徐々に建物の細部ができあがっていく。

「だんだんできてきたね。これってなんなの？」

「いまから二十年以上前にソ連のマッドサイエンティストと呼ばれたセルゲイ・イヴァノフという科学者の研究所だろう。元々二ヶ所あるとソ連の資料にはあった。ずさんな管理でも一つの建物の資料はほとんどなかったから、計画上だけの存在だと思っていたが」

由宇の表情が緊張に強張っている。

「どうかしたの？」

『気にするな。ずっと探してきたもののありかが解りそうだから、柄にもなく緊張しているんだ。勘の正体も判明したな。知覚はできずとも存在には気づいていた。しかし理論立てることはできない。まさしく勘と言うほかない』

「風間、よけいなことを言うな。闘真は気にせず観察を続けてくれ。精神状態はニュートラルを保て。眼球の動作に影響がでる」

由宇の説明が足りなかったのはそういう意図があったのか。足りないことが多いので、いつものことだと思っていた。

『奥に行くほど形が曖昧になるな。地下側の構造は、この距離での眼球の精度ではこれが精一杯か。さてどうする？』

風間は問いかけたが、由宇の目線はモニターに釘付けになったままで答える様子はなかった。

余裕がなかったというべきか。

『何をそんなに緊張している？　確かにこれは我々が探していたものに違いないが』

「そんな馬鹿な……」

由宇のかすれた声に何か想定外のことが起こったのだと解った。

「どうしたの？」

『何かあったのか？』

由宇はまっすぐに見つめてきた。

「闘真、本当にこの形で間違いはないか？　見比べてみてどうだ？　本当にこんな形なのか？」

言われてみて闘真はモニターと谷間にある建物を見比べた。

――違いはほとんどないぞ。

二人で確認できるので自信を持って言える。

「細かいところは違うかもしれないけど、大まかには似てるよ。よく倒れないよね」

『再現がうまくいっているのだろう。何をそんなに驚いている？』

「これが驚かずにはいられるか。これは偶然の一致か？　いやそんなことはない」

深呼吸して言葉を慎重に選んでいる。

「この建物の構造は、ＮＣＴ研究所と同じなんだ」

「完全な一致ではない。NCT研究所はこの十年、増築を繰り返している。しかしそうした拡張部分を排除し主要部分を比べると、構造がほぼ一致する」

『待て。それは本当か？』

風間はすぐにNCT研究所の構造を3D化させ闘真の見た建築物と重ねた。確かに枝葉の部分は一致しない。しかし主要となる中心部周辺は、偶然ではすまされない一致を見た。

『55パーセントの一致を見た。主要部分にいたっては80パーセントを超える。これだけ特異な形をしていては偶然の一致でないことは明らかだ。NCT研究所を設計したのは』

「岸田博士だ。建築物で言えばソ連時代の建物のほうが古い。二十年以上前のものだ。対しNCT研究所が完成したのは十年前。私が隔離された時期とほぼ同時期だった」

由宇は苦々しく答える。

『クレールのグラキエスの命名と一緒だな』

頭が混乱しそうになる。状況は複雑になるばかりのようだ。

──あまり深く考えるな。建物の構造が一致しようがなんだろうが、大事なのはここに峰島勇次郎がいるということだ。

「それもそうだね」

独り言に見える姿に由宇がいぶかしむ。

「なにがそうだねなんだ？」

「あ、ええと。ともかく、ここは大事な施設だと思う」

由宇は深く頷き同意した。

「そうだな。問題はどうやって建物に入るかだ。岸田博士とグラキエス脳……そして峰島勇次郎がいる」

由宇は瞑目して消えそうな声でつぶやく。

「ついに見つけた」

はたして誰に向けた言葉か。十年間捜していた峰島勇次郎か、シベリアで行方不明になった岸田博士か。由宇の心中の複雑さはいかなるものだろうか。

「問題は闘真にしか見えない建物にどうやって入るかだ」

「そうだね。あの建物が見えるようになるには。……あっ！」

闘真は自分の言葉に驚いた。

「いま喋れてる。さっきまで誰かに言葉で説明しようとしても、うまくいかなかったのに。これも由宇が何かしたの？」

「君が説明できない現象については私は何もしていない」

「でもいまは話せてる。棒みたいな建物に横棒がくっついたアリの巣みたいな建物。話せる、話せてる！」

——あまりはしゃぐな。

脳内の叱責も闘真には気にならない。

『まるでブレインプロテクトだな。禁止ワードも認識できている者同士なら会話できるようになるし、認識を阻害しNCT研究所に近づけないようにもできる』

「共通認識を増やすことにより、世界の外側の建物をこちら側に引き込む。いや、元々こちらのものだったのが、少し向こうに引っ張られただけだ。おそらくグラキエス脳の影響だろう」

『つまりもっとこちら側に戻せばいいということか』

「まずは共通認識を増やす」

9

「これがグラキエス脳がある建物の外観だ」

モニターに建物の外観が表示されたとき、会議室はざわついた。

理由は二種類あった。

一つは建物の外観の異様さだ。

元は人工物、ツァーリ研究局の施設の一つだったのだろう。外観に施設の建物と似た特徴が散見している。しかし似た特徴があるというだけであって、ほとんど別物だ。

建物を中心に四方に枝のようなものが伸びていた。木のようにも見えるが、どちらかというと剝き出しになったアリの巣といったほうが近い。

二つ目の理由は、それほど特徴的な外観の建物が塹壕作戦でできた谷の中に建っているということであった。

「こんな奇妙なものが壊れずにあるっていうの？」

「そこにあるけど我々には見えていないと？　これも遺産技術なのか？」

「いや見えていないわけではない。目の前にあっても気づかないだけだ。これも正確な言い方ではないな。識別できていないといったほうが近いか」

由宇の言っている意味は大半の人間は理解できずにいた。ざわめきはしばらく収まらなかった。

「誤解を恐れずに言うならばだまし絵のようなものだ。見方によっては二通り以上のものに見えるというものだ。この建物もそれと同じだ。違いすぎて区別がつかなくなっている。逆説的だがこれが正解だろう。異質さが限りなく人知の向こう側にある。しかし完全に向こう側ではない。だから、慣れれば見分けることができる。毎日接するペットなら同じ毛並みのものでも見分けることができるように、だ」

由宇の説明に内心冷や汗を流しているのは八代だった。いま由宇が語っているのは、禍神の血の秘密の一端だ。真目家だけが持っていた秘密を解体している。それどころか特殊な能力を、誰にでも習得できる技術へと変革させようとしている。

「ねえねえ、これってかなりまずい情報を公開してない？」

小声で脇腹をつついてきたのは、隣に座っているマモンだ。

「そうだね。いったいどういうつもりなんだか」

由宇は禍神の血や鳴神尊の使用には反対の立場を取っているはずだった。世界を歪ませる、そのような事態は避けたいと思っているはずだ。

しかしここにきて一転態度を変えている。その理由が解らない。

「人類存亡の危機のほうがやばいから？」

マモンの意見は筋が通っているが、完全に納得できるものではなかった。目先の解決のために行動しているようには見えない。

――もっと先を見通しているような……。

この情報公開は別の思惑が潜んでいる。八代の直感はそのように告げていたが、残念ながらそれがなんなのかまでは見当がつかなかった。

由宇の説明は続く。

「外観だけならともかく、建物内も認知に狂いが生じるだろう。最悪、一歩中に踏み入れただけで感覚は狂い身動きできなくなるかもしれない」

「待って。それじゃ居場所がわかっても手も足もでないんじゃないの？」

「そのためにはさらに共通認識を増やしておきたい」

由宇はすでに対策案を考えていたようだ。

「ここにいる人間以外にかい？」

「すでに実行した後だ。事態は一刻を争う」

「実行した後って、いったい何をやったんだい？」

由宇がひそかに実行したことを説明すると、全員からため息がこぼれた。

10

伊達のところに見て欲しいネットの記事があると報告が入った。

「ネット上をいま賑わせている記事です」

臨時秘書はなぜか渋面をしていた。

「なにごとだ。『シベリアの奥地に謎の建物。宇宙人の秘密基地か？』……いまでもこういうものが出回るんだな。なぜこんな記事をわざわざ報告に……」

記事をスクロールさせて表示された画像に伊達はしばし言葉を失った。映っている画像はシベリアにないはずの地形だった。それもそのはずだ。由宇が塹壕作戦でつい最近作ったばかりのものだ。

渓谷のごとく深い谷間に巨大な縦長の建築物があった。

「『地殻変動で崩れた地形の中から現れた建物は、倒壊することなく不自然なバランスのまま立っている』。誰だこんな記事を載せたやつは！」

伊達に緊急の通信が入った。それは由宇がネットに流した情報の事後承諾に関するものだった。

「『世界中の人間に認識させることで世界の外側にはみ出た建物をこちら側に引き戻すのが目的』だと。言い訳すらなしか！　少しは信用してやったらあの娘……」

緊急を要するものだとは解っている。

「すでに世界中に拡散されていて、検索ワード一位になっています」

文字通り頭を抱えた伊達は、おそるおそるネットでどのように話題になっているのか確認した。

「『ラテン語でアリの巣を意味するフォルミカリウムと名付けられた奇妙な建築物はシベリア中部で発見され』。……もう名前までついているのか」

しかし大勢の人間に認識されることによって本当に効果があるのか、伊達には判断ができなかった。

「観測することで初めて存在する量子力学みたいですね。フォルミカリウムはシュレディンガーの猫のように生きている状態と死んでいる状態が重なり合っているようなものでしょうか」

伊達の疑問に答えるかのように、小夜子はにこやかに言う。

まったく未知のものに思えたが、似た現象は意外といまの科学技術でも証明されている。ほとんどの人にとって量子力学も意味不明な現象だろう。伊達もよく解っていない。猫の生死を楽しそうに語る小夜子も、少し理解しがたい存在になった。

吉と出るか凶と出るか。

座して待つしかない伊達はもどかしい気持ちをじっとこらえた。

11

建物のそばの崖には人だかりができていた。大半はロシア兵でＬＣ部隊員もいくばくか混じっていた。

「見えるか？」

「本当にあるのか？」

「ぜんぜん見えないぞ」

誰もが建物のある場所に目をこらしては口々に話しているが、共通しているのは建物は見えないということだった。

人だかりの最前列にはLAFIサードを片手に立っている由宇の姿もあった。

「野次馬が増えたな。あと六時間以内に避難しなければならないと解っているのか?」

『好奇心猫を殺すということわざがあるとおり、人には逆らえない好奇心というものがあるのだろう。だからこそ人類が発展してきたとも言える』

LAFIサードに表示されているカウンターがすごい勢いで増えていく。

『世界中で閲覧された回数が五億を超えたぞ』

「認識がそこまで広がったのなら、そろそろ見えてきてもよさそうなものだが」

「な、なんだあれ?」

驚きの声を上げたのはLC部隊員の一人だった。

「見えた。見えたぞ!」

さらにもう一人LC部隊員が続く。

「比良見を知っていると、それだけ認識能力は高まるようだな」

『確かに比良見に派遣されたことのあるLC部隊の人間だが、よく覚えているな』

由宇は個人のデータをよく覚えているし、分析も優秀だ。ロシア軍を導いたときもそうだし、いまのような状況でもどのような人物が適合しているのかすぐに判別する。その解析能力は下手なコンピュータを簡単に凌駕していた。

やがてロシア兵側からも見えたという声が上がるようになった。

『見ろ』

風間が監視モニターの映像を表示した。そこには巨大な建物が映っていた。

『ビデオカメラに映るほど認識されるようになったぞ』

建物はわずかに左右に揺れているように見えた。

『しかしこれ以上の認識は危険かもしれん。上部のほうに揺れが見える』

「認識されたことで物理法則にも囚われたか」

『いまはまだ影響は少ないが、いずれ倒壊する。その前にボーダーレス現象に呑み込まれる可能性も高いが』

話している間も由宇は目を細めて、建物の方角を見ていた。

『まだ見えないのか』

「しかたないだろう。この系統とは相性が悪いんだ」

『しかたないではすまされないのではないか？　おまえが見えないのであれば、誰があの建物に乗り込むというのだ？』

「風間はどれくらい見えている？」

『俺はかなり早い段階で見えるようになったぞ。最初に闘真から建物の外観データを受け取ったからか、認識能力はかなり高い』

由宇は腕を組んで数秒黙っていたが、

「その手があったか。すぐにフリーダムからアレを取り寄せよう」

とLAFIサードを見て言う。風間はこき使われる予感しかしなかった。

12

フリーダムがロシア基地上空に停滞するようになりかなり時間は経過したが、怜がロシアの大地に降りたのはこれが初めてだった。

役目は二つある。一つは今回の作戦のために必要な物資を由宇に渡すためだ。もう一つは塹壕作戦の谷間に現れた建築物に潜入するメンバーの選出のためである。

VTOL機に必要な物資と一緒に乗り込み、眼下の滑走路に降り立つ。そこで手を振っている見知った人物が目に入り、知らずしらずのうちに舌打ちをしていた。

「やあ、お疲れ」

両手を広げて出迎えた八代をVTOL機から降りた怜は無視して横を通り過ぎた。

「ずいぶん冷たいじゃないか。でもまあ元気そうでなにより」

八代はめげずに隣に並んで歩き出す。

「あなたの怪我の状況はどうなのですか？　肋骨を折ったと聞きましたが」

「由宇君の乱暴な治療とADEM特製のギプスで、いつものように動けるよ。いやあ、心配してくれるとは思わなかったなあ」

「社交辞令という言葉をご存じですか」

「手に持っているのが例の遺産かい？」

めげずに話しかけてくる。

「ええ。峰島由宇はどこにいますか？」

「例の建物、フォルミカリウムって名前だったっけ？　それのそばだよ。フォルミカリウムがどれだけはっきり見えているかで、適性を調べているんだ」

八代は由宇がいる基地の端まで案内する。そこには由宇の他に何人かADEMの人間がいた。そこから見える谷間にはくだんの建築物が見える。フリーダムの上から見えだしたときは驚いたが、こうして間近で見るとさらに驚きは大きかった。

「ああ、クソっ！　あたし不合格？」

ちょうどあきらが適性検査が終わったのか、頭を抱えてもだえていた。

「ああ、残念だったね。まあ合格しても大変な目にあうだけだよ」

「ここまでがんばって最後の最後で作戦から外されるのはさすがに悔しいっ！」

文字通り地団駄を踏んでいる。

「あきらめろ。こればかりは完全に相性だ」

由宇に淡々と告げられてあきらは肩を落としてその場をどいた。

「例の遺産を持ってきました」

怜は運んできた箱を由宇に渡した。中から出てきたのは蓮杖が使っているコーザリティゴーグルだ。

「あの建物に入るには脳の黒点、世界の外側を見る能力の適性が必要になる。真目家でいう禍神の血だな。しかしあいにく私は適性皆無だ。検査したメンバーの中でも最低点を記録している。正直、あの谷間の建物はぼんやりとしか見えない」

由宇はLAFIサードとコーザリティゴーグルをケーブルで接続する。

『アップデートが完了した。かぶってみろ』

「適性のない人間は入れない。しかし一つだけ適性がなくとも入れる方法がある。認知の補助をこれで行う。一台しかないため、適性なしで入れるのは一人ということになる」

由宇は当然とばかりにコーザリティゴーグルをかぶった。

「これは私が使用する。状況に応じて機能を変える必要もある。現状、私以外に使いこなすのは不可能だ。おお、見えるようになった」

コーザリティゴーグルをかぶったまま由宇は満足げにうなずいていた。

その様子に怜は内心冷や汗をかいていた。世界の外側、禍神の血は科学ではどうにもならない領域だと思っていた。しかしここにきて急激に目の前の天才少女は、科学の力で世界の外側に手をかけている。

――峰島勇次郎は真目家の血を使いましたが、これは純粋に科学のみ……。

真目家に仕えている怜にはそのことがとても恐ろしく感じた。

「よし、これでだいぶ見えるようになったぞ。風間、いまから私の適性具合をチェックしてくれ」

テストは簡単なものだ。どれだけ建物の細部が見えているか、形や色を検証する。

『驚いたな。理論上はそれなりの補助をしているはずだが、かろうじてギリギリなんとか合格するかしないかのレベルだぞ』

「嫌味な言い方だな。私も予想以上に駄目でショックを受けているんだ」

由宇は嘆息しながらゴーグルを外すと、怜を見た。

「私の番ですか。あまり期待しないでください」

「まあ僕と似たようなもんだろうね。ちなみに僕は中の中の上でした。そんなことならいっそあきら君みたいに下の中くらいがよかったな」

「ちょっと八代っち。聞き捨てならない！」

ぺらぺらと喋る八代と言い返すあきらを無視して、怜は淡々と検査を受けた。

かつて闘真の立場をうらやみ鳴神尊を抜いたこともあるが、なにも反応しなかったときのことを思い出す。だから期待はしていなかった。

「驚いたな。いまのところ二番目に適性が高い。禍神の血を持たない人間としては驚きの高さだぞ」

　しかし意外な結果が待ち受けていた。

　驚く怜の後ろでそれ以上に驚いている八代が口をあんぐりと開けていた。

「私にそのようなものがあるとは思いませんでした」

「血縁者なら似た結果になると踏んでいたんだが。そうだ、脳の黒点が侵食してきた場所に行ったことがあるか？」

「はい、思い当たることが一つ」

　麻耶と比良見に行ったとき、LAFIフォースが再現したボーダーレス現象に巻き込まれたことがある。麻耶も怜もその溶けた空間に呑み込まれかけ、自分と他者の境界線がなくなる状態を経験していた。

「そうか。適性が予想以上にあった。後天的に適性が高くなるケースもあるということか」

「一番目は坂上闘真ですか？」

　極めて冷静に言ったつもりだったが、由宇はわずかに長く怜の顔を凝視した。なんでも見透かす少女の観察力は正直苦手だ。

「生きて帰れる保証はないが、参加するか？」

「失敗したらどうなります？」

　由宇は空を見上げて、

「建物がボーダーレス現象に呑み込まれる直前、いまから五時間後に建物にミサイル攻撃をしかけグラキエス脳の破壊を試みる。私達が戻ってこなくてもだ。この世界に半ばいないようなものに、どれだけ効果があるかは疑問だが」

「ミサイル発射のスイッチは誰に任せるのです？」

「伊達と麻耶が名乗り出た」

怜はやはりという気持ちになる。

「もちろんお伴させていただきます。必ず成功させます。大勢を救うために誰かを犠牲にする。そんなつらい決断を麻耶様にさせたくはありません。それはあなたもおわかりのはずです」

十年前、由宇はその決断をしている。

「そうだな……。では突入のメンバーは」

「ちょっと待ったっ！」

まるで見計らったように現れたのはマモンだ。

「僕の適性検査も超優秀だったでしょ！」

塹壕作戦での無理がたたってマモンの体調はまだ万全とは言えなかった。

「その身体じゃ無理だよ。すでに三回近くリーディングや変異体の能力を使っている。それ以上は使うと戻ってこれないって言われなかったかい？」

八代はなんとか説得しようとしている。

「マンガや映画でよくあるけどさ、行かないとみんな命を落とす。なのに危ないからおまえは行くなって展開あるよね。ああいうの見て、こいつバカなんじゃないのっていつも思うんだ。危ないもなにも行って成功させないと死んじゃうんだよ」

マモンはニコニコと由宇に詰め寄った。

「はあ、君の性格は解っている。適性がある以上、死ぬまで最善をつくせ。戻れなくなり己を保てなくなりそうなら、自害してくれ。暴走したおまえを倒すことに労力を割きたくない」

「シベリアの極寒が可愛く思えるほど、この女って冷たいよね！」

そう言いながらもマモンはガッツポーズをして見せた。

13

怜はいつものように規則正しい足取りでロシアの軍事基地の通路を歩き、目的の部屋のドアを開けた。

「やあ、結局最終的に、僕達仲良く突入組だね。中の中の上でもＮＣＴ研究所の構造を熟知してるから。認知能力を高める上で、知っているっていうのは重要なんだって由宇君に言われてね」

軽薄な口調で話しかけてきたのは八代だ。怜は八代の軽口にはほとんど耳を貸さず、部屋に入るとドアを閉めた。他にマモンと闘真がいる。

「突入するメンバーはこの場にいる四人と峰島由宇ですか？」

「そうだね。選ばれた五人だ」

八代が即答する。

マモンは八代と怜を何度も見比べて、

「ああ、そうか。家族なんだね」

と得心がいったのか手をぽんと叩いた。

八代と怜の反応は対照的だ。

「いやあ、ははははは」

とごまかすように笑う八代に対し無言無表情を貫く怜だったが、

「んー、なんか複雑な感情がうずまいてるね」

とマモンがニヤニヤとしている。

「六道家の読心術もたいしたことはなさそうですね」

怜の鋭い視線を向けられても彼女はびくともしない。

「ああ、誤解しないでよ。別にリーディング能力使ったわけじゃないから。ただ僕は外面と心情の答え合わせの方法を知ってるからね。力使わなくても何考えてるか察するくらい簡単さ」

「ならば空気を読む能力も磨いたらどうですか？」

「どうして？　そんなもの磨いても意味ないよ。空気を読むなんてのは、ようは腹の探り合いでしょう。僕は探る必要なんてないからね。なにせ全部丸見えだから」

マモンは自慢げに身体をふんぞり返らせた。

「でもまた地下に潜る役目か。モグラになった気分だよ」

マモンは少し口を尖らせて、八代を見た。

「ねえ」

マモンが八代の袖を引っ張った。

「どうした？」

笑いかける八代から目を背けて、

「地下から逃げるときのことだけど……」

もじもじといじらしい仕草をしている。

「ああ、岸田博士の居場所のこと」

「う、うん」

あのときのことに対して、いままで八代からはなんのリアクションもなかった。

「うれしかったよ」

「本当に！」

微笑む八代にマモンは顔を上げた。

「岸田博士の手がかりは一つでも多いほうがよかったからね。該当する場所はまだ見つかってないけど、たぶんフォルミカリウム周辺だろうね。僕と君の両方に地形データがあるのは心強い」

上気していたマモンの表情が見る間に険しくなり、思い切り八代のすねを蹴飛ばした。骨も砕かんばかりの威力に、八代は悲鳴を上げてすねをかかえて、床を転げ回った。

「ちょ、ちょっとシャレにならないよ」

怒ったマモンは部屋の反対側の隅に座り、憮然とした顔で腕を組んでそっぽを向いてしまった。

「怒らせたままでいいのですか？」

怜はさほど興味なさそうに聞いてくる。

「そうしないと無茶するからね。適当に気を抜いてやるくらいが、あの子にはちょうどいいんだよ」

「どうせ自分のことなど誰も気にかけないと思い、自暴自棄になってさらに無茶をするという可能性のほうが大きそうですが？」

「……」

「ああ、なるほど。いざというとき、無茶をしてくれたほうがいいと。人一人の命で世界が助かるなら安いものです」

「……言っていいことと悪いことがあるぞ」

「安っぽいヒューマニズムで判断されては困ります。大勢を救うために少数を切り捨てるのは、当然の行いであり、普段からそのように心がけるべきです」

「そういうことができないから、僕は家を出たんだよ」

「純粋に能力が足りなかっただけでしょう」

「いつになく当たりきつくない？」

「そうですか？　感情のしこりは残さないほうがいい。いつ誰が死んでもおかしくない。いえ、死ぬ可能性のほうが高いミッションです。死んだ人に伝えられなかった言葉、死んで伝えられなかった言葉、どちらもあって当然と思うべきです」

「はあ、あいかわらず理屈っぽいな。まるで僕が間違っているみたいに感じてきたよ」

「間違ってますから」

断言する怜に八代は頭をかいて、立ち上がった。

「わかった。そこまで言うなら、ちょっと訂正してくるよ」

マモンの背中に八代が話しかけた。最初は怒ってそっぽを向いていたマモンだったが、やがて機嫌を直したのか笑顔になり、最後は八代に抱きついていた。八代は少し困った様子で、あやすようにマモンの頭をなでていた。

何を言ったのか解らないが、怜からしてみればやはり煮え切らない言葉に違いないだろう。

しかし一欠片の本音があれば、マモンのような感情豊かな子は喜ぶに違いない。

――人に偉そうなことを言った手前、私も伝えるべきことを伝えましょうか。

怜は周囲を見渡して、目的の人物を探した。元々の目的はそれで、たまたま八代の醜態を見かけたにすぎない。

「いましたか」

倉庫の隅で手持ち無沙汰に立っている闘真のところに一直線に向かう。

「あ、こんにちは」

怜の姿を見かけると、やや引いた様子で怜に挨拶をしてきた。いままでの怜の闘真への態度を考えると、しかたないと言えなくもないが、挨拶一つとっても以前からの成長がまるで感じられないのはいかがなものなのか。

――いえ、鳴神尊の封印を解いたのですから、彼も成長しているはず。

腰に差してある鳴神尊に二重の封印がないことは目視で確認している。

「お久しぶりです」

「ええと、僕に何か用ですか？」

「用がないと話しかけてはいけませんか」

押し黙ってしまった闘真に怜は自分の態度を少し反省する。

「いまのは意地の悪い返答でしたね。謝罪します。ええ、伝えたいことがあって話しかけました。ただとても個人的なことなので、いまの状況下で用があるというのはためらいがありました」

どうやら人にどうこう言えるほど自分も器用ではないらしい。

「個人的な用事ってなんですか？」

闘真が警戒している犬のような探る目で見ている。

「ふむ、そうですね」

怜はあごに手を当てて考えた。確かに言いたいことはあったのだが、いまそのことはすべて頭からすっぽり抜け落ちていた。忘れたわけではないが、いまここで言うほどのことでもない。

怜は闘真に複雑な感情を抱いていた。禍神の血を受け継ぎ、鳴神尊を使えるというだけで麻耶のそばにいることを許された人間。その立場の重要性も理解せず覚悟もなく、一時は麻耶の前から姿を消した。麻耶の前から姿を消した。鳴神尊を受け継ぎながら。

しかしそれはただの逆恨みだ。最初から解っている。だからといって簡単に消せる感情ではない。

しかし顔を合わせるたびに鎌首をもたげていた負の感情が、いまは不思議なほど穏やかだった。

「直接あなたと言葉を交わしたかったというところでしょうか」

「え、あ、はい？」

闘真は困惑してどう対応していいか困っている。その姿にふと口元に笑みが浮かぶほどに怜は何か心のしこりがとれていることに気づいた。

「日本に帰ったら、麻耶様の守り目に戻りませんか？」

自分でも意外な言葉が出たが、思いのほか納得している。

「すみません。僕にはもう心から守りたい人がいるんです」

解っていた返答だ。怜を見返す眼差しは、心地がいいくらいまっすぐだった。

「そう答えると思ってましたよ」

「それに麻耶を守るのは……、これからの真目家に必要なのは、暗殺者とか禍神の血とか、そういうんじゃないと思います。麻耶には明るい道を歩んで欲しいんです。だから怜さんが麻耶を守ってください。兄としてのお願いです」

まさか闘真からそのような言葉を聞けるとは思ってもいなかった。

「解りました。命に代えましても麻耶様をお守りいたします」

怜は心の底から一礼した。

14

出発前に由宇から大事な話があると言われた闘真は、やや緊張しながら由宇が待っている研究施設に入った。

――男ならさっさと行けよ。

とヤジを飛ばす内なる自分は無視する。

薄暗い広い部屋の中には、イワンが残した様々な設備やグラキエスの標本が並んでいる。お世辞にも趣味がいいとは思えないが、由宇(ゆう)はその場所になじんでいるように見えた。

大事な話とはなんだろうと、背筋をただして由宇(ゆう)の前に座ったら、

「最終的な作戦の確認をしたい」

とやや拍子抜けしたことを言われた。

「作戦の確認って、さっきしたばかりだよね？」

由宇(ゆう)や闘真(とうま)を含む突入する五人組。ヘリコプターを操縦する越塚(こしづか)を始めＬＣ部隊員が数名。通信で伊達(だて)や麻耶(まや)、蓮杖(れんじょう)で最終的な作戦内容を話し合ったばかりだ。

「そ、そうなんだが、ほら君がちゃんと理解しているかどうか確認しないと」

由宇(ゆう)の言葉はどうにも歯切れが悪いが、納得できる自分もいるので素直に受け止めることにした。

「ええと僕達の最優先目的はグラキエス脳(ケレブルム)を止めること。ボーダーレス現象の拡大を防ぐのが最優先だからね」

闘真(とうま)は鳴神尊(なるかみのみこと)を手に取り、

「そのために僕が行く。グラキエス脳は普通の方法では破壊できないかもしれないから。それに僕が一番世界の外側の深いところにいける」

世界の認知が高まり、建築物は大勢の人間が認識できるレベルにまでなった。しかしそれでもグラキエス脳がある最深部には届かない可能性が高い。鳴神尊を使える闘真の存在は必須だ。

「すまない。この作戦は君の存在が必要不可欠だ」

「なに言ってるんだよ。由宇一人で行かせられるわけないだろう。止められても行くからね」

由宇は緊張した面持ちを少しだけ緩めた。

「でも僕一人で最深部に行くのは難しい。由宇のサポートは必要不可欠だし、戦闘が起こるかもしれない。だから八代さんや怜さん、あとマモンさん？　も同行するんだよね？」

「そうだ。建物内の構造、というよりはNCT研究所の構造に明るいのは私と八代、それとマモンの三人だ」

最初に見せた動揺はなりをひそめ、由宇はいつものように端的に話していく。

「でも僕達がグラキエス脳を破壊しようとしたら、きっと峰島勇次郎が立ちはだかる」

由宇の落ち着いた表情が一気に強張る。

――やはり本題はこちらか。

闘真ももう一人の自分と同じ予測を抱いていた。

「峰島勇次郎を捕まえる。不可能なら世界の向こう側に追い返す。それも不可能なら」

闘真はためらったのち話す。

「殺害もやむなし」

由宇は唇をかみしめて、うなずく。

「妥当な、というよりは少し甘い判断だ。本当なら最初から殺害を目的にしたほうがいい。いまここで峰島勇次郎を逃がせば、これから先どんな厄災をもたらすか解らない。世界が滅びるような実験を、口笛を吹きながら実行する男だ！」

由宇は顔を背けて吐き出すように言った。横顔に見える懊悩が解らない闘真ではなかった。彼女がどれだけ無理をして言っているのか、その心情を思うと闘真のほうが泣きたくなった。

――おまえがそんな顔をしてどうする？

うるさいと言ってやりたいところだが、由宇の目の前でそんなことを言えるわけがない。

「峰島勇次郎は殺さなくてはいけない。捕まえようとしても逃げられるだけだ。だから殺さなくては……、それは解っている」

由宇は固く目をつむり必死に何かに耐えていた。

「それでも！」

開かれた目が闘真をまっすぐに見た。

「それでも私は、お父さんに死んで欲しくない」

手を震わせ唇を震わせ、由宇は初めて己の心情を吐露した。

「うん、解っているよ」

両手で包んだ由宇の手のひらは冷たかった。どれだけ思い詰めているのか。どれだけの葛藤があったのか。いまどれだけ勇気を振り絞って本音を紡いでいるのか。

「僕は最初から峰島勇次郎を殺すつもりはないよ。ああ、もちろんもう一人の僕を犠牲にするつもりもない。ちゃんと捕まえる」

追い詰められていた由宇の顔が少しだけ安堵した顔になる。

由宇は手錠のようなものを出した。

「これはコーザリティイゴーグルの応用で作ったものだ。逆算し世界の外側をこちら側に押しとどめる機能がある。勇次郎をできるだけこちら側の世界に引っ張り、この手錠をかければ、こちら側の世界にとどめることが……」

「できるの？　すごいな。いつのまにそんなものを作ったの！」

「すまない。できるかもしれない、という程度のものだ。手錠型実在固定装置……、少し長いな。アンカーとでも名付けようか。アンカーはまだ未完成なんだ。建物に入って実地でデータを取り、このアンカーに反映させなくてはならない。勇次郎に遭遇するまでに完成させられる保証がない。完成しても効果があるとは限らない」

由宇の声が徐々にしぼんでいく。

「完成するかどうかも解らず、機能するかどうかも解らない。そんなもので君にとんでもないことを頼もうとしている。だから、断ってもいい……。捕まえようとして君の身にもしものことがあれば私は……」

一時は持ち直した由宇の表情は再び懊悩へと染まっていく。

「なんだそんなことか」

闘真は笑顔で言う。

「由宇が作ったものが駄目なわけがないよ。だから僕は首根っこをつかんでも、君のお父さんをこちら側の世界に連れてくるからね」

由宇はしばらく彼女らしくなくぽかんと闘真の顔を見つめていた。

「そして落ち着いて話せるようになったら、いままでの文句の一つでも言ってやればいい」

由宇の手が強く闘真の手を握った。冷たかった手のひらも、少しだけ暖かみが戻ってきたようだ。

「私の十年の恨み辛みは、文句一つでおさまるようなものじゃないぞ」

由宇はにやりと笑う。少し無理した表情だったが、それでも彼女は笑顔を見せた。

その笑顔を本物の笑顔にしてあげたい。闘真は固く誓った。

15

八代と怜は並んで通信室のモニターの前にいた。予定の時刻になるとモニターに二人の人物が浮かび上がった。

『八代、いるな』

『もちろん怜もいますわね』

伊達と麻耶は二人がいることを確認した。ここ最近ではADEMと真目麻耶が率いる真目家が連携を組むことも増えたが、こうして伊達と麻耶の二人が、八代と怜に通信をするのは初のことだ。

『時間がない。さっそく本題に入ろう』

『あなた達二人だけに極秘の任務があります』

八代も怜もやはりという気持ちになる。

由宇達には秘密にしなければならない内容。それだけである程度、内容は予測できる。二人の脳裏には似たような推論が浮かび上がった。

「どんな犠牲を払っても由宇君を絶対に生きて帰す、ですね」

「坂上闘真の抹殺ですか」

しかし結論はまるで異なった。

「由宇君の頭脳は遺産事件で必ず必要になります。ならば峰島由宇の生還は最優先。僕や舞風君の命よりも重い。いざとなれば盾になれと。そういうことですね」

「坂上闘真の力は危険です。強すぎる禍神の血、ということだけではなく、峰島勇次郎が出現するバイパスでもある。やはり峰島勇次郎を完全に排除するためには、坂上闘真の存在も許せなくなります」

通信機からしばらく返事はなかった。

『あなた達二人は、似ていないようで、本質的なところは似ていますね』

ようやく返ってきたのは、麻耶のやや呆れた様子だ。

『八代、まさかおまえがそんな危険思想を持っているとは思わなかったぞ。そんな極秘命令なら、わざわざ一緒に通信をする必要もない』

『これはあなた達二人でなければできないことです。由宇さんにはもちろんのこと、舞風さんや兄さんにも頼めません』

麻耶の言葉を引き継いだのは伊達だ。

『フォルミカリウムとNCT研究所の構造が似ているという報告は受けているだろう』

「はい。しかしなぜそのようなことになっているかまでは知りません」

八代の隣では怜も黙ってうなずいていた。

『推論はいくつかたてることができる。二十年前、ツァーリ研究局のセルゲイ・イヴァノフが日本に亡命してきたとき、設計データが日本に持ち込まれた。他の可能性としてはグラキエス脳が峰島勇次郎を介し岸田博士に共鳴を起こした、ということも考えられる。あまり考えたくないが峰島勇次郎の思惑、かもしれない。勇次郎と比良見で言葉をかわした坂上闘真の証言に、峰島由宇を世間から隔絶した環境に置きたかったというものがあった』

グラキエスの命名に近い現象が起こってしまったか、勇次郎の手のひらの上か。いずれもあまり気持ちのいい話ではなかった。

『しかし今は経緯はさほど問題ではない。ＮＣＴ研究所とフォルミカリウムの共通点が建物の構造以外にもう一つあるということだ。ハードウェアの一致だけではなくソフトウェア面での一致が、いままさに深刻な事態を引き起こそうとしている』

「ソフトウェアの一致……、まさかゼロファイルですか？」

二十年前、岸田博士がネットに流したゼロファイルのデータを完全に消し去ることは難しかった。だがＮＣＴ研究所のＬＡＦＩセカンドは何年も前に完全削除を実現した。

現在、ゼロファイルのデータは厳重に管理されたＮＣＴ研究所内と、廃墟と化したフォルミカリウムにしか残っていなかった。

そこまでは解るが、深刻な事態というのが解らない。

『ああ、またか』

伊達(だて)は天井を見上げると、忌々(いまいま)しそうにしている。埃(ほこり)のようなものが伊達(だて)の頭上に落ちていった。

「何が起こっているんですか？」

『ハードウェアとソフトウェアの両方が酷似していることで、面倒なことが起ころうとしてます』

NCT研究所で何かが起こったのか、研究職員と通信している伊達(だて)にかわり、麻耶(まや)が説明をする。

『現在、NCT研究所では原因不明の微振動が多発しています。地震ではありません。外部ではいっさい計測されていませんから。発生したのは塹壕(ざんごう)作戦成功後だということです。NCT研究所とフォルミカリウムの間に、共鳴のような影響が起こっていると考えられています』

『このような現象は初めてではない。LAFI同士の共鳴反応という事例もある』

「まさか、NCT研究所が崩れそうなんですか？」

塹壕(ざんごう)作戦で剝(む)き出(だ)しになったフォルミカリウムは、倒壊しないのが不思議なほどであった。

『崩れるだけならまだいい。フォルミカリウムがボーダーレス現象に呑(の)み込まれたとき、NCT研究所でも同様の現象が起こる可能性がある』

「NCT研究所がボーダーレス現象に呑(の)み込まれる……」

伊達(だて)の言葉は、少なからず衝撃を与えた。

『そのため両者の共通点を減らし、共鳴反応が起こらないようにします』

『ソフトウェア面での共通点を消し去る。フォルミカリウムに現存するゼロファイルのデータを抹消してくれ。NCT研究所との繋がりを断つんだ』

伊達はモニター越しに、八代と怜に落ち着いた眼差しを向けた。

『峰島勇次郎を捕まえる悲願はきっとあの娘がやってくれる。しかしそれで終わりではない。危険な遺産技術はまだ世界各地に散らばっている。対遺産組織は必要だ。NCT研究所の遺産を失ってはならない。しかしそれでも峰島勇次郎より優先されるものではない』

なぜ八代と怜の二人にだけこの話をするのか納得がいった。

塹壕作戦のときと同じだ。人命に関わる行動を決断する必要がある。

最優先は峰島勇次郎。最悪NCT研究所がフォルミカリウムと共に崩れることもやむなしと判断しなければならない。由宇にこの決断をさせるわけにはいかない。

「解りました。必ずゼロファイルを消し去り、NCT研究所を救ってみせますよ」

「麻耶様のご命令とあれば必ず」

峰島勇次郎とは異なる重大な任務に、二人の表情は引き締まった。

16

建物に突入する準備が着々と進んでいく。

ＬＣ部隊とロシア軍、避難民の撤収作業は順調に進み、まもなく最低限の人数を残してここを去ることになっている。

「なんていうか由宇は本当にすごいね。あっというまに作戦を立てていく」

――簡単にやっているわけじゃないだろう。これまでの積み重ねが形になったんだよ。

「うん。そうだね。本当に由宇は天才なんだって思った」

由宇と敵対行動する者にとってはたまったものではないだろう。

――それでも相手は峰島勇次郎だ。油断していい相手じゃないぞ。

「そうだね」

峰島勇次郎には何度か会っている。解っているつもりだ。しかし生きて捕まえると由宇と約束した。

――あんな安請け合いしていいのか？

「じゃあ君ならどう答えるんだよ？」

――知るか。

「答えようがないじゃないか」

——鬼の首を取ったようにわめくな。

「誰がっ！」

熱くなっていつのまにか声が大きくなっていたところに、背後から声がかかる。

「こんなところで黄昏れてどうしたの？　独り言ぶつぶつ言っててちょっと怖いんだけど」

アリシアとリバースが闘真のところに顔を見せに来た。二人とも撤収組で、あと少しで輸送ヘリで他の大勢と一緒にフリーダムに乗り込み、この地を去ることになっている。

「ええとなんでもないです。大丈夫です」

二つの疑わしい眼差しを冷や汗を流しつつ受け止めた。

「それでええと、二人こそどうしたんですか？」

アリシアとリバースは顔を見合わせて肩をすくめた。

「こういう子よね」

「いまの子供は薄情だな」

「私達はもう少しでここを発つから、お別れの挨拶にきたの」

「一時の別れな。どうせまたすぐ会うことになる」

手を差し出す二人に、闘真は順番に握手をした。

「あなたみたいな子供に色々任せるのは、年長者として心苦しいんだけど」

「適性がなきゃ、どうしようもないって話だしな。まあ闘真なら大丈夫だろ」

リバースは大きな手で容赦なく背中を叩いた。

「あの、もしスヴェトラーナさんやクレールを見つけたら僕の……」

できる限りは、と言おうとした闘真の言葉をアリシアは首を振って遮った。

「闘真君はなにより自分の命を大事にして」

返答に窮している闘真を見てアリシアは微笑む。

「あら、もう命より大事なものを見つけているのかしら？」

ちょうどそのとき遠くを歩く由宇の姿が目に入った。自然とその姿を目で追ってしまう。すべてを察したアリシアは闘真の背中を押した。

「ここで私達相手に時間を潰してる場合じゃなかったわね。さあ行って」

闘真は二人に向かって一礼をすると、すぐに由宇の背中を追った。

「アリー、まさかあたしとのお別れは忘れちゃいないよね？」

あきらがアリシアに近づいてきた。手には何かの瓶を持っている。

「あなたも突入部隊だったの？」

「本当はそうなりたかったんだけど、あたしは適性なしでヘリでお留守番。ここ大一番で裏方ってのは残念」

おもちゃを取り上げられた子供のようにがっかりしているあきらに、アリシアが手を差し出す。

「あなたとは色々あったけど、でも楽しかったわ」

「今生の別れみたいに言わないでよ。作戦は大成功。明日はあたし達みんなウォッカで飲み明かすんだから」

そう言って手に持っていた瓶をアリシアに渡す。

「あきれた、勝手に持ってきたの？」

「そっ。基地の奥の部屋にあった高そうなやつ。預かってて」

二人は固く握手をして、それから抱き合った。

作戦開始まで残り二時間を切っていた。

17

避難する人々を乗せた最後のヘリコプターが飛び立った。アリシアとリバースは最後まで手を振っていたが、やがて判別できないほど小さくなり、基地の上空に待機しているフリーダムのハッチの中に消えた。

基地に残ったのはわずか十数名だ。

闘真（とうま）に由宇（ゆう）、八代（やしろ）、怜（れい）、マモン、そしてヘリの操縦を任されている越塚（こしづか）と、緊急時の医療やメンテナンスを担当するスタッフが数名、戦闘員としてあきらや萌がいるだけだった。

「最終決戦だっていうのにずいぶんとさみしいね」

マモンはどこかのんびりとした口調だ。

「盛大な見送りされてもプレッシャーかかるしこれくらいでいいよ」

嘆息する八代をマモンはあきれた目で見ている。

「その程度でプレッシャーに感じられては、この先思いやられますね」

怜はいつも通り冷静だ。

闘真はじっと空を見上げていた。

「どうかしたのか？」

気になった由宇が問う。

「ずっと曇ったままだなって思って」

グラキエスの生息域の天候は荒れる傾向があったため、グラキエスが現れてからこのかた雲のない空を見ていない。

「晴れるといいな」

誰のためにとは言わない。闘真は曇り空に手を伸ばして願った。

「そうだな」

由宇も同じように手を伸ばす。二人は目を合わせると、うなずいた。

出発の時がきた。

五人は越塚が操縦するヘリコプターに乗り込んだ。

「本当にこの建物あるの？　立体映像とかそういうのじゃない？」

目の前にある建物は八代から見るとどこか現実感がなかった。映像のような不確かさがあるわけでもなく、確かな質量として目の前にある。

なのに現実感がない。

「あれだね、トリックアートの立体視を見ている気分だ。解るかな。気を抜くとあっというまに立体に見えなくなるやつ。この建物も気を抜くと見えなくなりそうだ」

「ああいうの得意だよ」

話に乗ったのはマモンだ。

「少し静かにしてくれませんか」

常に喋っている八代に釘を刺したのは怜だ。

「どうして一番下から入らないの？」

「これは私のミスだ。公開した映像は上部のほうがはっきり映っていて、底部にいくほど曖昧になっていた。大勢の認識もそうなってしまった。底部の認識は曖昧で、いきなり向かうのは失敗する可能性がある」

由宇らしからぬミスだ。普段ならその程度のこと、予測がついていただろう。勇次郎の存在が由宇から普段の判断力を奪っていた。

「じゃあ上から入っても降りられないんじゃないの？」

「あとは個人の認識力に頼るしかない。上から入り、少しでも接する時間を増やして、認識する感覚にならすしかない。それも限界はあるだろうが」

ならばとまっさきに身を乗り出したのは闘真だ。

「まずは僕が降りるよ」

ロープを伝ってホバリングしているヘリコプターから建物の上になんなく降り立った。

「するすると降りてくなあ……」

手を振っている闘真に、八代は半ば感心し半ば呆れた。そのすぐ横から飛び出す影があった。

「よっと！」

ロープもなしに飛び降りたのはマモンだ。10メートル以上の高さはあったが、五点接地という着地方法でうまく衝撃を分散し、傷一つなく建物の上に立った。

「お、思い切りが良すぎでしょう！　もし認識が足りなくてすかっとすり抜けたらどうするつもりだったんだ」

心臓が止まりそうなほど驚く八代をよそに、

「先に行きますね。あなたより後に降りると屈辱的な気持ちになりそうなので」

怜は降下用ロープを速やかにセッティングすると、そのまますするすると降りて建物に着地した。お手本のようなロープ降下だ。

「うわっ、色々僕の立場ないなあ……」

ぼやいている横でコーザリティゴーグルをかぶった由宇が、降下準備をしようとしていた。

「待って。先に下ろさせて。これ以上出遅れるのは伊達司令の秘書官としての沽券に関わる。由宇君が降りる前に、僕が安全を確認しないと」

「すでに三人降りている。確認も何もないと思うが」

「でも、由宇君が一番適性ないんでしょう？　慎重には慎重を重ねないと」

由宇から半ば取り上げるように降下用ロープをセッティングすると、するすると降りていった。怜に勝るとも劣らない降下だったが、最後の最後でおそるおそるつま先から着地した。まるで熱い風呂に入るかのような姿に、

「かっこ悪い……」

マモンは心底落胆した声を出した。

「由宇、大丈夫だよ」

由宇はLAFIサードを腰のホルダーに差し込み、頭にはコーザリティゴーグルをかぶった。

「コーザリティゴーグルであらゆる事象を計測し解析し、擬似的に五感を展開して私に伝えて

いる」

　これで降りることができると豪語するが、他の四人からしてみると不安しかない。

「一人すごい綱渡りをしてるんだね」

　ケタケタ笑うマモンに
『それは違うぞ。闘真が綱渡りで、他の三人はいつ切れてもおかしくないボロボロのロープで綱渡りで、由宇が切れないほうがおかしいロープで綱渡りをしているんだ。決して安全だと思ってはいけない』

　風間は容赦なく現実を突きつけた。

『いまこの空間がそれでもかろうじて安定しているのは、世界中の認識が手伝ってるからだ。興味本位にこれが本当だったらいいなという想いがあるからだ。しかしこれも時間がたてば、やはり偽物、加工された写真だという結論になる。あってなきがごとしの実態だ』

　全員が足下が不安になり思わず下を見た。マモンは思わず八代の腕につかまるが、

「僕のほうが認識能力低いから、落ちやすいよ」

と言うとあっさりと突き飛ばした。

　由宇はコーザリティゴーグルで周囲の様子を確認しながら言う。

「闘真、最初に言っておく。実態が不安定になり私達を支えられなくなっても、君だけはグラキエス脳のところに向かってくれ」

「もしものときって、まさか？」

「谷底に真っ逆さまに落ちてぺしゃんこだね」

マモンは自分の首を絞めて舌を出しておどけているが、それは不安の裏返しであることを八代は気づいていた。


「なんか普通だね」

建物内に入ったマモンの第一声は、全員の心情を代弁していると言ってよかった。

経年劣化で朽ちてこそいるが、さらに地下に続く建物はいままでと大きな違いはなかった。

「建物自体は何十年も前に作られたものだ。いま起こっている世界の歪みとは関係ない」

「わかってるけどさ。ほらもっとおかしくなっててもいいじゃないか。たとえば床が天井で天井が床になってたり、右だと思ったものが左に見せかけてやっぱり右だったり、そういう異常を期待したんだけどなあ」

マモンはつまらなそうに頭の後ろに腕を組んで歩いている。警戒心の欠片もないような歩き方を怜は静かに非難がましく見ていたが、その視線はいつのまにか八代に向けられていた。おまえの部下なのだからおまえがどうにかしろと、口以上に雄弁すぎるほど語っていた。

「ん、んっ！　えー舞風君、もう少し警戒しようか。ここは敵地のど真ん中だよ」

「そうなんだけどさ」

怜が咳払いをすると、さすがにマモンも静かにすることにした。

それからは黙々と歩き続ける時間が続いた。マモンの言う通り、建物内には何もなかった。

懸念された最下層に近づくほど認知が危うくなる問題も、由宇の思惑通り徐々に下がったことが功をなしたのか、怖いくらいに順調に進むことができた。

「いまどの辺だろう」

NCT研究所に似た構造であるはずなのに、距離感も時間の感覚も狂い八代は困惑していた。

「時間はあとどれくらいあるの？」

「あと九十二分でミサイル攻撃による基地の破壊が行われることになっている。ただし効果のほどはあまり期待できない」

「つまり失敗は許されない、ということですね」

気を引き締めるつもりで言った怜だが、一人そんな雰囲気を無視する人物がいた。

「もうこんなところまで来た。懐かしいね」

懐かしいと言ったマモンに八代は苦笑いをする。

「あれを懐かしいと言える度胸は僕にはないよ」

「僕は懐かしいよ。NCT研究所だとここはガラス張りで、下の階が丸見えだった。ここで僕達は殺し合いをしたんだよ！」

楽しそうな声と内容があっていない。

「まるでいい思い出みたいに語らないでくれる？」

「なんでだよ。ここで僕の運命は色々変わったよ。あなたに殺されかけたり、変異体と融合したり、いい思い出だよ」

八代はやぶ蛇になりかねないと思ったのか、沈黙を保った。その横でマモンは少し意地の悪い顔でニコニコと歩いていた。

闘真も周囲を見て思い出したのか、表情を明るくする。

「確かに似ているかも。ガラス張りの床……そうか。僕は上からじゃなくて下から見たんだった」

「あれ、あなたもここに思い出があるの？」

八代が話に乗ってこないことに飽きたか、今度は闘真に話しかける。ほとんど接点のない二人だったが、意外な共通点が見つかった。

「うん、僕も由宇とここで初めて会った。あのときの由宇は拘束されてて見ていられなかったよ」

「ああ、うん……。由宇君の待遇はひどかったね」

同意する八代にマモンが目をつり上げて怒った。

「僕の話はスルーしたくせに、どうしてそっちの話にのるんだよ！」

「不穏すぎるからだよ。それにほら、この話題に由宇君もいっさい乗ってこない」

由宇は話に乗ってこないというよりも、何か気になるものがあって調べているという様子だった。

「みなさんＮＣＴ研究所に思い出があってよかったですね。私は少々疎外感を感じてしまいます」

まったく無感動に怜がつぶやく。よかったなどと欠片も思っていなさそうだ。

あまりにも普通だった。だからといって気が緩んでいたわけではない。マモンを除けば、誰もが気を引き締めて進んでいたはずだ。

それでもいきなりその状況になるとは誰も思ってもいなかっただろう。

由宇の足がふいに止まる。

「全員、そこから一歩も先に進むな」

険しい声で指示を出した。

「この先の空気、少し違いますね」

怜が目の前の異常に気づく。

「なんか急に現実感がないっていうか」

見えているものの、まるで存在感がない。建物が見え始めたころのような状態だ。

「どうしたの？」

闘真だけが全員の躊躇を不思議がっている。

「君には目の前の通路が普通に感じるのか？」

由宇に言われて闘真は通路の奥を見る。

「うん、見えてる」

「そうか。しかし私達には見えていないに等しい。いや見えていることは見えているんだが……」

「これは僕達レベルじゃ入れないエリアだね」

八代が由宇の言葉を引き継ぐ。闘真が確認するように怜とマモンを見るが、一人は首を振り一人は肩をすくめてこれ以上行けないことを伝えた。

「どうしますか？　世界の認識能力がもっと高まれば、通れるようになると思うのですが」

『それは無理だな』

怜の提案を否定したのは風間だ。

「インターネット上の情報がすでに飽和状態だ。これ以上拡散されても、認識が高まることはないだろう。それどころかいずれインチキと断定され、認識が低下する可能性のほうが高い」

しかし明らかにグラキエス脳はこの先にある。

「コーザリティゴーグルを改良し、より深いところに潜れるようにするか。もしくは……」

由宇は一回だけマモンを見た。しかしすぐにやましいことでもしたかのように目をそらす。

その姿がマモンの心に引っかかった。

「僕が先行して様子を見てくるよ」

闘真の提案はもっともだが、単独行動が危険なのは明らかだった。

「それは最後の手段だ。よほどの緊急事態でない限り避けたい」

まるで由宇の言葉が呼び水になったかのように緊急事態というべき出来事が起こった。

カツンカツンと甲高い足音が通路内に響き渡る。その場にいた五人は誰も動いてはいない。

足音は通路の奥から聞こえた。

全員の目が自然と通路の奥へ向けられた。

帽子を目深にかぶった白いスーツの男が通路の奥に立っていた。


「峰島勇次郎……」

見えたのは一瞬だ。すぐにスーツ姿は奥へと引っ込んでしまう。たまたま闘真達の目の前を横切った。そんな様相だった。

「闘真っ！」

後を追えるのは君しかいない。そのような意味を込めて叫んでいた。叫ぶと同時に後悔した。

闘真だけ勇次郎を追ってどうなるというのか。

しかし闘真はすでに走り出していた。自分にしかできないことを解っていた。手には鳴神尊を握りしめている。

八代と怜は銃を抜き、すでに何発か撃っていたが、勇次郎に当たる気配はなかった。そもそも弾丸が届いているかどうかも怪しい。狙いが正確であってもだ。

勇次郎は背を向けて遠ざかる。闘真もその背に迫った。どれほどの危険が待ち受けているか。しかし追えるのは闘真しかいない。だがここでこの状況を覆す人物がいた。

全員の一連の動きを、まるでスローモーションのように見ている一対の青い目があった。マモンだ。

——なんだこれ？

なぜか脳裏に浮かぶのは先ほど自分を見た由宇の眼差しだ。彼女は罪悪感を感じて目をそらした。何かを言いかけそうになり、すぐに口をつぐんだ。

闘真はすでに走り出している。一歩、二歩と一番通路の奥に近い自分に向かって走り、いままさに目の前を通り過ぎようとした。

——みんな必死だな。

正直なところマモンは世界がどうなろうとどうでもよかった。それにきっと峰島勇次郎には届かない。一瞬とはいえ目の前で峰島勇次郎を見たマモンには解った。まがりなりにも六道家の異能の能力者だ。坂上闘真だけでは太刀打ちできない。

ならばもう詰んでいる。世界はおしまいだ。

――あなたも脳の黒点が扱えればよかったのにね。

由宇を見て、この皮肉的状況にただただ苦笑するしかない。

再度思い起こされるあのとき由宇が自分を見た表情。なぜそんなにも気になるのか。自分でもよく解らない。

――ほんと、よく解ら……。

すぐ鼻先を闘真が横切る。自分は何もできない。

あのとき由宇は自分を見ていた。奥へ進む方法がないか話し合っていたときだ。

ふいに由宇の眼差しの意味が解った。彼女が何に躊躇したのか理解した。

「ああああ、ああああっ！」

ああ、馬鹿だ。峰島由宇は本当に馬鹿だ。大を活かすために小を殺す覚悟ができていないなんて。

ならしかたない。小である僕が決断するしかない。

いつも自分の行動は利己的であった。いままで何回かあった自己を犠牲にする行動も誰かに必要とされたいからだった。

マモンの表情には悲壮感があった。これからやろうとしていることの危険性を解っていた。

命に関わることだと解っていた。いや確実に命を落とす。それでも彼女の決断は速く、そして誰よりも的確だった。

勇次郎を追う闘真。マモンはすれ違いざま、闘真の手首をつかんだ。

「な、なに？」

思いのほか強い力で止められた闘真は、自分をつかんだ少女の決意に満ちた眼差しを真正面から見た。その瞳に宿る光はどこか由宇に似ていると思った。

「黙って！」

マモンは額と額を接触させた。

「脳の黒点をリーディングさせてもらうよ」

それは一瞬の出来事だったかもしれないし、何時間も経過したようにも思える。

強烈な痛みが頭を走り抜けた。強制的に脳が書き換えられる苦しみ。風間がエレクトロン・フュージョンで行った治療に似ているが、こちらは正気を保てるようにする風間のサポートがない。なによりも脳を治すための痛みではなく、耐えきれず破壊へと向かう激痛だった。

すでにキャパシティを完全に超えていた。

——ああ、やっぱり死ぬな。

回数制限など目ではないくらい負荷が大きい。せめてもの救いは変異体の暴走ではなく、人として死ねることだ。醜い姿で死ぬところを八代にだけは見られたくなかった。

ただ死ぬのはリーディングが成功した後だ。このあとまだやるべきことがある。

──読め、読め、最後まで読め。

正気を失いそうになるのをこらえ激痛を我慢し心が折れそうになるのをなんとか奮い立たせる。

それでも現実は無慈悲だった。

無理矢理脳の黒点をリーディングした代償はマモンの命だ。あと一欠片足りず、マモンの命は尽きようとしていた。

決意は実らずマモンの身体は崩れるように倒れようとしていた。

18

比良見の地下の最奥でずっと座禅を組んでいたルシフェルが急に目を開けた。

「ついにこの老いぼれにも果たすべき使命が来たようじゃ」

そばにいたベルフェゴールと萩原が何か言っているが、いまのルシフェルにそれを聞く余裕はなかった。手足はさながらミイラのようであった。もはや老人に時間は残されていなかった。

枯れた木の枝のような両の手のひらを叩く。とてもその外見からは想像できないほど力強い音が鳴り響く。

ずっと瞑想（めいそう）でLAFIフォースとシベリアとの繋がりを探り、やっと届いたところだ。それだけで老人の命のほとんどが削られた。

シベリアのグラキエス脳と比良見のＬＡＦＩフォースは共鳴している。繋がりがある。その細い道を進みたどり着く。

感じたのはいまにも消えそうな命の輝き。それでいてなんとまぶしいことか。

「あれ、おじい？」

その命はルシフェルに気づいた。

「まさかマモンか？」

「そうだよ。僕ね、ずっと自分はいらない人間なんだって思ってた。六道家からは能なしって言われて、遺産技術でリーディング能力強化して七つの大罪に入って、でもＡＤＥＭに捕まったとき誰も助けてくれなくて、七つの大罪とＡＤＥＭが休戦状態になったって知ったとき、それでも誰も来なくて、本当に悲しかった。誰も僕を必要としてくれない」

すまなかった、マモンの脳が限界に来ているのは解っていた、託す先はＡＤＥＭしかなかった、そう言おうとしてルシフェルはもうそんな言葉が必要ないことを悟る。マモンの命の輝きは、そんな謝罪の言葉など必要がないほど輝いている。

「僕はずっと誰かに必要にされたくて、能力を使っていた。でもたぶん初めて人のために使ったよ。これもあの女の影響かな。悔しいけどそういうことになるんだろうな」

輝きはそれでも悔しそうに明滅する。

「ああ、どうしよう。足りない。もう少しなのに、本当にもう少しなのに！　みんなのためにも、届いてよ！」

それは少女の切なる希望。純粋な貢献の心だ。しかしその命はいまにも消えようとしていた。

ルシフェルは涙した。百年にわたる生の間に成し遂げたことが正しかったのか間違っていたのか解らない。しかしその果てにこの願いがあるならば、この願いをくみ取ることができるならば、自分の人生も捨てたものではない。

「おまえさんが背負う苦しみの肩代わり、させてもらおうかのう。せめてものわびじゃ」

マモンが感じている苦痛、脳の破壊、それらの一部を己へと流す。その激流は一瞬にして老人の命を吹き飛ばすものであった。

それでも命が果てる中で、七つの大罪のルシフェルは笑っていた。

19

「リーディングしたぞ。脳の黒点……」

傾いで倒れそうになったマモンの身体は、最後の最後で踏ん張った。過剰な血流の過負荷で目は充血し血涙が流れていた。

それでも彼女は生きていた。

『まさか成功したのか！　成功確率はゼロだったぞ！』

風間の驚きは尋常ではなかった。由宇さえも目の前の奇跡を信じられずにいた。

闘真は迷った。マモンのリーディングは十数秒だったが、その間に勇次郎を見失うかもしれない。

「行って！」

その言葉に闘真は走った。命を削った彼女の言葉に背中を押された。

マモンはふらつきながら、由宇に歩み寄る。

「舞風君！」

ふらつくマモンを支えようと八代が走り寄ったが、

「触らないで！　いまはリーディングをうまく制御できない」

その手を拒み、ふらつく足で、由宇の前に立った。

「託すなら、あなただよね」

マモンは意外なほど柔和に笑うと、由宇の顔を両手で挟み額と額をくっつけた。

「君は、すごい。尊敬する」

「はは、おだてたって何もでないよ。さあ覚悟して。僕でも耐えたんだ。世界最高の天才なら、使いこなしてよ」

闘真から読み込んだ脳の黒点を、由宇の脳に強制的に書き込む。由宇の表情が苦痛に歪むが、歯を食いしばって耐えていた。

二人の身体がはじけるように離れた。今度こそ倒れる前にマモンの身体を八代が抱き留めた。

「成功……したよ」

最後の気力を振り絞りマモンは叫ぶ。

ふらつき壁により掛かることでかろうじて身体を支えた由宇は、

「感謝するっ！」

よろけながらも走り出した。闘真に続き由宇の姿も奥の通路へ見えなくなる。

勇次郎と闘真、そして由宇が消えた通路の奥を見送りながらマモンは、

「どんなもんだい……」

息も絶え絶えに誇らしげにしていた。

「なんて無茶をするんだ。これ以上力を使ってはいけないって言われてただろう」

八代の声が聞こえているのかそうでないのか、マモンはうっすらと目を開けただけだ。

「ここは褒め称えるべきでしょう。この状況下で最高の判断をしました。能力ある者の責務を彼女は果たしたんです」

怜の言葉には尊敬の念が込められていた。

「わかってる。わかってるけど……」

マモンの衰弱ぶりを見ていると八代は心配が先立ってしまう。

「さて、そろそろ我々の仕事をしましょう。このままでは二人そろって木偶の烙印を押されてしまいますよ」

怜は周囲に鋭く眼差しを送ると、クナイを手に立ち上がった。

「わかってる。こんなタイミングでこなくてもいいのに。本当にグラキエスって空気が読めないよな」

八代は意識を失ったマモンをそっと床に寝かせると、怜と同じくクナイを手に取った。

床に寝かされたマモンを挟み、八代と怜は背中合わせに立った。

いつのまにか周囲には何体ものグラキエスがいた。

「あなたの報告にあったグラキエス化したいかずち隊と同種のものでしょうか？　音ウィルスでも無事なのは不可解ですが」

「検証はあとだ」

いつもの軽い返事は返ってこなかった。

この人の本気の顔を見るのはいつぶりだったろう。本気で戦う姿を見たことがあるだろうか。

物心ついたときにはいつも怜には勝てないと言っていた。本気で戦いたくないから手を抜いているのは解っていた。

「本気を見せてくださいね」

「そのつもりだよ」

八代と怜は同時に雷鳴動を解き放ち、戦いの合図とした。

20

アリシア達を載せたヘリコプターがフリーダムの後部ハッチにおさまり、リバースと顔を見合わせ安堵したのもつかの間、格納庫の奥へ進むと、そこは大勢の人間がすし詰めになっていた。

「私達が最後ね」

「おいおい、こんなところで足止めか」

人一倍身体の大きいリバースは、誰よりも窮屈そうにしている。

「この飛行機はもっと広いはずだろ。なんでここに閉じ込められてるんだ？」

「彼らはロシア軍だもの。フリーダムは機密情報の塊よ。フリーダムの所有権は米軍にあり貸与されている形だから、ＡＤＥＭ側の判断で勝手に入れるわけにもいかない。米軍の思惑かもしれないけど」

「この状態でどれくらいかかるんだ？」

「兵士達を運ぶのはセヴェロモルスクの空軍基地。ここから一時間といったところ。でもフリーダムはまだ出発しないでしょうね」

建物に突入した由宇達の行く末を見守らなくてはならない。ボーダーレス現象がカメラに正確に映らない特性上、現場に残って作戦の成否が決まるまで見守る必要がある。

ロシア兵や避難民をもっと早い段階から退避させておけばこの状況にはならなかったのだが、ロシア軍側が退避行動をよしとしなかった。避難民まで残しておいたのはLC部隊への足かせのつもりだったのだろう。

「この状況でも国家間のいさかいなんかするから……」

頭が痛い。人類の危機の最中でも足の引っ張り合いは起こる。ただ自分も結局のところ組織の一人として動いているので彼らを責める権利はない。リバースの苦笑いもアリシアと同じ心境だからだろう。

ほとんどの兵士が不平不満を抱いているのは明らかだった。

すでに中に入れろと怒鳴りはじめたロシア兵の姿があった。避難民はすみのほうでおとなしくしている。不必要に動き回り暴れる兵士がいるのでよけいに狭く感じた。

ストレスの限界なのかもしれないが、もっとつらい目に遭っている避難民達を見習って欲しいものだ。

アリシアが心配に思い、目をやった避難民の中に一人高いところに座っている幼い少年がいた。ヴォルグだ。リバースに気づいて大きく手を振ってきた。

「こういうときあなたの無駄に大きい身体は便利ね」

「便利なら無駄じゃないだろう」

二人は避難民達のほうに向かった。何かあった場合彼らを守ってくれそうな人間は自分達しかいない。


最初に不満をぶちまけたロシア兵が、内部に通じるハッチを激しく叩き出した。ロシア語で中に入れろと怒鳴り散らす。すぐさまそばにいた別の兵士が壁や床を叩き抗議をしだした。

そのうちの一人が台になりそうな箱を床にひっくり返して登り話し出す。

「俺の兄貴はこのばかでかい飛行機に乗ったテロリストに襲撃されて殺されたんだ！　基地を襲撃したのは日本のカイセイだ！」

黒川率いる海星がチェグエフカ第二空軍基地を襲撃してから、まだ二ヶ月もたっていない。

「こんな奴らが本当に信用できるのか？　なんで俺達がこんなところに閉じ込められなくちゃならないんだ？　中には俺達に見せられないものがあるんだ。だから俺達をここに閉じ込めてるんだ！　それにいざとなれば高高度でハッチを開け、俺達を低気圧と極寒であっというまに始末できる。こんな状況許していいのか！」

煽動する演説でますます格納庫内は過熱していった。

「まずいわね」

ＡＤＥＭがロシア兵を放り出して殺すような馬鹿な真似をするはずがない。国際的に注目されている状況もある。しかし海星の件は事実であり彼らにそんな理屈は通じないだろう。

ハッチを叩く音に合わせて兵士達は足を踏みならし、手にしたもので壁や柱を叩いている。完全に暴走状態だ。

中に入れろの大合唱が続いた。このままエスカレートすれば格納庫内で破壊活動が起こりかねない。銃器を持っているロシア軍は飛行機を占拠しようと考えてもおかしくない。

「やべえなこりゃ」

リバースは手近にあった何かの備品らしい鉄パイプを手に取った。

21

司令室のモニターで格納庫の様子を見ていた蓮杖や福田は彼らの処遇をどうすべきか悩んだ。

「やはり機密漏洩の危険性をおかしてでも中にいれるべきだったか」

蓮杖は自分で言いながら首を振った。そんな問題でないことは解っている。

福田はカメラの映像を沈痛な面持ちで見ていたが、

「彼らの不満の大半は我々にあります。元海星の人間として責任を取る立場にあるのは私です。彼らの暴動も、私がいけば収まるでしょう。あとのことはあなたにお任せします」

と覚悟を決めた顔で言った。

「行ってもリンチを受けるだけだろう。暴力的行動はさらに暴動を激化させる。収まることはない。無駄死にするだけだ」

「しかし……」

「それに気になることもある」

モニターには最初に怒鳴っていた男の姿が映っていた。

「この男、本当に海星に家族を殺されたのか？」

『その可能性は限りなく低いです』

突然、通信の声がした。発信元はＮＣＴ研究所で、緊張した女性の声は朝倉小夜子だ。

『映像解析から兵士の名前はミハイル・ヤグジーンと判明しています』

「ずいぶんと早いな」

『由宇さんが基地にいたロシア兵のデータベースを作成してくれましたので』

「まさか塹壕作戦のときですか？」

福田は驚いて聞き返した。いったいどこまで用意周到な娘なのか。敵として、そして味方として熟知しているつもりだったが、それでもなお空恐ろしいものを感じる。

『そこで問題が一つ。ロシアの軍事サーバーにあるデータのミハイル・ヤグジーンと外見が一致しません。ですが、まったく別のデータベースでは一致しました。GRUの工作員です』

「つまりスパイか」

『そうなりますね』

「なんて卑劣な！」

　グラキエスはロシアが兵器開発のために積極的にかかわり隠ぺいしてきた。しかし思いもよらぬ方向にいった結果、ADEMが大きくかかわってきた。ここでロシア兵士や避難民にフリーダム内で死傷者が出れば、遺産犯罪の被害者として責任をすりかえることができると踏んだのだろう。自国民を多少犠牲にしてもかまわない、否、目撃者を消してしまってもいいとすら考えているのかもしれない。

　福田は珍しく怒りをあらわにしたが、すぐに落ち着きを取り戻した。

「しかしこのことを公開しても暴動は収まらないでしょう。信じてもらえず火に油を注ぐだけとなる」

『せめて内部にいる人間にGRUのスパイがいることを知らせることができるといいんですが』

　モニターにはアリシアやリバースが映っている。この状況を懸念して協力はしてくれるかもしれないが、伝える方法がない。

「格納庫にスピーカーはあるので、ロシア人には解らない言語で伝えるのはどうでしょう。たとえば日本語とか」

「いや意味不明な言語が放送されれば彼らの不信感は募る。それにあれだけ人数がいれば、日本語や他の言語が解る人間もいるだろう」

悩む蓮杖と福田に、

『あの、こんな方法はどうでしょうか?』

と小夜子からの提案があった。

22

「……ん」

アリシアは突然、耳を押さえて顔をしかめた。

「どうした? この騒動におまえの特別製の耳はきついか?」

「騒音はなれたものよ。でないと西海岸のダウンタウンやニューヨークを歩けると思う? そうじゃなくて」

アリシアはしばらく耳をすましていた。

「……ああ、まずいわね。あの煽動している男、怪しいって思ってたけど、GRUのスパイだったみたい。ロシアのデータベースに一致する顔があったらしいわ」

「おいおい、どこからそんな啓示を受けたんだ？」

「スピーカーから聞こえたのよ。人間の可聴域より高い音で。聞きにくくて苦労したわ」

アリシアの五感は遺産技術で強化されている。耳や目は通常の数倍の機能があった。

「つまり、どういうことだ？」

「操縦室と司令本部にいる人達は、私達にどうにかしてこの騒動を収めて欲しいってことでしょうね。もしくはこれ以上の行動を起こさないよう牽制して欲しいか」

どちらもアリシアとリバース二人だけでは難しいというのが正直なところだ。ロシア兵も完全に武装解除して乗っているわけではないのだ。

「それとも現場に事情を知っている味方を一人でも増やしたいってところかしら。あちらも打つ手がなくて困っているのかもね」

周囲の兵士を煽動し手を振り上げているスパイをアリシアは忌々しげに見る。

「ともかくこれ以上ひどいことになる前に、避難民達をもう少し安全な場所に移動させておくか」

「そうね。……あら、ヴォルグは？」

ひとかたまりになっている避難民達の中に幼い子供の姿がないことに気づいた。

「ヴォルグ、ヴォルグ！　どこいったの？　危ないから戻ってきなさい！」

アリシアは四方を見て探していたため、気づくのが遅れた。いつのまにか煽動する声が少しだけ小さくなり、おさまっていた。

「いたぞ」

リバースが指を指した先は煽動するスパイだ。彼の前にヴォルグは笑顔で立っていた。この場にいる幼い少年の異質さが周囲を静かにさせた。

「おじさん、グレマンさんって兵隊さん知ってる？ おじさんと同じ模様の軍服を着てた」

「そうか。坊主。おまえだって許せないよな」

スパイの男がヴォルグを抱きかかえた。

「あんな小さな子供まで利用しようっていうの！」

アリシアは人波をかき分けてヴォルグのいたほうへ近づこうとするが思うようにいかない。子供の小さな身体だったからこそ、容易に近づけたのだろう。

「グラキエスだのフリーダムだの、こんなわけのわからねぇミネシマの遺産に俺達の国をめちゃくちゃにされたんだ。なあ坊主、お前もそう思うだろ？」

ロシア兵達は呼応するように叫んだ。それはもう地鳴りと言っていいほどの力を持っていた。

「うん、僕の村はね……グラキエスでめちゃめちゃになっちゃった。お父さんもお母さんも近所の人もみんな死んじゃった……。すごく悲しいよ」

少年の澄んだ声が響くたび、場に満ちていた怒声や罵声は徐々に小さくなっていった。

「でもね、それをみんなが助けてくれた。最初に助けてくれたのは外国からきた人達だった。アリシアやスヴェトラーナ、リバースにトウマ！　みんなで逃げてヘトヘトになって毎日怖かった。でも基地に着いたとき、今度は兵隊さんが僕達を守ってくれた！　あんなにいっぱいグラキエスが来たのに、守ってくれた！　そして最後にこのおっきな飛行機で来てくれた日本の兵隊さん！　みんなで協力して、あんなにいっぱいのグラキエスを倒してくれた！」

さらに兵士達の声は小さくなった。いつしかヴォルグの声だけが格納庫に響いていた。

「グレマンさんって兵隊さんも、僕を守って死んじゃったんだ。甥っ子と同じ名前だって言って、命がけで守ってくれた。僕は怖くて震えているしかできなかった。なのにみんなみんなすごい。あんな怖くて強くて大きな化け物相手に戦って、みんなすごかった！　僕はいっぱい勇気をもらったよ！　だからいまここで元気でいられるんだよ」

いつしかアリシアもリバースも、兵士達と同じくヴォルグの言葉に聞き入っていた。

「なにを言ってるのよ。いまここで一番勇気があるのは、あなたじゃない」

ここにいる兵士は皆、祖国や家族という守りたいもののために兵士になったはずだ。他人と、他国と、殺し合いをしたくて兵士になった者などいない。アリシア自身もそうだ。遺産強奪組織と呼ばれてしまうような組織になり果てても、最初の志は違った。だがそのために権力に近づけば近づくほど、志を保ち続けることが難しいことも知っている。

だからこそヴォルグの言葉は胸に刺さった。兵士達も同じだろう。国家間の争いの駒になるために兵士に志願したものなどいない。他国の民と殺し合いをするために志願したわけではない。根源にあるのは自分の大切なものを守りたい、その志であったはずだ。

ヴォルグは笑顔を全員に向け大きく手を振った。

「だから僕はみんなに言いたい。ありがとうって。僕達を守ってくれてありがとうって！」

もう誰一人として怒声をあげていなかった。涙ぐむ姿もあれば、恥じてうつむく姿もあった。

「僕聞いたよ。いまトウマ達が最後の闘いに向かってるって。グラキエスを全部やっつけてくれるって！　みんな助かるって。よかった。本当によかった」

ヴォルグは遠くにある窓を指さし、うれしそうに叫んだ。

「だからここで我慢するのもあとちょっとかな。でも降りるのちょっとさみしいかも。だってみんなみんな僕達を守ってくれた人達だから！」

静まりかえった格納庫の中で一つ、大きな拍手の音を立ててヴォルグに近づく人間がいた。リバースだ。

「そうだ。もう少しで全部終わる。あとちょっとなんだ！」

リバースはスパイの手からヴォルグを取り上げると肩車をして、腕を上げた。

「こんな小さい子もがんばってるんだ！　俺達にできないことはないよな！」

歓声があがった。先ほどの殺気じみた声はもうどこにもなかった。ハッチや格納庫を破壊しようとする行為はもうどこにもなかった。

その場でただ一人歯ぎしりをしている人間がいた。スパイだ。

「おとなしくしなさい。もうあなたの出番は終わりよ」

アリシアは後ろからそっと近づき、誰にも見えないように銃口を背中に押しつけた。

「いまの主役はあの子。小さな英雄をその目に焼き付けておきなさい」

リバースに高く掲げられ、ヴォルグは無邪気に笑うのだった。

23

谷間に現れたアリの巣のような不可思議な建築物。由宇達五人が入っていったそこに、もう一人入ろうとする人物がいた。

「ここが……」

建物を前にスヴェトラーナは息を呑む。

呼ばれた気がした。招かれた気がした。そう思った途端、基地を取り囲む渓谷の底に建物が見えた。直感的に理解した。

あそこに峰島勇次郎と蛟がいる。

毛布にくるんで抱きかかえたクレールを見た。心臓を銃で破壊されたが、死んではいない。そもそも最初から生きていたと言っていいのか解らなかった。

それでも再びクレールが目を開けるようになるため、スヴェトラーナは目の前の建物に入る必要があった。

「行くのかよ」

いつのまにか背後に壮年の男性が立っている。十年以上会っていないが、すぐに誰だか解った。

「真目不坐……」

男性――不坐はあごひげをなでて、十二年前と変わらず鋭い眼差しを向けてくる。

「お互い老けたな……って言いたいところだが、おめえのその若さは反則だな。その技術を確立できれば世界一の金持ちになるのも夢じゃねえな」

スヴェトラーナは黙ったままだ。不坐の軽口に付き合うつもりはなかった。

「十二年前、その子を俺に預けに来たときのことを思い出すな。あのときもそうやって娘を布にくるんで俺のところに預けに来たな」

スヴェトラーナは嘆息して、少しだけ不坐の話に付き合う。

「失われた臓器の一部をグラキエスで補うことで蘇らせたなんて、峰島勇次郎のかっこうの研究材料ですから」

ふはっと笑い、不坐は楽しそうだ。

「いくら勇次郎に奪われないためだとしても、俺に預けるかね」

「あのときはそれが最適だと思いました。事実、あなたの元で勇次郎に奪われることはなかった」

「女なのに禍神の血を使えたんだ。断る理由もねえよ。いまにして思えば、ここにある蛟のグラキエスの脳と繋がっていたんだな」

スヴェトラーナは愛娘を抱きしめて、建物に向き合う。

「この子を再び蘇らせるためにも、私はいかねばなりません」

「そりゃあな、一部がグラキエスなんだ。いま蘇らせたらボーダーレス現象、だったか。あれに巻き込まれちまうからな」

そうさせないためにスヴェトラーナは勇次郎を倒しに行く。

スヴェトラーナは建物に向かって歩き出そうとして、いったん不坐を見た。

「あなたも勇次郎を殺したいと思っていたのではないですか？」

返事は面倒くさそうに振った手だ。

「ああ、もういいんだ。年寄りは引き際を見極めねえとな。あとは若い連中に任せた」

「私の復讐は誰かに任せるわけにはいきませんので」

次こそスヴェトラーナは振り返ることなく建物の中へと向かった。

「骨は拾ってやるよ」

不坐のしみじみとした声が背後から聞こえてきた。

「弟の嫁さんだ。そのくらいはしてやるさ」

三章　峰島勇次郎

1

　真目麻耶は自分の役割を解っていた。

　この状況で自分がすべきこと。それはADEMや由宇達が自由に動けるようにすることだった。

　ロシアはもとより、諸外国のよけいな横槍が入るのも牽制しなければならない。そのため何かと理由をつけて軍事介入を実行しようとする国々と連絡を密に取り、なんとか踏みとどまらせていた。

「まったくどうしてボーダーレス現象が、外部に漏れてるのかしら」

　異常現象は世界の危機に発展しかねないと、どこの国も躍起になっている。当然のことかもしれないが、軍事介入の口実くらいにしか考えていない国も多い。

　やがて各国が納得する形で話がまとまった。いや、無理矢理納得させたと言っていいだろう。

「この条件は決して勝ち得たとは言えませんわね」

その条件は、ADEMの作戦が失敗した場合、ミサイルでシベリアの基地もろとも吹き飛ばすというものだった。

2

「こちらです」

ロマンコフがアタッシュケースを開けると、そこにはいくつかの計器類と、不用意に押してしまわないための何重にもセキュリティのかかったボタンが鎮座していた。

「この発射ボタンが連動しているミサイルは小型の部類ですが、TNT火薬150キロトン相当の威力があります。基地の周囲すべてを吹き飛ばすには充分な威力でしょう」

麻耶(まや)が勝ち得た手段はすぐさま実行に移された。ロシアの大使館から、駐在武官のアレクサンドル・ロマンコフが、アタッシュケースを持ってADEMに現れた。

由宇(ゆう)達の作戦が失敗したさい、ミサイルで基地全体を吹き飛ばすという最後の手段だ。ミサイルには莫大(ばくだい)な威力が求められる。現在、フリーダムにそのような兵装は搭載されていない。時間も限られている。兵器を用意できるのはロシアしかいなかった。

しかしミサイルに万が一の不備があってはいけない。ADEMとロシア側で綿密な連携が必要となる。しかしこのような土壇場でそのような作戦ができるはずもない。

結果としてロシアが選んだのは、ミサイルの発射ボタンをＡＤＥＭの最高責任者、伊達に一任するということだった。

麻耶も役目を買って出たが、最終決断を二人の人間で行うのは混乱のもとだと、伊達は頑なに拒否した。本音はまだ十代の少女にそんな役目をさせるわけにいかないからだ。察した麻耶は最後は引き下がった。

「ミサイルの到達時間は？」

「十五分です。つまりリミットの十五分以上前に発射しなければなりません」

制限時間が来た瞬間にミサイルを発射しても遅い。到達までの時間を逆算し、リミットよりも早い時間にミサイルを発射しなければならない。

「ミサイルが発射されたあとで作戦が成功した場合、緊急停止コードでミサイルを無効化できますね？」

念を押す伊達に、

「はい、もちろんです」

ロマンコフは汗を拭いながら答える。

本国からそのような説明は受けていた。しかし自分の国の上層部がどのような人間かロマンコフはよく解っていた。

——ADEMにあっさり託したのはさすがに怪しい。

疑念をおくびにもださず、ロマンコフは伊達に向かって力強くうなずいた。

3

闘真より先に峰島勇次郎に会った人物がいた。

「あなたを止めに来ました。峰島勇次郎」

スヴェトラーナは抱きかかえていたクレールをそばに下ろす。

「久しぶりだね。君と最後に会ったのはもう十二年も前になるか。場所は奇しくもここだった」

峰島勇次郎が目の前にいる。長年捜し続けた姿が目の前にいる。しかしスヴェトラーナの目線はどうしても背後にある巨大なグラキエスの脳に吸い寄せられていた。

「君の夫と感動の対面といったところだろうか。十年以上にわたる休眠期間をやっと終えたところなのだよ。脳の黒点への適合は長かった。しかし待ったかいがあるというものだ。過不足なく脳の黒点を発動している。全グラキエスと共鳴し、世界はいま書き換わろうとしている」

何を言っているのかスヴェトラーナにはまるで理解できないし理解したいとも思わない。世界が書き換わるなどもどうでもいい。

いま彼女の最優先事項はクレールだけだ。愛娘だけは守らなくてはならない。

「理解してくれと言うつもりはないよ。理解者など不要。私に必要なのは未知を埋めることだけだ」

奥から一体のグラキエスが現れた。二足歩行で二本の腕を持っている。ほぼ人型だが、頭部に当たる部分はなかった。

それならば何も驚くことはない。イワンも手駒として人型グラキエスを所有していた。ただ障害物が人型をしているだけの話だ。本来はそのはずだった。

しかし人型グラキエスが近づくにつれてスヴェトラーナの顔が青ざめた。

「蛟、さん？」

身体こそグラキエスだったが、立っている姿の重心の取り方や歩き方、それらすべてスヴェトラーナがよく知っているものだった。

「ふむ。ここまでは成功か。ではもう一段階検証を進めるとしよう。代理の身体で禍神の血の力は発露するのか」

勇次郎が懐から取り出したのは、鞘に収まった一本の小刀だ。

「鳴神尊エミュレーター。以前作った長刀より再現度は高いはずだ」

勇次郎が無造作に小刀を人型グラキエスへ放り投げると、見向きもせず、右手だけを伸ばして受け取った。

刀を抜く。その動作一つにスヴェトラーナの全身がぞくりと震える。何から何まで真目蛟そのままであった。

目の前に峰島勇次郎がいる。彼を止めなければクレールは蘇らないままだ。これ以上、かのマッドサイエンティストに人生を狂わされるのは許しがたいことだった。そのはずだった。

なのにスヴェトラーナは動き始めた人型グラキエスの身体から目が離せない。静かに直立している佇まいがどうしてもあの人とかぶってしまう。ましてその手に鳴神尊に似た小刀を持っていれば。在りし日の姿と怖いくらいに一致した。

「ふむ、これを見てそのような表情をするかね？」

勇次郎はスヴェトラーナの様子に多少の関心を抱いた。

「十二年、……十二年待ちました」

うつむいたスヴェトラーナは知らず微笑んでいた。

「この日をどんなに待ち望んだことか」

「君は彼を蛟と認識しているのか。大変興味深い」

立っている姿が似ているというだけならば、スヴェトラーナもここまで心動かされることはなかっただろう。できの悪いものまねを見せられて、ただただ怒りが湧いただけで終わったに違いない。

しかし偽物と本物を区別づける決定的なものがあった。禍神の血。これだけは見よう見まねで再現できるものではない。

スヴェトラーナの口からいつのまにか歓喜の笑い声があふれ出ていた。その心から、すでに目の前にいる勇次郎のことも仮死状態のクレールのことも綺麗さっぱりと消えていた。

思考のすべてを占めるのは真目蛟――いや、暗殺者としての真目蛟との再戦ばかりであった。

人型グラキエス――蛟は何も答えない。ただ小刀を引き抜いて、向かってきたスヴェトラーナに一振りしただけであった。

最初の一合はなんの変哲もない、見ようによってはただの素振りだ。しかし通常では観測できない人智を超えたものが秘められている。

スヴェトラーナはすぐさま全身を髪で覆い、振り下ろされた小刀の側面を、手の甲ではじいた。完璧なタイミングだ。小刀の軌道は外され、人型グラキエスの姿勢は崩れ、スヴェトラーナは致命的な一撃を相手に加えることができる。そのはずだったが、結果はスヴェトラーナの腕から血が噴き出て、彼女は大きく一歩下がる羽目になった。

「ああ……」

噴き出た血を見てスヴェトラーナの歓喜は大きくなる。人知を超えた技、これこそ禍神の血だ。

人型グラキエスの身体は蛟の動きを完全に再現した。ただしその代償は大きい。たった一振り、たった一合で全身にヒビが入り、いまにも砕け散りそうだった。

蛟の再現を維持できるのはどんなに長く見積もっても十合。それ以上は完全に砕けるだろう。

十二年ぶりの奇跡がたったそれだけで終わってしまう。

「なら史上最高の十手にしましょう」

これまでの人生のすべてをこの瞬間にぶつける。燃やし尽くす。蛟の繰り出す一太刀すべてが、密度の濃い喜悦の時間であった。

二人が交差したのはほんの一瞬、蛟が繰り出したのは計三合。

もう頭の片隅に残っていた勇次郎やクレールのことなど完全に消し飛んでいる。

戦い始めるのはあっというまであった。しかしいったん離れると、今度は両者じりじりと間合いをはかり、膠着状態が続いた。しかしスヴェトラーナの額からは大量の汗が止まらない。

この向かい合っている瞬間だけでも、何十何百というけん制が飛び交っている。一瞬たりとも気の抜けないこの時間すべてを、頬を上気させ彼女は楽しんでいた。この刺激はありとあらゆる快楽が束になったところでかなわない。

対し人型グラキエス——蛟の佇まいは静かだった。歓喜を乗せ楽しむスヴェトラーナに対し、蛟のそれは凪いだ海だ。

波風をたてるスヴェトラーナをいさめるように、静かに鋭く小刀を振るう。両者の戦い方は対照的だ。

「ほう」

勇次郎が勇次郎として認識されていたはずなのに、ここまで完璧に無視されるのは彼が峰島勇次郎として名をはせてからは初めてのことであったかもしれない。

じつのところ彼はさほど二人の勝負に興味はなかった。脳をリンクさせた人型グラキエス――蛟がどこまで動けるか検証したいだけであった。禍神の血は十全に働いているように見える。小刀の機能も鳴神尊と大差ない働きをしているだろう。

検証はすでに終わっていいはずだ。なのに両者の戦いから勇次郎は目を離せずにいた。本来ならばせいぜい一度か二度、小刀を振るえば決着がつくはずであった。禍神の血を介した世界の法則をねじ曲げた一撃は、それだけ圧倒的なのだ。強い弱いの問題ではない。わずかとはいえ、より高次から繰り出される攻撃は認知しようがなく避けようがない。

しかし勇次郎が見ている前で、すでに七合両者は攻撃をしかけている。興味深い事象が続いている。

人型グラキエスである蛟は本能ばかりで知性は残っていない。半ば予測されていたことなので、そこに驚くべき部分はなかった。禍神の血――脳の黒点さえ動作すればいいのだから、なんの支障もない。

そういう意味ではいま戦っている姿はより純化されたものだと言っていいだろう。知性がなければそれだけ本能的で鋭い一撃に繋がる。

考えているうちに九合目の小刀と手刀の交差が目の前ではじけた。そう、手刀だ。スヴェトラーナは小刀に対し、徒手空拳で挑んでいる。

「あと一合があなたの限界でしょう」

戦い始めてから初めてスヴェトラーナは意味のある言葉を発する。

「いままでの九合。すべてが真目蛟でした。まがい物でもなく正真正銘、彼でした」

スヴェトラーナの手のひらから何かが伸びる。それは髪で作られた漆黒のナイフだ。切れ味は見なくても解る。彼女が振るえば、ダイヤモンドさえ両断する。そんな代物だ。

しかしそれとて鳴神尊もどきである。小刀の脅威ではない。漆黒のナイフをたやすく受け止め、すべらせ、すれ違いざまにスヴェトラーナを両断するだろう。

あらゆるものを見通す勇次郎には結果が見えていた。これまでの九合、驚くべき内容であったが、検証はもうすんだ。

「十二年、あなたに届くために考えに考え抜いた一撃です。どうか私の想いを受け取ってください」

スヴェトラーナの攻撃が蛟に届いたことは一度だけしかない。初めて出会い初めて戦った二十年前、ただ一度だ。それとて蛟の情が手心を加えた結果だ。

それ以来、蛟と何度も戦ったが攻撃が届いたことはなかった。理由は解っている。禍神の血が生み出す不可解な現象、解っていても避けようのない攻撃を蛟は持っていた。攻撃が予想以上に速い、あるいは予想外だからというわけではない。知覚できない何かしらが発生し、いつのまにか攻撃を受けているのだ。

禍神（まがかみ）の血（ち）とは鳴神尊（なるかみのみこと）とは、本来それほどまでに絶対的な存在だった。

蛟（みずち）がこれまでの戦いの果てにたどり着く結論。自分だけを考えて考えて考え抜かれた最後の一撃。彼の想（おも）いの結晶。その殺意を愛をすべてこの身体（からだ）で受け止めてこそ。

そして蛟（みずち）にも自分の思いの丈をすべてぶつける。これこそ二人の最高の愛し方であった。

鳴神尊（なるかみのみこと）を模した髪で編まれた漆黒のナイフ。それは執念の結晶であった。歪（ゆが）み、壊れきった愛の一つの到達点であった。故にと言うのが正しいかどうか解（わか）らないが、はたしてそこに勇（ゆう）次郎（じろう）さえ予想だにしなかった現象が発生した。

物理法則を超えたのである。

極々わずかな時間、おそらく一万分の一秒にも満たない刹那、禍神（まがかみ）の血（ち）が引き起こす物理法則からの乖離（かいり）が発生した。

ここにきて両者の決定的な差は、万分の一秒の時間並んだ。

——届く！

スヴェトラーナは本能的に察し歓喜する。この瞬間のために彼女は生きてきた。このためだけに遺産犯罪と戦った。世界の平和などどうでもいい。そんなものは蛟（みずち）への想（おも）いを前にすればすべて建前に等しい。ただこの瞬間のために、険しい戦いの場に身を投じていた。

蛟の刃は自分の心臓に達し、同時に自分の刃もまた蛟の心臓を貫くだろう。死にたいわけではない。殺したいわけではない。ただ愛し愛された結果の先が、たまたま両者の死というだけの話であった。

――届いた！

突き出した漆黒の刃に何かが光った。それがスヴェトラーナの思考を濁らせた。

――なに？

それはたった一本の亜麻色の髪の毛だった。一筋の異物が刃にからみついていた。自分の制御下にある髪ならば、カーボンのように黒く染まっているはずであった。ただ一本だけ、自分の制御下にない髪が紛れていた。

――クレールの髪？

いつ巻き込んだのかどこから紛れ込んだのか解らない。おそらくクレールを抱きかかえたとき、身体のどこかに付着していたのだろう。それがたまたま、最後の一撃の時、紛れ込んだ。最後の最後、スヴェトラーナは純粋な想いを貫くにいたらなかった。髪の毛一筋ほどの異物が感情に紛れてしまった。

身体に痛みが走る。

「……あっ」

いつのまにか人型グラキエス――蛟の刃が己の身体を切り裂いていた。スヴェトラーナの刃は空を切っていた。

本来なら絶命している。心臓を貫いている。しかし人型グラキエスの身体は十合目までもたなかった。筋肉はバラバラになり骨は砕けて、ほんのわずか力がそれてしまい、結果としてスヴェトラーナは少しだけ生きながらえた。

だが流れる血の量は尋常ではなく、先が長くないのは明白だった。

呆然とするスヴェトラーナにゆっくりと近づく足音があった。

「途中から相打ちの結果は見えていた」

足音——峰島勇次郎は血を流し片膝をついているスヴェトラーナの前で止まる。

「百万分の一秒でも脳の黒点を開くほどの執念。見事というほかあるまい。すべてを捨ててなお、到達不可能な高み、いや次元なのだから」

しかし勇次郎はつまらなそうに言う。

「とはいえ先ほども言ったように結果は見えていた。解っている結果ほどつまらないものはない」

勇次郎は落ちたクレールの髪の毛を拾い上げ、

「ならば私が得意としないジャンルにおいて検証したくなった。髪の毛一つで君がどれだけ動揺するか。あるいは初志を貫き、蛟との戦いに殉じるか。なので君の目の届くところに髪の毛を届けさせてもらったよ」

しばらく呆然としていたスヴェトラーナだが、

「み、峰島勇次郎！　きさまっ！」

激昂し立ち上がろうとしたが血を流しすぎた身体は思い通りに動かない。

さらに近づこうとする勇次郎とスヴェトラーナの間に、突如、場にそぐわないカラカラという金属音が響く。それは転がる缶から発せられていた。その缶はすぐさま大量の煙を吐き出し、一瞬にして視界を奪い去った。

煙がはれたときにはスヴェトラーナの姿はどこにもなかった。

「岸田君が作った発煙弾か。よくできている」

遠ざかる足音は聞こえていたが、勇次郎にはどうでもいい話だった。

「もう興味もないのだから、こんな方法で連れ出さなくてもいいのだがね」

勇次郎は指先で髪の毛をくるくると回していたが、すぐに興味を失い指ではじいて捨てた。

「さて余興は終わりにしよう。蛟の脳よ。これでいっそう活性化が早まっただろう。真の目覚めを心待ちにしているよ。グラキエスと脳の黒点が結びついた先にどのような世界が広がるか、早く私に見せてくれ。いずれグラキエスを通じて世界は混沌とし、私の巨大な実験場となる」

ロシア、クラスノヤルスク地方、旧ツァーリ研究局跡。地下１２００メートル。稀代の天才、峰島勇次郎の実験が始まろうとしていた。

4

スヴェトラーナの足がもつれ、岩壁によりかかるように倒れた。

「うっ」

悲鳴を上げるスヴェトラーナを岸田博士が支えようとする。

「だ、大丈夫かね？」

薄く目を開けたスヴェトラーナは吐き捨てるように答えた。

「これが、大丈夫に見える？」

傷は深く大量の血が流れ出たため、唇は真っ青になっていた。

「早く治療をしなければ！」

「あなた、何を言っているの？」

険しい憎しみのこもった眼差しを向けられて岸田博士は思わずひるんでしまった。

「私はあなたも殺すつもりだった。まさか罪滅ぼしのつもり？　そんなことであなたのしたことが許されるとでも？」

「そんなつもりじゃ……」

「ほうっておいて。どうせもう助からない。……もう何もかも終わったの」

自棄になったスヴェトラーナは喋るのも面倒くさそうに顔を背けた。

「せめてこの子だけは助けたかったのに。私にはもうとっくにそんな資格もないのにね」

動かなくなった我が子を抱きしめて、スヴェトラーナは自嘲する。

「まだあきらめては……」

「まだ希望があるとでも？　適当なことを言わないで！　峰島勇次郎は止められない。そうすれば、グラキエスを通じて世界がおかしくなる。グラキエスで足りない内臓を補っているクレールはどうあがいても巻き込まれる。ええ、そうですね。もし奇跡的に峰島勇次郎を止めたとしましょう。しかし今度はグラキエスを滅ぼすための音ウィルスとやらが、この子の息の根を止めるわ。もう手詰まりなんです」

動かなくなった我が子に頬をすり寄せて、一筋の涙を流した。

「峰島が勝っても真目が勝っても。遺産が勝っても禍神の血が勝っても。この子は負けるわ」

岸田博士はかけるべき言葉を失った。峰島勇次郎に、真目家に、人生を狂わされた親子にいったい何を言えばいいのだろうか。

ましてスヴェトラーナは、セルゲイ・イヴァノフによりブレインプロクシを埋め込まれた、遺産の初めての人体実験の成功例であると同時に最初の犠牲者だ。二十年前、峰島勇次郎の発明品は、紙と鉛筆で書かれた数式と古いパソコンと勇次郎の頭脳の中だけにしか存在しなかった。それを初めて具現化したのは勇次郎でなく勇次郎の知識を知ったロシアのマッドサイエンティスト、セルゲイ・イヴァノフだ。

——私がゼロファイルなど流したばかりに……。

すべての元凶は自分だ。峰島勇次郎の才能を世に放つべきではなかった。彼は机の上で紙と鉛筆だけで行う研究に満足していたのだから。

なぜ科学の進化など、人類の発展など、自分は願ってしまったのか。ただただ人類と世界を不幸にするだけではなかったのか。峰島勇次郎の一端でも理解し得る科学者としての自分に浮かれていただけではないのか。

「……いまさらどれだけ後悔しても遅いわ。科学者なんて大嫌いよ」

岸田博士の悔恨などお見通しだが、そんなものになんの興味も意味もないとでも言いたげな冷たい言葉が地下に響く。

冷たい声と眼差しを向けたのも一瞬で、スヴェトラーナは我が子を悲しげに見つめる。

「こんな呪われた、両の手を血に染めた母親と父親から生まれたばかりに。ごめんなさいクレール。ごめんなさい……。私はいつから人でなくなっていたのかしら。蛟と愛し合ったときから？　初めて人を殺めたときから？　ブレインプロクシを埋め込まれたときから？　いいえ、私はもともと壊れていたから、適性があったのかもしれない。最初から私は人の形をした怪物だったのかも。もうわからないけど……」

娘を抱いて悲しげに懺悔していた表情が瞬時に強張った。亜麻色の髪の毛がぞわりと逆立つ。

クレールを地面に静かに寝かせると、ふらつく体をなんとか起こして立ち上がった。もはや両足で立つ力もないのか、地面や壁に突き刺さった髪の毛が身体の半分を支えていた。険しい視線は暗い洞窟の奥へ向けられている。

「まだイワンのおもちゃが残っていたようね」

洞窟の奥から何か物音が近づいてくるのが岸田博士にも聞こえてきた。人の足音のようにも聞こえるが、どこか歪で不安をかき立てられる音だ。

やがて明かりが届く範囲に音の主が現れると岸田博士は悲鳴をあげそうになった。

現れたものを人間と呼んでいいのだろうか。四肢は確かにあるが、どれも不自然に長く、身につけているコンバットスーツからはみ出している。首も頭も異様に長く斜めにねじれていた。粘土細工の人形をデタラメに引っ張ったような姿だ。

傾いてほとんど逆さになっている顔が岸田博士達を見る。鞭のような手が持ち上がったかと思うと、一直線に矢のように飛んできた。

岸田博士の目の前に迫った長い手が、何かに弾かれて軌道が変わり岩壁に激突して停止した。岩壁はもろい土のように砕けた。人の身体などたやすくバラバラになっていただろう。

「……あ、ありがとう」

礼を言う岸田博士の前にはスヴェトラーナの髪の束があった。

「血でこの子を汚したくないだけ」

スヴェトラーナはよろける身体を髪で覆い立ち上がった。

「む、無茶だ！」

「ではおとなしくここであれに殺されろと？　もう少し建設的な意見を言ってください」

それからの猛攻は岸田博士の目にはほとんど解らなかった。理解できたのはいかずち隊の長い二本の腕が、鞭のようにしなりながら何十何百と攻撃をしかけ、そのすべてをスヴェトラーナが防ぎながら、さらに間合いを詰め近づいていったということだ。

その速さと激しさに唖然とする以外何もできない岸田博士だったが、

――なぜあのグラキエス化したいかずち隊は動けるのだ？

と科学者らしい分析も行っていた。

外の状況はある程度把握していた。意外にも勇次郎が細やかに教えてくれたからだ。本来ならば由宇が作った音ウィルスでグラキエスは機能を停止するはずだ。

スヴェトラーナの手刀がいかずち隊の胸元を貫き決着がつくまでの数十秒、一つの仮説を頭の中で構築していた。

いかずち隊が動かなくなったのを見届けると、スヴェトラーナはその場に倒れ込んでしまう。

「だ、大丈夫かね？」

岸田博士はクレールの身体を抱きかかえると、倒れたスヴェトラーナのそばに寝かせた。彼女は薄く目を開けて愛娘を見ると、少しだけ安堵した表情を見せた。しかしその顔はもう死人と変わらない。生きているのが不思議なくらいだ。

　かける言葉が見つからない岸田博士は、しかしいま自分がやるべきことを思いだし、すぐさま行動に移した。

　動かなくなったいかずち隊に近づく。胸に大きな穴が開いた身体をひっくり返し、首筋を調べた。

「やはりそうか」

　ブレインプロクシのチップが首筋に埋め込まれていた。身体をグラキエス化させてもいかずち隊の根本的な仕組みは変わっていない。

「こんなときも研究ですか？　因果な性質ですね」

「すまない。しかしこれは今すぐに確かめなければならないことなんだ」

　スヴェトラーナは嫌悪の表情を見せたが、それも一瞬のことだ。どこかあきらめた眼差しでクレールの身体を優しく抱きしめた。

「スヴェトラーナさん、聞いてください。音ウィルスは核となるＩＦＣのチップにアクセスして崩壊させる。しかしここにいるグラキエスは影響下にない。ならばウィルスに感染する核の代わりのものが使われているはず」

　岸田はいかずち隊から抜き取ったブレインプロクシを見せる。

「イワン・イヴァノフは、グラキエス化したいかずち隊のＩＦＣの核を、ブレインプロクシで代替することで稼働させていた」

スヴェトラーナは黙って岸田博士の言葉を聞いていた。

「だから君の娘、クレールの身体に埋め込まれているグラキエス部分の核をブレインプロクシに交換したら、音ウィルスの影響は受けなくなる」

スヴェトラーナの顔に感情が蘇る。しかしそれは岸田博士が予想したような喜びや安堵ではなかった。

「あなた、自分が何を言っているか解ってますか？　よりによってブレインプロクシをこの子に埋め込むなんて、絶対に嫌！　お断りです！」

プラグが光る自分のうなじを押さえ、どこにそんな力が残っていたのかと思うほど強く叫んだ。セルゲイ・イヴァノフによって埋め込まれたブレインプロクシ。それが彼女の人生を歪ませ壊したすべての発端なのだ。

――ああ、本当に、本当にすまない。

スヴェトラーナが拒否するのは当然だ。しかし一つ解かなければならない誤解がある。

「違う。聞いてくれ。この新しいブレインプロクシは、ゼロファイルをもとにセルゲイが作ったブレインプロクシとは違う。君のものと名前は同じでも全くの別物なんだ」

岸田博士はグラキエスから抜き取ったブレインプロクシを掲げて言う。

「今、こうして兵器として出回ってしまったブレインプロクシだが、もとは医療用に作られたものだ。脊髄損傷で動けない人間の福音として研究され作られた。作ったのは峰島勇次郎の娘、峰島由宇だ。勇次郎君とも、セルゲイとも、ゼロファイルとも、なんの関係もない。幼いときの彼女がただただ人助けのために作ったものだ」

これは呪われた遺産技術ではない。少なくとも最初は祝福とともに生まれた。

「遺産、と世界はひとくくりにするが、時に私でさえひとくくりにしてしまうが、由宇君が作ったものは、勇次郎君や遺産犯罪組織が作ったものとは何もかも違うのだ。由宇君が発明したものに、由宇君の研究に、人を救うものはあっても、人を傷つけることを目的に作られたものなんて一つもない！」

スヴェトラーナの嫌悪した表情が少しだけ柔らかくなった。

「これは賭けになる。交換の段階でグラキエスは崩壊してしまうかもしれない。たとえブレインプロクシへの交換が成功しても、うまく稼働するかどうかの保証もない。プログラムの組み替えも必要だろう。それらすべてを短時間で行わなくてはならない」

「クレールは助かるのですか⁉」

「保証はない。でも可能性はある。いや……」

岸田博士はまっすぐにスヴェトラーナを見返すと、固い決意を込めて言った。

「私は峰島の研究をよく理解している。勇次郎君の研究と、由宇君の研究の違いを誰よりも知っている。安心して信じて欲しい。この子は絶対に人の心を失ったりはしないし、幸せに元気に暮らせるようにしてみせる。私は、私は、科学の力は人を幸せにするためにあると思っている」

　スヴェトラーナの両目に見る間に涙がたまった。

「あなたにお礼は言いません。罪滅ぼしにもなりません。でも、それでも……どうかこの子を助けてください」

　クレールの身体を受け取り、岸田博士は力強くうなずいた。

5

「どこだ？」

　闘真が勇次郎の背中を見失ったのが数分。闇雲に奥へと進むと、どこからか争うような音が聞こえた。

「あっちか？」

　奥へ進むと闘いらしき音が近づくが、ふいになんの音もしなくなった。いつのまにか通路を抜けて岩だらけの洞窟のような場所に出た。足場が整備されている程度で、剝き出しの岩壁は天然のままだ。

　――怪しいところに出たな。

もう一人の自分の感想には同意だったが不用意に返事をして、二人でいることを勇次郎に悟られないよう警戒する。

空間の一番奥に勇次郎は立っていた。両手をポケットに入れたまま立っているだけで存在感があった。帽子を軽く持ち上げて挨拶をしてくる。社交場にいてもおかしくない洒脱な雰囲気をまとっているが、周囲に見えるのはごつい岩肌と剝き出しのコンクリートだけだ。

「初めまして、というのはさすがにおかしいかな。ここは常識的にこんにちはと言うべきか。失礼、時間の概念を失念していた。時間的にはおはようか、こんばんはと言うべきかもしれない。ここは時間の流れが正常ではないからね。なにせ君と会う前に、一戦こなしている」

いままで何度か会ったことはある。夢の中で、あるいは幻のような存在として。数えるほどしか会ったことはないが、どれも印象深く闘真の記憶に残っている。

そしていま目の前にいる勇次郎は夢でも幻でもない。

「一戦こなしているって、まさか由宇と？」

「別の人間だよ。ここまで深く潜れば、あの子は追ってこれないだろうね」

勇次郎の言う通り由宇の姿はない。闘真は警戒しつつ背後を見た。追ってくる足音も気配もなかった。

——おまえだけ誘い込まれたってわけだな。

僕達がと訂正したいところだったが、勇次郎の前ではできない。

わずかに息苦しかった。高山の空気が薄い感覚に似ていなくもないが、もっと命に関わりかねない鋭利さがある。

――おまえ、勇次郎のうしろにあるものに気づいてるか？

勇次郎の背後は最初薄暗く見えなかったが、目が慣れたのかあるいは明るくなったのか、巨大な何かがあるのが解った。

グラキエス脳だ。二階建ての建物くらいはありそうなグラキエスでできた蛟の脳。ましていまは脳の黒点が発動している。息苦しさはそれが原因だ。見た目以上に常軌を逸した存在になりつつある。

だというのに闘真の目線は勇次郎から離れなかった。夢で会ったときとは違う。幻として現れたときとはまるで別だ。

異常が凝固し人の形を成したかのような、違和感の塊にしか闘真には思えなかった。目に見えているのにこの世界の何にも属していないような違和感。人の形をした穴にしか見えなかった。

――いったいなんなんだこれ？　由宇が言うように、もうこの世界の人間じゃないからか。

十年前に会っていれば勇次郎も普通に見えたのだろうか。

勇次郎の異常性は誰もが感じ取れる部分ではあったが、いっそう強く理解できるのは禍神の血を濃く受け継いだ闘真だからこそだ。誰よりも解るからこそ理解不能に陥る、という皮肉な現象が起こっていた。

もう一つ闘真が驚いたことがある。

峰島勇次郎のあり方に驚いたがそれ以上の感情が湧いてこない。由宇に対する仕打ち、無責任な実験の数々。親としては最低の部類だ。

不坐が闘真に何かしら干渉し心を操っていた部分があるように、勇次郎もまた感情や心に細工をしたのだろうか。

そのような推測を立てながらも、本能的に違うと感じ取っていた。勇次郎はそのようなことはしていない。少なくとも心を操作し印象を変えようとはしないだろう。そんな小細工はしない。

「ああ。そうか」

これもまた勇次郎が異質すぎるからだ。闘真は勇次郎を人と見なしてはいない。理屈では目の前にいるのは峰島勇次郎、あるいは由宇の父親と理解できるが、感情あるいは感覚においては、目の前の存在を人と見なしていない。

物のようなものだ。たとえば低い天井に頭をぶつけても怒りは湧かないが、誰かに頭を殴られれば怒りが湧くと言えばいいだろうか。

それでも被害が大きければ感情を向ける対象になるだろう。台風や地震で大きな被害をこうむれば、怒りや恐れを抱くようになる。しかし闘真は、闘真だけは勇次郎の干渉をそのような形で受けることもない。

皮肉なことに勇次郎を誰よりも正しく理解できる闘真だからこそ、その異質さに感情の行き場を失う。

これは誰にも、由宇ですら想定できなかった事態だ。対勇次郎にもっとも近づけると思われていた闘真は、実のところ最適とはほど遠い存在となってしまっていた。

――どうする？　どうすればいい？

言葉が出てこない。何をすべきか解らない。

闘真の様子にふむと頭をひねった勇次郎だが、無遠慮に近づいて闘真の顔を覗き込んだ。

「なるほど。まさかそのような反応を見せるとは。上位と下位の世界の隔たりがこのような形で現れるとは興味深い」

いつのまにか目の前にいた勇次郎に驚き、闘真は慌てて飛び退いた。

「うわっ、うわあああっ！」

反射的に鳴神尊を抜いていた。

「このような思いがけない現象を目の当たりにすると欲が出てくる。さて坂上闘真君、君には三つの選択肢がある。一つ目は、そうだなおそらくいま考えているであろう、とにかく斬ってみる、だ。試し切り、無感情、破れかぶれ、なんでもいい。ともかく斬るという行為に専念することだ。二つ目は……」

勇次郎の言葉が終わる前に闘真は動いていた。勇次郎はすぐ目の前。手を伸ばせば届く距離にいる。横薙ぎに一閃、引き抜かれた鳴神尊の軌道は、見事に勇次郎の喉元を両断していた。首の皮一枚を残して頭が落ちる。そのはずだった。

「ふむ一つ目の選択肢は無駄に終わったね」

しかしなんら変わらず勇次郎はその場に立ったままだ。首を軽くなでる姿は、まるで人ごとのように検分しているようにしか見えない。

——届かなかったからいいものの、由宇との約束はどうした？

内の声には答えない。答える余裕がなかった。己の呼吸が浅く速くなっていることも気づかないほどに、闘真の精神はあっというまに追い詰められていた。

峰島勇次郎と認識して斬ることができない。虚空を斬るように鳴神尊を振るっただけだ。

「さて、ならば残り二つとなるだろう。一つは私の理解度を下げる。つまり禍神の血の力をいくらか閉じてみる。とはいったもののすでに一つ目の検証から、こちらの方法も望み薄だろうね。ならば必然的に三つ目しか選択肢は残らないか」

勇次郎は歓迎するかのように両手を広げた。

「もっと私のいる世界に近づく。いまよりさらに踏み込んで、こちらの世界に近づけば、君の刃は確実に私に届くだろう」

闘真は慎重に何歩か下がった。勇次郎の語りが皮肉にも闘真に冷静さをとりもどさせた。

「挑発にはのらない」

勇次郎を倒さなくてはならないのは確かだが、いま無策でやるべきことではない。闘真は鳴神尊をすぐさま鞘におさめようとした。

――ちょっと待てよ。それじゃつまらないだろ。

鳴神尊が完全に鞘に入る前に手が止まった。

「どこまでできるか、まずは確かめてみないとな」

鳴神尊がするすると抜かれていく。

――え、ちょっと待って！　まずは由宇達と合流するのが先決だよ。え、あれ、入れ替わってる？

「鳴神尊を抜いてる間なら俺が主人格だ」

闘真が鳴神尊を構えてじりじりと距離を詰めてくるのを見て、

「どういう心境の変化かね？」

――まずは説得だよ。

「交渉ってやつだ」

――交渉？　どこが？

「面白い。もし君の刃が私に届いたのなら、希望の一つや二つ、聞いてあげよう」

勇次郎の思考も理解できない。

──君の支離滅裂な思考、いかにも目の前のおかしな人に好かれそうだよね！

「おいおい、おかしな人は言い過ぎだろう。もしかしたら将来的にお義父さんって呼ぶことになるかもしれないぞ」

闘真は目の前の人物を見る。距離がまるで測れない。簡単に懐に飛び込めそうだが、それでも刃が届く確信には至らない。

「まあ、届いて斬れたところで、意味はないんだがな」

物理的な切断は意味がない。より深いところに行き着かなくてはいけない。

「三つ目を試すのかね」

──より勇次郎のいる世界に近づ……。

「気合いだろ」

勇次郎が苦い顔をした。

「数打ちゃ当たるだったか？　まあなんでもいい。届くときは届く」

闘真はただ斬ることだけを考える。自分を一振りの刃のように神経を研ぎ澄ませる。一見すると勇次郎が言った三つ目の手段、より世界の外側へ踏み込むことに他ならない。鳴神尊を使いこなすのにようやく一つ壁を越えたばかりだ。そのさらに先へ踏み込むなど、覚悟はあっても手段はまるで見えてこない。

しかし闘真は迷わない。呼吸を深く長く繰り返し、新鮮な空気を体内に巡らせる。筋肉の緩急を連動させる。方法こそ違うものの、空手でいう息吹に近い効果があった。全身の神経が研ぎ澄まされる。

――すごい。

先ほどまで表にいた闘真は、もう一人の自分の力に舌を巻いた。これならば勇次郎に届くかもしれない。そう思わせるほどの何かを秘めていた。

勇次郎の口角がつり上がる。彼もまた闘真の力がいかほどのものか興味を抱いたのだろう。禍神の血が己の研究によってどれほど高められたか。

限界まで緊張感が張り詰め、いまにもはじけそうになったそのとき、

「なんか違うなあ」

いっさいの緊張を弛緩させ、闘真は小刀の柄で頭をかいた。

「峰島勇次郎は俺の認識でこちらの世界に見えている。つまり俺は映写機で峰島勇次郎は映し出された映像ってことだ。映像を斬ったところでなんの意味もない。勇次郎の世界に踏み込むだけじゃ足りない。もう一工夫、必要になりそうだ」

弛緩していた雰囲気が一気に寒気をもよおすものへ一変した。闘真は踏み込むと同時になぎ払う。

刃は届いた。しかし勇次郎に変化はなかった。

「やっぱりな」

この一撃は、ダイヤモンドでも遺産技術で作られたどれほど堅い物質でも、切り裂く威力が秘められていた。

それでも勇次郎には届かない。その先へ行かなければならない。刹那の時間、闘真の思考は駆け巡った。

——どうすればいい？

「どうしたもんだろうな」

由宇の姿が脳裏を巡る。どこまでも孤独で孤高な彼女をこれ以上悲しませてはならない。峰島勇次郎というくびきから解き放たなければならない。この一刀はすべて由宇のためにある。他は何もいらない。

「おまえも気合いを入れろ！」

——解った。由宇のためにもここで峰島勇次郎を止める。

想いが重なる。より深く峰島勇次郎の世界に近づくわけではない。闘真と闘真の心が初めて一つになり、峰島勇次郎も知らない四つ目の選択肢が生まれた。

「「あああっ！」」

張り上げる闘真の声は一つ。しかし込められた想いは二つ、寸分の狂いもなくぴたりと重なり合って解き放たれた。

鳴神尊の刃はあらゆるものを引き裂いた。空間も時間も、次元さえも。その軌道上には一度目と同じく、峰島勇次郎の首があった。

勇次郎は一度目と同じく避けない。いや避けられなかったと言うべきか。一度目のとき、かのマッドサイエンティストの表情に、いっさいの変化はなかった。はたして二度目はいかなる感情をもたらしたか。

ほとんど変化のなかった勇次郎の目が見開く。あきらかに驚きのそれだ。あらゆる事象を見透かしたように見据える、いや傍観する顔は、初めて当事者となった。

鳴神尊は何もかも引き裂く。刃の遥か先まで呑み込んで、真っ二つに切断した。そこにいっさいの音はなかった。

暗い洞窟に定規でひいたような一直線の光が見える。切り裂かれた岩壁が地上にまで達した。

勇次郎の首の周りに赤いラインが生まれた。血が首を一周し、わずかにたれた。

「ああ、あああ、ああああっ！」

傷口を手で押さえた勇次郎が叫ぶ。

「これが傷か。これが痛みか！　この感覚、忘れてあまりにも久しい！」

それは喝采の声だった。歓喜の雄叫びだった。驚喜の叫びだった。あまりにも密度の濃い感情が、どろりとまとわりついていた。

「うるさいな」

声は一つであるはずなのに二重にかぶって聞こえる。

「由宇のために僕はなんでもすると決めたんだ」

一つの声であるはずの二重の音は、様々な超常の中ではささやかだが、明らかに異端であった。

ふと首に違和感を覚えてなでると、痛みが走った。なでた指先には赤い液体がついている。

闘真の首筋もまた浅く斬れていた。

「ああ、まあこうなるよな」

勇次郎は闘真の認識を介している。いわば影のようなものだ。影はいくら斬ったところで斬れないが、もしそれでも影を斬ったという結果を残せたのなら、それは影を通じて実が斬れたことを意味する。

さらに踏み込む。闘真は三度構えた。斬ることにためらいがない。

しかし三度同じことが繰り返されることはなかった。勇次郎が動いた。といっても軽く右手を挙げて、手のひらを広げただけであった。

「なんのつもりだ?」

「痛みに感動はしたが、やはり嫌なのでね。君の刃を受け止めようかと思っただけだ」

広げた右手はそういう意味なのか。

「馬鹿にするな」

そう叫んでいたときにはすでに動いていた。先ほどよりもさらにスピードの乗った鳴神尊による一撃。振り抜けばまたもやたやすく岩壁を切断しただろう。しかしそんなことにはならなかった。

鳴神尊は途中で止められた。勇次郎の親指と人差し指が刃を挟んで止めていた。

――馬鹿な。

軌道は勇次郎の手のひらから外れていた。首を切断する軌道上に置かれた右手のひらを避けて、胸元のあたりを両断した。そのつもりだった。

なのに右手の指二本で止められた。変えた軌道に右手を動かしたわけではない。最初に手を上げたときから、微動だにしていない。そして闘真は確実に首ではなく胸元を狙った。

矛盾する現象が一つに統一された。視覚や感覚では理解が追いつかない。ただ右手に止められたという結果だけがあった。

「無限の可能性から任意の一つを選ぶ。この空間ではそのようなことも可能となるのだよ。もちろん可能性の範囲内しか選べないがね。物事の可能性というのは意外なほど狭苦しい。それでも万に一つでは届かなくとも、億に一つくらいはこうした白刃取りのような真似事も可能になる」

指先が刃をはじくと、闘真の身体はうしろによろけた。

「つまり君が私に勝つには、万に一つ、億に一つ、兆に一つ、いっさいの可能性が存在しない絶対的な逃れることのできない運命を、私に叩きつけなければならない」

挑発するでもなく誇るでもない。ただそうなのだと、神の域に届かんとする所業を平坦な口調で語るだけであった。

「ハードル高くないか？」

気軽な口調だが、内心は次の手を考えあぐねていた。より深くさらに深く勇次郎の世界に踏み込めばいいのか。しかし本能的に違うと解る。いまのやり方の延長線上に勇次郎の命があるとは思えない。

——どうしようね。

「おまえの呑気な言い方、無性に腹立たしいな」

勇次郎の表情から少しずつ感情が抜けていくのが解る。闘真への好奇心が失せていく。有象無象と変わらないものになる。

しかしそれは闘真も一緒であった。意思と思考を総動員して殺意を高めようとしたが、勇次郎への認識はやはり個ではなく現象の一環なのだと認識してしまう。

両者の間にあるのはもはや闘いなどではなかった。近いからこそ起こる決定的なすれ違いはどうしようもなかった。

「闘真っ！」

ふいに由宇の声が聞こえた。さほど遠くない距離なのは解るが、なぜか大きな隔たりがあるように感じた。

「ここにいたのか」

足音が近づきすぐ隣に並ぶ気配がする。しかしやはり何か距離を感じる。並ぶ由宇が横目に見える。焦りと再会できた安堵が表情に見て取れた。

――由宇、変わったね。

前よりも感情を表情に表すようになった。

「そうだな」

そこで闘真は闘いに没頭するあまり彼女との約束を忘れていたことに気づく。峰島勇次郎を捕まえて由宇の前に連れて行くのが目的だったはずだ。いつのまにか殺し合いの姿勢でいた。

――危なかった……。

禍神の血の闘争本能に引っ張られすぎた。深く踏み込むということは、そういう可能性もあったことにいまさらながら気づく。

周囲を見回した由宇が問うてくる。

「勇次郎はどこだ？　見失ってしまったのか？」

「どこって、そこにいるだろう」

驚いて指さした場所にはしかし誰もいなかった。

しまった。

——いつのまにいなくなったの！

由宇が並び立つまで、勇次郎はほんの数メートル前に立っていた。ほんの一瞬の隙に消えて
しまった。

だとしても由宇が気づかないはずがない。目の前にいた時間はあった。

「勇次郎はたったいままでそこにいた。見えていなかったのか？」

由宇は驚き、

「見えなかった」

と唖然としていた。

「君は、もう一人の闘真か？」

雰囲気の違いと抜かれた鳴神尊を見て察したのだろう。

「あ、いや……」

顔を覗き込んでくる由宇に戸惑い、闘真はのけぞりながら鳴神尊を収めてしまった。

——あとは任せた。

「そんな無責任な」

——黙れ。面倒なのは全部おまえがやれ。

恫喝する声にも元気がない。

「まさか照れてる？」

罵詈雑言が返ってきた。

「戻ったか？」

由宇のまっすぐな眼差しは裏切れない。

「いま入れ替わった。ガッカリした？」

「そんなことはない。君は君だ。どちらの闘真でも私はうれしい」

ああ、確かにこれは照れてしまう。もう一人の自分がさっさと引きこもったのも解る気がしないでもない。

闘真はここで何があったのか簡単に説明した。とたん由宇の表情が険しくなる。父親を斬ったことに気分を害したのだろうか、あるいはたやすく倒せないことを懸念しているのか。

「勇次郎を追って私と再会するまで、時間にしてどれくらいだ？」

「四、五分くらいかな」

時間の感覚に自信はないが三分より短いことはないだろう。

「君を追って追いつくまで、一分四十五秒前後だった」

由宇は具体的な数字を出す。

――いや、さすがにそんなに短くなかったぞ。

由宇は闘真の手を握ろうとして一瞬ためらった。表情に一瞬の恐れが見えたが、すぐに意を決して闘真の手を握った。

「よかった。触れる」

ほっとした表情で、闘真の手の感触を確かめるように自分の胸に抱いた。心臓の鼓動が伝わってくる。

「あ、ゆ、由宇？」

急に目の前の由宇が鮮明になった気がした。見た目が変わったわけではない。何か意識のフィルターが一枚消えた気がした。

「少しこちらに呼び戻せたか」

「ど、ど、どういうこと？」

「勇次郎と闘おうとするあまり、世界の外側に踏み込みすぎたんだ。私と君のいる世界のズレが大きくなった。これ以上ズレると危なかった」

――触れることすらできないってことか。

平静を装って話しているが、共有されている五感で動揺しているのは丸わかりだ。

「私の鼓動を感じるか？　一定のリズムを共有するのは、ズレを直すのに最適な方法だ」

「う、う、うん」

「だいぶ君の手の感触がなじんできた。さっきまでは幻をつかんでいるかのようで、本当に心配したぞ」

闘真の動揺などおかまいなしだ。

「え、ええと、ええと、ああ、そうだ。他の人達は？」

何か話題を探し三人の姿が見えないことに気づいた。

「私がここにくるための犠牲になった」

「犠牲って、まさか何かあったの？　みんなは大丈夫なの？」

「生きてはいる。この奥に進むために、持てる力を私にたくしてくれたんだ」

そういう由宇は目眩でもするのかたまに頭を抱えていた。

「大丈夫？」

「心配するな。ただ慣れていないだけだ」

――この女の大丈夫は信用するな。すぐに無茶をする。

「君を呼び戻すだけでなく、私も近づいてしまっただけだ。元々相性が悪いのは解っている。だから……」

由宇の言葉が途切れる。闘真を見ていた眼差しがはずれ、その背後へと移り変わった。

「あれは……。ここに来たときはまだ見えていなかった。そうか。私も外側にはみ出たのだな」

由宇は導かれるようにグラキエス脳へ近づいた。

「ねえ、由宇、ここはどこなんだろう？」

勇次郎を追うのに夢中でいま立っている場所の異質さに気づいていなかった。建物を抜けて剝き出しの岩だらけの場所だ。一部に人工的な部分は残っているが、ほぼ洞窟と言っていい。

「開発中に放り出された場所だろう。NCT研究所に当てはめるなら、この奥は私が十年暮らしていた場所にあたる。岸田博士はいなかったのか？」

「ここに来たときは誰もいなかったよ。そういえば、夢で見た場所はここだと思う。岸田博士はここにいたのに」

岸田博士自ら移動したのか、それとも誰かに連れ去られたか。

しかしそれも考えるのはあとだ。まずは目の前のグラキエス脳だ。

「いまここでこの脳の活動を止められれば、勇次郎の目論見の半分は潰せる」

闘真は由宇の隣に並び、改めてグラキエス脳を見た。夢で見たときとは違い、存在そのものに圧倒されてしまう。

「勇次郎が目の前にいたとき、この脳のことはまるで気にならなかったんだ」

「闘真、斬れそうか？」

「やってみるよ」

鳴神尊を抜く。以前は苦労したグラキエスの堅い体だが、いまはさほど脅威には感じなかった。

あまりにもあっさりと鳴神尊を振ったことに、由宇は面食らったようだ。

勇次郎の時のような踏み込み方はしない。下手に禍神の血を使った斬撃をしかけて、蛟の意識を刺激してはならない。

静かに速やかに斬る。

鳴神尊の軌跡が脳を左斜め下から右上へと突き抜けた。あまりの静かな切断に、由宇ですら目を丸くして驚いた。

「斬った、のか？」

その疑問に答えるかのように、脳の上部が斜めにずれた。切断された上部は断面にそってゆっくりと滑り落ちていく。透明な部分が濁り、中の血管のようなラインが見えなくなる。

「なっ……」

あれほど懸念したグラキエス脳があっさりと破壊できた。地面に落ちた脳の上部を見ても信じられないという顔をしていた。

「勇次郎が何をしようとしたか解らないが、これで阻止できたな。あとは……」

しかし由宇の言葉は途中で止まってしまう。脳の下半分はいまだ透明を保ったままで、中の赤いラインもゆっくりと明滅しており活動が止まっていないのはあきらかだ。

「闘真、核を狙うんだ。人で言う小脳部分を」

闘真は縦に真っ二つに切断した。赤いラインが集まる核も縦に切断された。口を開くように、濁りながら右脳と左脳はそれぞれの方向へ倒れた。

核は破壊され発光しなくなり透明な部分も曇った。今度こそ終わった。そのはずだった。

しかし崩れ落ちたはずのグラキエス脳はいつのまにか元の形に戻っていた。最初から斬られたことなどなかったかのように、その場に現れた。

「この現象はなんなんだ？」

闘真は無言のまま同じことを繰り返す。鳴神尊で脳をいくつにも分断させた。しかし結果は一緒だ。どれだけ斬っても破壊しても、いつのまにか目の前にあった。

「これは破壊したことをなかったことにされているのか？」

『破壊不可能というわけか』

風間の声が硬い。

「僕がもっと向こう側に踏み込んで斬れば届くかもしれない」

「駄目だ！　蛟の脳を禍神の血で下手に刺激すれば活性化が早まる」

「そうだよね……」

一時は鳴神尊を鞘に収めて深く構えた闘真は、居合の姿勢をやめ鞘を軽く握りなおした。

『これはやっかいだぞ』

目標を前に、たとえ勇次郎の妨害がなくとも手出しのできない状況になってしまった。

6

老人の死に顔は穏やかであった。

「おじい……」

ベルフェゴールは亡くなったルシフェルの手を取り悲しみにくれていた。

「いったい、どうして……」

萩原も沈痛な面持ちでルシフェルの亡骸を見る。たった数日の付き合いであったが、老人の穏やかかつ聡明でありながら茶目っ気のある性格はとても好ましかった。

何があったのか萩原には解らない。ただかの老人が何かを成そうとして瞑想していたことは解った。そして成しえたことも解った。

「たぶん、誰かを救ったんだろうな」

ベルフェゴールが顔を上げる。先ほどまでの悲しみはどこかに消えて、険しさがあった。

「何かおかしい」

「おかしいって何が……」

「解らない。でも何かが起ころうとしている」

ベルフェゴールの眼差しは北西の空に向けられていた。そちらの方角には海を渡り、大陸を横断し、その果てにシベリアがあるはずだった。

7

フリーダムから状況を確認していた蓮杖達のもとに緊急の連絡が入った。

「ボーダーレス現象の活性化を確認」

「シベリアのボーダーレス現象の拡大が速まりました！」

オペレーターの切迫した声に周囲がざわついた。

「どれくらい猶予がある？」

「およそ二十分で旧ツァーリ研究局は呑み込まれます」

あまりの時間のなさに言葉を失いかける。

「決断しないといけませんね」

福田は唇をかんだ。苦しい決断はいつも突然やってくる。

「残り十五分を切ったら突入部隊の五人が帰還せずともミサイルが発射される」

グラキエス脳をミサイルで破壊できるのか疑問だったが、もはや人類にはその程度の手段しか残されていない。

「あと五分……」

残された時間はあまりにも少なかった。

8

天井から落ちてきた埃を振り払い、ロマンコフは顔をしかめた。

「今日は地震が多いですね」

ＮＣＴ研究所の微振動を地震と勘違いした発言を訂正する者はいなかった。機密事項であるし、いまはそれどころではなかった。

「時間だ」

伊達が硬い声で口にした。

リミットまで残り十五分となった。ミサイルの発射の時間だ。

伊達はアタッシュケースを広げるといくつかの手続きを経て、ミサイル発射のプロセスを進めていく。

後ろで控えていたロマンコフは、首にかけてあった鍵を取り出して伊達に渡した。鍵穴に差し込み、最後のロックを外す。これでいつでも発射できる状態となった。

「カウントダウンを始めます。10、9、8……」

オペレーターの声が緊張に強張っている。伊達のボタンにかける指先もわずかに震えていた。

「4、3、2、1」

伊達は発射ボタンを押した。

遠いロシアの基地で弾道ミサイルが発射された。

十五分後には旧ツァーリ研究局に到着し、何もかも吹き飛ばしてしまう。

それまでに作戦成功の知らせを受け、緊急停止コードを打ち込まなければならなかった。

「頼むぞ」

作戦実行中の五人を思い、伊達は祈るようにつぶやいた。

9

ADEMの情報はシベリア上空のフリーダムまで届く。しかしフリーダムから由宇達の元へ情報が届くことはなかった。空間の認識のズレは、通信までも途絶させていた。

故に残り時間が十五分しかない、という計測結果を知ることはなかった。

『まずいぞ。ボーダーレス現象の拡大が速くなった』

しかし優秀な分析能力を持つ風間は、外の情報を知ることなく事態の異変を察知した。

「何があった？」

『電波のノイズ、磁気の変位、重力異常の変化が予測値を上回った。ボーダーレス現象の拡大が加速したと推測される』

「どれだけ時間が残されているの？」

『ここを呑み込むまでに十三分から十四分三十秒。一秒でも早く拡大を止め、さらに異常を修復しなければ、何もかもおしまいと言っていいだろう。世界が終わる、と言っても残念ながら過言にはならない。それほど現在進行している異常現象は切迫している』

風間はシベリアの異常現象の地域を表示する。

『十年前の比良見は核熱で無理矢理現象を吹き飛ばしたが、いまこれだけの場所に同じことを行うわけにはいかないだろう。もし実行すれば地球の環境は目茶苦茶になり、別の形による滅亡が待っているだけだ。その前にこの場所を我々ごとミサイルで爆撃するだろうが、闘真の鳴神尊が届かないグラキエス脳にそんなものが効くはずもない』

「つまり脳の黒点から広がる異常を根本から止めなくてはならない。そういうことか」

根本とはいま目の前にある巨大脳のことだ。

『破壊は不可能。一か八か闘真がさらに向こう側の世界に踏み込んで斬るという手段もあるが』

「さっきも言ったがさらに活性化させる可能性が高い」

「他にどうしても手段がなかったらやるよ」

闘真にためらいはない。由宇は賛同しかねる表情をしていた。

「駄目だ。ほぼ失敗する。それより一つ試したいことがある。より危険性が少ない方法だ」

『……危険性が少ない？　それは』

今度は風間が賛同しかねる声を出していた。

「このグラキエス脳に直接アクセスして止めるしかない」

「直接アクセスって？」

闘真の中に嫌な予感が広がる。

『エレクトロン・フュージョン』

闘真と由宇が出会うきっかけとなったスフィアラボでのことが脳裏に蘇る。

「小型化は実現している」

由宇はカードケースくらいの大きさのケースを取り出すと、軽くねじった。一枚の板にしか見えなかったそれは、蛇腹のように広がり、ヘアバンドのような形となった。

「どうだ。君が初めてスフィアラボで見たエレクトロン・フュージョンは椅子と巨大な機械だったが、ここまで小型化に成功したぞ。展開する機能美と機能性を兼ね備えた自信作だ」

由宇は自慢げに胸を張った。

確かにすごいことなのかもしれないが、闘真にしてみればそんなことはどうでもよかった。

由宇が危険な目に遭うかもしれないというほうが一大事だ。

「どうした？　私が思うほどすごくなかったか？」

「危険なんでしょう？」

「危険だが、それよりもクリアしなければならないことがある。脳の黒点が繋ぐ世界、世界の外側をＬＡＦＩに構築しなければならない。コネクタの規格が物理的に合っていても、世界の照準が合わなければ、データ通信すらできない」

「それもいまやるの？」

「前々から構築は続けている。今回のこの建物の解析で大きく前進した。ＮＣＴ研究所にあるＬＡＦＩセカンドにもデータ構築の一部を任せていた」

由宇は自信と決意をみなぎらせて宣言する。

「いまなら世界の外側の構築ができる」

由宇は携帯型のエレクトロン・フュージョンをかぶる。

本当に大丈夫なのか闘真には判断がつかなかった。ただ聞いている限りでは危険な行為に感じた。

「私はあきれるくらい脳の黒点と相性が悪い」

『体質みたいなものだ。これればかりは無理だろう』

「私も半ばあきらめていた。いや、そもそも相性がいい必要もない。だったはずだが」

『勇次郎をとめるのに必須とはな。とんだ皮肉だ。ならば闘真の脳を介するしかないだろう』

「駄目だ。イメージに闘真の思考が影響する。こう言ってはなんだが、闘真を通して見る勇次郎は、少し馬鹿になる」

　容赦ない一言が闘真に突き刺さる。

『ひどい言い草だ。闘真にも勇次郎にも。しかし事実なのはしかたない』

「誰かの脳を介さず、アクセスする方法はないか模索した」

『脳の黒点を開くつもりか？』

「それも検討したが、むやみに開いては世界にどんな影響が出るかわからない。いざというとき、完全に消去し切り捨てることができる、そんな条件が必要だ。とはいえ、十年前のように核を落とすわけにもいかない」

『ならばグラキエス脳に干渉するのは無理だ』

「いや、一つだけ可能性を見つけた」

　由宇の指がLAFIサードを指さす。

「LAFIのカオス領域で脳の黒点を再現する」

『不可能だ。脳の黒点、世界の裏側の仕組みを理解せずどうやって再現する？』

　反対意見を出しつつ、風間は一つの可能性に気づく。

『まさか脳の黒点、世界の裏側の仕組みさえ理解したと言うつもりか？』

「完全ではないが、九割方理解しただろう。だというのに、相性が悪いとは、ままならないものだ。ともかくだ、LAFIの中に脳の黒点を再現する。風間、おまえには監視役を頼みたい。

ＬＡＦＩ内で再現された脳の黒点が世界の外側、この場合は現実世界とみるべきか。現実世界への干渉の兆しが見えたら、すぐさまカオス領域を全消去するんだ」

「本当に大丈夫なの？」

話を聞いている限り闘真の不安は大きくなるばかりだ。

「大丈夫だ。私はこのシステムに自信を持っている。それよりも君には大事な役目がある。グラキエス脳にアクセスしている間、私の身体は完全に無防備だ。守ってくれるな？」

大丈夫だという言葉がどこまで本当か闘真には解らないが、いまは信じてうなずくしかなかった。

「では行ってくる」

由宇の行動にためらいは微塵もなかった。実行ボタンを押すと、由宇の意識はあっというまに電子の向こう側へ旅立ってしまった。

10

エレクトロン・フュージョンとＬＡＦＩサードの補助で、由宇は世界の裏側へのアクセスを試みた。仮想空間化するのはごくごく狭い範囲だ。それ以上は処理能力がパンクする。

――まずは身体を慣れさせることから始めなければ。

いかに風間の補助があっても自我を保っていられるとは限らない。身体が構築化される。奇妙な感覚だ。違和感だらけなのだが、何がおかしいとも言えなかった。

末端から確認していく。右足、動く。左足、動く。そして右手左手と続き下腹部から上半身に意識を移していき頭部に続いていく。

最後に目をゆっくりと開けた。


由宇の目の前に帽子を目深にかぶり真っ白なスーツを着た男性が立っていた。

「……峰島勇次郎」

男性――峰島勇次郎は目を見開き、マジマジと由宇を見た。

「これは驚いた。おまえは脳の黒点と相性が悪い。もう会うこともないと思っていたが……」

心底驚いているのは、表情を見れば明らかだ。由宇の記憶の中でこれほど驚いた顔は見たことがないと言えるほどだ。

「どのような手段を用いた？　いや、そうか」

周囲を見渡し、勇次郎は得心のいった顔をする。

「世界の外側を覗き見ているのではなく、覗いた世界をＬＡＦＩのカオス領域に再現したか。言い方を変えれば、世界の外側を現実に引き込んだともいえる。この方法ならば、脳の適性は関係ない」

　上機嫌にしゃべり続ける勇次郎に対し、由宇は一言も発することができず表情を強張らせていた。十年ぶりに会う父親が目の前にいる。あまりにも突然すぎて感情の整理がまだ追いついていなかった。

「たとえここで世界が歪んでも、しょせんはLAFIのカオス領域の中の出来事。デリートしてしまえば問題ない。実に合理的かつ確実で成功率も高い」

　勇次郎の姿は十年前となんら変わりがないように見えた。

「唯一にして最大の問題点は、世界の外側がいかなるものか完全に理解しシミュレートしなければ、この空間は作れず私を招くことはできないということだ。驚いた。ここに私がいるということは、なしえたのか」

　何か喋ろうと開けた由宇の口は、言葉を発することなく閉じてしまう。そんなことを何回か繰り返し、強く握った拳はいつのまにか迷うようにさまよっていた。

「現実の物理法則が通用しない世界を、物理法則に縛られたモノで再現するとは！　なんとも痛快な矛盾ではないか！　素晴らしい！」

　両手を挙げて喝采していた。

「私がここにいることに驚いているようだね。理由は簡単だ。私は世界の外側では異物だ。だから外側から追い出そうとする力が働く。追い出し先はもちろん君達のいる現実だ。追い出す

には両方を繋ぐパイプが必要だ。人一人通れるほどのパイプとなると、坂上闘真君ほどの力が必要になるが、彼の認知を介するため、どうしても姿や思想がかの少年に影響される。脳の黒点の適性がないものには、私の姿は彼の……」

「峰島勇次郎！」

勇次郎の言葉がピタリと止まる。

「……十年ぶりだ。会うのは十年ぶりだ」

かすれた声で途切れ途切れに話す。

「……お父さんと……会う、のは……」

しかしそれ以上の言葉を由宇は発することができない。

その様子を不思議そうに見ていた勇次郎だが、由宇が遮らないと解るとまた話し始める。

「しかしここでは坂上闘真の認知を通さない。まっさらな世界だ。私の姿は歪められることなく、君の目に映るだろう。まさかこうして再び会えるとは思わなかったよ」

峰島勇次郎は帽子を脱ぐと、帽子のつばに隠れていた顔があらわとなった。十年前となんら変わりのない父親の姿がそこにはあった。

様々な思いが駆け巡る。感情が先走って昔のようにお父さんと呼んだことを後悔した。いまは自分の感情に振り回されるときではない。

「グラキエスの脳で黒点を開き何をするつもりだ？　比良見で何をしようとしていた？」

いまやるべきことはただ一つ、峰島勇次郎の実験を止めることだけだ。

問われた勇次郎はうっすらと笑っていた。あまりいい兆候ではない。何をするか解らない怖さがある。由宇は警戒心を高めた。

「一つ質問だ。私の指は何本ある？」

勇次郎は両手のひらを由宇の目の前に広げて見せた。

「……十四本だが、何が言いたい」

質問の意図を測りかねて由宇は、いぶかしげにしている。

「おかしいだろう？　自分の五つの目で、よくよく己のそれと見比べてみたまえ」

由宇は二つ目の眼と額にある三つの目で、己の両手と勇次郎のそれを見比べる。なんらおかしなことはないと認識する。勇次郎の質問の意図が解らない。

「深く深呼吸をしたまえ。胸いっぱいに空気を吸い込んだ」

「おかしなことばかり言う。えらいっぱいに空気を吸い込んだら、窒息してしまうだろう」

由宇は不安げに首筋のえらを触った。

——おやそうだったか。しかしだ。羽ばたくのなら空気の揚力が必要だぞ。

勇次郎の顔のモニターに表示された文字が様々な形を作る。どこか楽しげだ。勇次郎がこのやりとりを楽しんでいるのは、文字が形だけでなく色も多彩なことからあきらかだった。

由宇の不安はさらにつのり、自分の身体を見回した。クリスタル状の透明な身体と中心部に流れる赤いライン。やはり何もおかしなところはない。

風間から緊急の連絡が入る。

『由宇、気をつけろ。カオス領域の保護メモリが書き換えられている。本来はそこからアクセスできない領域だ。先ほどから異変が起こりっぱなしだ』

「こちらには何も変化がないぞ」

『そんなはずはない。おまえの心身にも影響を与えているはずだ』

由宇は何か異常はないかと周囲を見渡し勇次郎を見て、最後に液体状の自分の身体を見た。

「いまのところ大丈夫だ。おかしなことは起こっていない」

『なんてことだ……』

断言する由宇に風間はただただ絶句した。

『気づいていないのか。いや世界の法則そのものが書き換えられたのか。世界の仕組みを書き換えるとはこういうことなのか！　闘真など可愛く見えるくらい勇次郎は危険だ！　君の姿はいま本来のものとは似ても似つかないものになっている。なのに気づいていない。なぜならその世界ではそれが常識だからだ。見ろ、これが本来の峰島由宇だ』

由宇の目の前に表示された生き物はとても奇妙だった。目がたった二つしかない。顔の中央にある二つの穴はもしかして呼吸器官だろうか。そもそも足で立っているのがおかしい。

「私がこんな化け物だと言うつもりか！」

『いまの君の姿が異常なんだ！　いいかげん……』

風間の通信が途絶した。

勇次郎は悠然と目の前に立っている。百四十七の目は実験動物を観察しているそれだ。

――あれが私？

あんな気持ちの悪い姿を自分だと思いたくない。しかし世界を書き換える力の影響範囲が予想以上に大きかった場合、常識や認識能力まで歪められるとしたら。

もしこれが現実世界の出来事ならば、もうなすすべはなかっただろう。本来の世界と書き換えられた世界を認識できるのは、峰島勇次郎ただ一人となる。

しかしここはＬＡＦＩのカオス領域に作った仮想空間だ。本来の由宇の身体は正しい姿で現実の世界にあるはずだ。

ならばまだ突破口はある。

由宇は四本の足で全力で駆けると、背中の羽で空高く舞い上がり、両手で地面の硬い岩盤をかきわけ、尾ビレで強く水を蹴った。

「なるほど、確かにこの身体は本来の姿とは違うようだ。動かす身体に違和感がある。私の頭脳がこの身体の動かし方に精通しているならば、もう15パーセントは運動効率がいいはずだ。おそらく走り出してから十一、いや十二回は書き換えられたか」

本来の脳が引き出せるはずの能力との誤差。それが手がかりとなった。

「これが現実世界で行われたら、確かめる術はなしか」

勇次郎は両の手でゆっくりと拍手をすると二つの目を細め、一つの口で笑みの形を作る。

「よく見抜いた。まさか書き換えた回数まで当てられるとは思わなかったよ」

由宇は自分の身体をよく観察した。先ほど風間が見せた姿と差異がないように見える。

「心配しなくていい。すべて元通りだよ。……だと思う。遊びすぎて、私もどこまでいじったのかよく覚えていない」

勇次郎は楽しそうに笑う。

「笑い事ではない。ここまで認知が騙されれば、現実世界の身体にも変調をきたす」

「なるほど、それはもっともだ。ところで私の顔は私のままかね？　闘真君の認知を借りすぎて、姿形まで似てきてはいないか？」

「気持ち悪いことを言うな！」

気を取り直した由宇は勇次郎の思惑を知り、その恐ろしさにぞっとした。

「世界の姿を自在にする。これが本来の目的か」

神にも等しい力だ。

「目指す到達点の一つではあるがね。現実を構築する仕組みを、認識能力側から書き換える。君達がボーダーレス現象と呼んでいるのは、認識能力の書き換えがある程度可能なエリアと思ってかまわないだろう。さすがにいきなりこの空間、ＬＡＦＩサードのメモリ内ほどの変化は起こせないがね。ここは私が目指している理想の実験場に近い」

恍惚と話す勇次郎に、由宇は己の迂闊さを呪う。勇次郎の思い描いていたイメージを明確にしてしまった。ここで思いのほかつまらないと思い飽きてくれるのがベストだった。しかし現状はほぼ最悪、好奇心に目を輝かせる勇次郎がいた。

勇次郎は何もないところに腰を下ろす。空中に座っていると思ったのもつかのま、椅子が現れたかと思うと、そこから中心に周囲の様相が変化した。いつのまにか由宇は古い部屋の一室に立っていた。

机と勇次郎が座っている椅子、本棚や床には大量の紙が積まれていた。

「私が若い頃住んでいた家だよ。人里離れた場所にある古びた借家だがね。私はここで紙と鉛筆だけで研究を続けていた。それだけでも私は満足していたよ」

「まるで、世に出てからの行いは自分のせいではないとでも言いたげだな」

「責任？　ああ、そのような概念に興味はないのでね。実験の妨げになるだけだ」

倫理観の欠如は昔から変わっていなかった。

「郷愁にふけるとは意外だ。あるいは原点回帰のつもりか」

「原点か。興味深い行動だが、つまるところ現在の行き詰まりを初めのやり方に戻すことで、打開しようという試みだろう？　つまり少なくなった手管を増やす手段。無限に方法を思いつく私には必要ない方法だ。それはおまえも一緒だと思うが？　まさか手詰まりもしていないのに常人のまねごとをするか？　無意味にもほどがある。いや……」

勇次郎は少しばかり思案顔になり、

「手詰まりがなかったというのは語弊があるか。グラキエスに移植した蛟の意識を目覚めさせるのに、初めて人の手を借りたな。予想外の化学反応が起こり、あれはあれでとても興味深い反応だった」

なるほどと一人感心していた。

昔を懐かしんでいるのでなければ、なぜ勇次郎は昔の風景を見せたのか。

「そもそもこの場所を再現したのは私ではない」

根本的なことを忘れていたことに気づく。この空間に干渉できる人物がもう一人いた。真目蛟だ。

「グラキエス脳は真目蛟のコピーだが意識はほとんどない。条件反射のようなものだ。私と先ほどのスヴェトラーナを感じ取り、そこから反射的に連想したのだろう」

この空間が真目蛟、つまりグラキエス脳に繋がっていることは確定できた。あとは音ウィルスを流すだけだ。

しかしその前に目の前の男と決着をつけなければならない。

――落ち着いて。

どこからか声が聞こえた気がした。手のひらに涙が出そうになるぬくもりを感じる。誰のぬくもりか考えるまでもない。いまもきっと現実世界で意識のない由宇の手を握っていてくれる少年を思った。

感情に流されてはいけない。しかし勇気や力を与えてくれるのもまた感情だ。人の心とはどうにもままならない。そう思うと由宇の気持ちは少し軽くなった。

しかし気持ちだけで勝てないのも事実だ。

闘真の話では勇次郎はあらゆる可能性を模索し任意に選択できる。闘真の刃が届かないのも無理はない。あらゆる可能性を潰した先にしか勝利はない。本来ならそんなことは不可能だ。しかしＬＡＦＩサードに世界の外側を構築したのは、勇次郎の想定から外れているだろう。

──あともう一手。

勇次郎に迫るにはもう一つ、何か想定外のものが欲しかった。

ここは世界の外側であってそうではない。勇次郎の理想郷であると同時にそうではない。現実へのほころびがある。勇次郎が描く無限の可能性の埒外がある。

その可能性の一つを由宇は一つ思いついていた。

家や家具を出すように、手錠型実在固定装置を出すことも理論上できるはずだ。

この空間ならば未完成のアンカーを完成させることができる。設計図はＬＡＦＩサードに入っているし最新の調整データもある。

先ほどと違ってコンソールの表示は可能だ。勇次郎の支配が弱まったのか、風間が繋げてくれたのか。視線と瞬きだけで操作ができた。

コンソールを操作しすぐさまアンカーのデータを疑似空間にダウンロードした。勇次郎からは見えない背中に出現させると同時に手元にＬＡＦＩサードを再現する。音ウィルスの準備だ。

アンカーの効果は完全に未知数。そもそもどうやってこれを勇次郎に装着させるのか。

「音ウィルスを直接グラキエスの脳に感染させるつもりだね」

由宇はＬＡＦＩサードにアクセスを試みる。グラキエスに音ウィルスを感染させるのに、これがなくては何も始まらない。

しかし勇次郎の手が由宇の腕を押さえた。

「いま少しおとなしくしていてくれると助かる」

勇次郎はなんなく止めた。いつ由宇に近づいていつ捕まえたのかも解らない。

しかしそれこそが由宇の狙っていたことだ。間髪いれず、由宇は背中に出現させていたアンカーを手に取ると、勇次郎の手に装着させた。

「ほお」

自分の手に装着されたアンカーを勇次郎は興味深そうに見る。

あまりにもあっけなく勇次郎の手にアンカーが装着されたのを見て、由宇はどこか信じられない気持ちだった。

「この仮想空間に干渉できなくなったな。なるほど、これは世界の外側からこちら側に引き戻すためのものか。この建物が現実に引き戻される過程を計測したデータを再現した、といったところか」

勇次郎は一目でアンカーの仕組みを見抜く。安堵しかけた由宇の表情が引き締まった。いまこの状態でも油断のできない人物だ。

「その通りだ。現実に引き戻された今ならこれ以上この仮想空間にも自由に干渉できないはずだ」

由宇の言葉が真実であることを示すかのように、勇次郎の周囲のもの達が消えていく。家具や部屋、建物まで消えて最初に由宇が出現したときのように何もない空間に戻った。

勇次郎の態度に大きな変化はないが、

「ふむ」

と目を細めてアンカーを見る姿は、不安な気持ちにさせる。抜け出す手段はないはずだ。ただしアンカーが想定通りに機能していることが前提だ。

しかし不安を押しのけて由宇はキーボードにデータを打ち込み、この空間とグラキエス脳が繋がる箇所を探る。

ほどなく空間の中にいくつか歪みを検知する。その中で一番大きな歪みがグラキエス脳に通じているに違いない。もう一つの歪みはおそらく闘真だろう。思ったよりも闘真の歪みが大きいのは気になったが、いまはやるべきことがある。

勇次郎は何をするでもなく口笛を吹いていた。一見観念してあきらめているかのようにも見えた。由宇はそのように判断した。いや正確にはそうであってほしいと願っていた。

勇次郎がこのままおとなしく捕まってくれれば何も問題はない。すべてが終われば、ゆっくり落ち着いて対話することもできるかもしれない。

ふいに空間が揺れた。まるで世界そのものが軋んだかのような、打撃のような揺れだった。

「なに？」

揺れたと感じたのは一度。突貫工事で作った空間だ。どこかに欠陥があってもおかしくない。

「まあ、そうなるか」

勇次郎が何か意味深なことをつぶやく。問う前に再度揺れが来た。一度目よりも大きい。

「何をした？」

「私は何もしていないよ」

勇次郎はアンカーのついた両手をあげて、無実をアピールする。

さらに揺れる。今度は足をふんばらないと立っていられないほど大きな揺れだった。地鳴りのような轟音が何もない空間に鳴り響いた。

勇次郎の周囲の空間がひび割れたかのように歪み、ズレていた。勇次郎を中心に何かが起こっているのは明らかだった。

「何をしたんだ！」

「こんなことで嘘を言ってなんになるかね？　本当に何もしていないのだよ。ただ、このようなことになるのはある程度予測はついていたがね。これは揺り戻しのようなものだ」

「揺り戻し？」

「私は現実世界と、世界の外側、どちらにとっても異物。ゆえにどちらからも歓迎されなくてね。片方に長く強く居座れば居座るほど、反発が大きくなる」

　ひときわ大きな揺れに由宇は立っていられなくなった。

「この通りにね」

　勇次郎だけは揺れもなにもないかのように微動だにしていない。

「それでもここまで大きな揺り戻しがくるのは予想外だった。どうやら先ほどの彼の刃は私にしっかり届いたらしいね」

　勇次郎がなでた喉元にはうっすらと傷跡が残っている。

「坂上闘真との繋がりが半ば切れかかっている。概念的な言い方で好きではないが、文字通り縁を切られたようだ」

　勇次郎の手からするりとアンカーが外れた。

「駄目だ……駄目だ！　どこにも行かせない！」

固く結んだ唇で勇次郎をじっと睨む。険しい表情の中に、すがる気持ちもあった。同時に頬を流れる暖かい感触。知らず由宇は涙を流していた。

「昔からよく泣く。私には泣くという感情は解らないのだが」

勇次郎は帽子をずらし膝をまげた。頭ひとつ小さい由宇の目の前に勇次郎の顔があった。

「君の母親に一つ頼まれごとをしていたことを思い出した。病床で亡くなる二日前のことだ。娘が年頃になって泣いていたら、せめて一つくらいは願いを叶えてあげなさい、とね。愚にもつかない言葉でいまのいままで忘れていたが、ここで思い出してしまったか」

勇次郎はまっすぐに由宇を見た。いままで見たこともない眼差しに由宇はとまどう。

「まるでこの状況を予見していたようではないか。大勢の人間を見てきた。その中で賢いと思える人間は片手でも余るほどに少なかったが」

勇次郎は懐かしむように目を細めた。

「かなわないと思ったのは、たった一人だったな」

勇次郎の手からアンカーがすべるように落ちた。この世界にとどめるものを失い、勇次郎の身体は急速にぽっかりと開いた空間に吸い込まれていく。

もはや勇次郎をここにとどめておくことはできない。闘真との繋がりも断たれたのならば、再びこの世界に戻ることもない。いまここが永遠の別れなのだと、由宇には解った。

「私はもっと話し合いたかった。理解し合いたかった」

勇次郎は帽子を押さえて笑う。

「何を言う。充分に話し合ったではないか。科学という正確無比なやりとりは、万の言葉より有意義なものだ」

正確無比なやりとりだけではない。その間にある不確定で無駄に思えるものこそが、人と人の間には必要なものだ。以前の自分ならば勇次郎の言葉に賛成していただろう。しかしいまなら解る。スフィアラボの事件から、闘真と出会ってから、様々な人と向き合うようになってから、初めて自分は人になれたのだと思った。

峰島勇次郎にそのことを理解して欲しかった。

——いや、違う？

さきほど父はなんと言っただろうか。たった一人かなわない人がいると言った。勇次郎の気まぐれの言葉ではない。科学の言葉ではない。好奇心に突き動かされた言葉ではない。それはきっと勇次郎が捨て去った、あるいは忘れていた人としての言葉に違いなかった。

ならば勇次郎は最後の最後に人としてここを去るのか。

勇次郎は笑う。笑いながら消えていく。今度こそ完全に世界の向こう側へと旅立ってしまう。

もっと何か、父に何か、言いたいことが言わねばならないことがあったはずだ。

しかし満足そうに笑う勇次郎を見て、何も言えなくなった。

やがて勇次郎の姿は徐々にぼやけていった。勇次郎が存在した空間がこちら側へのものに書き換えられていく。

唯一残された白い帽子が、ゆるやかに地面に落ちた。由宇は慌てて駆け寄りつかもうとするが、その帽子もあとを追うように崩れて消えてしまった。

がらんとした空間に、由宇一人だけになった。どこを見ても峰島勇次郎がいた痕跡は見当たらない。

峰島勇次郎は完全に消えてしまった。


放心したのはほんの数秒だろう。

『由宇、峰島由宇、聞こえるか？』

「今、聞こえた。風間、私の声は聞こえるか？」

『聞こえる。十分十五秒もおまえの信号をロストしていた。もう戻ってこれないかと思った……。この空間に峰島勇次郎がいない？　消えたのか？』

「ああ。消えた。この空間だけじゃない。この世界から完全に消えた」

言いながらもまだ消えたという実感がない。というより父親とのことをこんなわずかな時間で整理することはできなかった。

『由宇？　大丈夫か？』

気遣う風間が人間のようで、由宇は少しだけ気持ちが楽になる。今の自分にはやらねばならないことがあった。

「ああ、大丈夫だ。これより音ウィルスをグラキエス脳に直接ぶつける。準備はいいか？」

これから先に障害はない。ただひたすらに時間との勝負だった。

『スヴェトラーナとグラキエスの蛟の脳と繋がったとき、グラキエスの全構造が変わったらしい』

「大規模な共鳴現象だ。身体の構造が変わるほどの共鳴現象は、脳の黒点を通したからだろうな。同じことをすれば全グラキエスに、この音ウィルスを届けることができる。本来は音波で伝播するものなのだが、共鳴現象で広げたほうがより確実にグラキエスを滅ぼすことができるだろう」

ＬＡＦＩサードの中に構築されたこの世の理から外れた世界。峰島勇次郎さえ現出させた由宇が作り上げた空間。ここからならば確実に届くだろう。

由宇は最大音量で音ウィルスを流した。

11

大きな亀裂音が鳴った。

闘真が音のした方向に目を向けると、巨大なグラキエス脳に大きな亀裂がはいっていた。断続的に亀裂音が鳴り、そのたびにグラキエス脳はひび割れていく。

闘真は握っていた由宇の手をそっと離すと、グラキエス脳の前に立つ。いまなら届くという確信があった。

鳴神尊を抜いて構える。

『あまり、向こう側に行きすぎるな』

警告する風間に大丈夫だと一つうなずく。

長く続いたグラキエスとの闘いもこれで最後だ。シベリアに来てから半月以上、ようやく世界の危機を終わらせるときがきた。

――さっさと斬れ。

感慨皆無の声が脳内に響く。なら自分でやれと言いたかったが、入れ替わらないところを見ると、斬る対象としてまったく興味が湧かないのだろう。

「ふっ」

短く鋭く息を吐くと鳴神尊で横一文字になぎ払った。グラキエス脳に一直線に亀裂が入り、わずかに横へずれたかと思うと、全体に入っていた無数のヒビが爆発するように砕けた。

「やったな」

いつのまにか由宇は目覚めていて、闘真を見ていた。彼女の喜びの中に隠しきれない悲しみがあった。きっと勇次郎との別れをすませたのだろう。

「話はできた?」

誰とは言わない。

「ああ」

言わなくても彼女は解っている。

父と娘の別れがどのようなものだったか、闘真には想像もつかなかった。ただ悲しみの中に悔恨の感情はないように見えた。

ならばきっと、悪い別れではなかったのだろう。

由宇はただ、何かをかみしめるようにずっと上を見上げていた。

12

ボーダーレス現象とグラキエスの異変に気づいたのは人一倍視力のいいアリシアだった。彼女はフリーダムの窓からずっと監視を続けていた。

「まさか……」

その声とともに彼女は立ち上がった。そばにおいてあるスナイパーライフルのスコープを覗き込み、見間違いでないことを確認した。

いつのまにかボーダーレス現象でぼやけた姿になっていた大地やグラキエス、山の斜面に生えた木々が元の姿に戻っていた。

さらにグラキエスの身体には細かいヒビが入った。それはまたたくまに全身に広がり、透明な身体を白く濁らせた。細かいヒビは連なりやがて大きな亀裂となり、表面どころか核にまで到達し、やがて真っ二つに崩壊し、地面に落ちたものはもろく砕け散り粉々になった。

グラキエスの変化はアリシアが観察していたグラキエスにとどまらなかった。目に見える範囲すべてのグラキエスの身体がヒビにより白く濁っている。それらは次々と割れて砕けて散っていく。

『ちょっとアリー！　見た？　見た？　外見た？』

突然騒がしい通信が入ってきた。あきらの騒がしさは相変わらずだ。

「見てるわよ。ピンボケみたいに見えてた景色が元に戻った。さらにグラキエスがみんな崩れていく。私の見える範囲では、どれもこれもそう。全部崩れていく」

アリシアの声が途中で止まる。あきらもおそらく聞いていなかった。誰もがこのときばかりは彼方の一点に視線を向けていた。いつのまにか涙を流していた。

「え、あれ……」

安堵の涙なのか別の感情なのかアリシアには判断がつかなかった。

『ねえアリー。なんかあたし涙が出てきたんだけど……』

「そう。泣き虫なのね」

　こういうとき泣いていると素直にいえるあきらの性格がうらやましい。

『あれ？　アリーは泣いてないの？』

「どうして泣くのよ」

『はなすすってる』

「すすってない！」

　通信機の向こうであきらが楽しそうに笑っている声が聞こえた。

『なんだろうね。いろんな感情が大きすぎて、自分でもよくわからない』

「そうね」

　アリシアは涙をぬぐいながら窓の外を見つめ続けた。

13

「グラキエス周辺のボーダーレス現象の消失を確認しました。同時にグラキエスの音ウィルスによる崩壊も確認。作戦は成功です」

　小夜子(さよこ)は弾んだ声で報告をした。

　アタッシュケースの計器類に表示されているミサイル到達までの残り時間は、まだ二分以上あった。

「なんとかなったか」

伊達は時計を確認してほっと息を吐いた。司令室に弛緩した空気が流れる。

「これより緊急停止コードを発信する」

ただ一人、この場で緊張感に顔を強張らせている人物がいた。ロシアの駐在武官、アレクサンドル・ロマンコフだ。

ロマンコフが受けた命令は、ミサイルの制御ボタンをADEMに届けるというものであった。それ以上でもそれ以下でもない。他に何も命令は受けていない。

「緊急停止コードを送信します」

小夜子は数秒のち、うわずった声で報告をする。

「送信失敗。コードを受け付けません」

「もう一度送るんだ」

「駄目です」

ロマンコフは内心やはりと思っていた。

彼自身は何も知らされていない。しかしこのような状況になるのは半ば予想できていた。ミサイルの発射権利をADEMにすんなり渡しすぎた。あまりにも不自然だ。いざというとき、ミサイルに関わる責任をADEMに押しつけるつもりなのだ。加害者から被害者へと転じるつもりなのだ。本国をよく知っているロマンコフは、たとえ知らされていなくとも上層部の思惑を正確に把握していた。

「やむを得ん。ＬＡＦＩによるハッキングを実行。強制的に……」

伊達の態度は常に冷静だった。

「無理です。応答がありません。受信装置が壊れている可能性があります」

基地内でケーブルに接続されている間は問題なかっただろう。しかしいざ発射され無線のみになったとき、緊急停止コードを物理的に受け付けないようにしてある。

「これはどういうことですか？」

伊達がとがめる眼差しでロマンコフを見る。

「私にはどうしてこうなったのか解りません」

命令を受けていないという点で、ロマンコフは嘘を言っていない。

「目標到達までの時間、残り三十秒です。29、28、27……」

小夜子が淡々とカウントダウンをしている。

落ち着いた声がロマンコフには不可解だった。

伊達も座ったまま、モニターをじっと見ているだけだ。

「3、2、1、ゼロ、1、2……。ミサイルは基地より南西6キロメートルの地面に墜落したと思われます」

「え、墜落？　爆発は？」

思わぬ事態にロマンコフは戸惑った。

「不発です。地面に激突した際、バラバラになっただけです」

「緊急停止コードは受け付けないはずではなかったのか？」

「どうやらそのようだ」

伊達（だて）は爆発しなかったことを、不思議に思っている様子もほっと安堵（あんど）している様子もなかった。まるで最初からこうなることが解（わか）っていたとでもいうような態度だ。ここにきてロマンコフはようやく察する。

「まさか最初からミサイルの起爆コードが実行されていない？　ただ飛ばしただけなのか？」

起爆装置が最初から作動していないなら、緊急停止コードを押す必要もない。発射されたミサイルは、ただ地面に墜落するためだけに十五分間飛んだにすぎない。

すべては各国への牽制（けんせい）、弾道ミサイルの発射という責任を餌に、ロシアや各国より主導権を握るためのポーズに過ぎなかったのだ。

「さて、なんのことだか」

伊達（だて）は落ち着いた口調で、とぼけて見せた。

「なんのことだかではないでしょう。もし、万が一作戦が失敗していたらどうするつもりだったんです！」

　自国のもくろみを完全に棚に上げての批難だ。それでも言わずにはいられなかった。

「あなたは少々混乱していらっしゃるようだ。いまの言葉は聞かなかったことにしましょう」

　伊達はあくまで落ち着いている。

「ああ、そうそう。もし万が一、ついうっかり起爆コードを忘れてしまいミサイルは爆発せず、作戦が失敗した場合どうするかという話ですが。あくまで仮定の話ですが、私はこう答えましょう。我々ＡＤＥＭのスタッフが作戦を失敗することは絶対にありません。あそこには世界最高の人材を送っている。それこそ峰島勇次郎を超える逸材をね」

　伊達の柔らかな笑みの中に、計り知れない自信を垣間見て、ロマンコフは緊張に喉を鳴らすのが精一杯だった。


　ロマンコフが去った後、伊達は崩れるように椅子に深く腰掛け、長々とため息をついた。

『お疲れ様です。伊達司令』

　通信モニターに麻耶の姿が表示された。

『すべて成功してなによりですわ』

　にこやかに微笑む麻耶にため息をつきながら伊達は短く答える。

「まったくだ」

ミサイルの起爆は発射前から無効化していたが、実際に結果を見届けるまで気が気でなかったというのが正直なところだった。

十年前、峰島由宇はどんな気持ちで核ミサイルのスイッチを押したのか。その覚悟を伊達は推し量ることしかできないが、その片鱗くらいは味わっただろうか。

——子供にずいぶん重い荷を背負わせてしまった。

由宇が帰ってきたら何を話すべきか。これまでのこと、これからのこと、話すべきことはたくさんあった。

14

長い腕を振り回しながら、いかずち隊タイプのグラキエスは数歩後ろによろけた。怜の投げたクナイが長い首の中心部に命中するがはじかれる。しかしさらに四本、寸分の狂いもなくクナイが命中すると亀裂が入った。

「やはり弱点が違うようですね」

ブレインプロクシの制御チップは、オリジナルと違い首の後ろにあると決まっていなかった。闘いの中で八代か怜が身体のどこかにあるチップの場所を見極める。

「その分外殻はもろい。私のクナイでもなんとかなる」

怜が一点突破のクナイを投げる。動き回っている敵の寸分違わない箇所に命中させるのは、まさしく神業だ。しかしさすがに間髪入れず攻撃をしかけてくるグラキエス相手に行うのは、いかに怜でも不可能、その隙を作るのが八代の役目だった。ただ隙を作るのではない。怜がクナイを投げるここぞというタイミングで、相手の姿勢まで誘導している。

八代が攻撃をはじき、怜が弱点にクナイを放つ。その連携が確立されてからは、効率よくいかずち隊グラキエスを破壊していった。

「グラキエスの体だけど制御はいかずち隊と同じくブレインプロクシによるハイブリッド。音ウィルスの効果がないはずだよ。まいるなあ」

「弱音を吐くのが早すぎます。本気を見せてくれるはずでは？」

「出してるよ！　怜は僕をかいかぶりすぎ」

八代と怜、二人がいて初めて敵を討伐することができた。七体あったグラキエスのうち、すでに六体のグラキエスを倒している。

「こいつで最後だ」

最後の一体は見るからに難敵だ。胴も手足もいままでのものに比べると二回りは太い。

「うわあ、いかにもパワータイプ」

八代が振り下ろされた腕をはじこうとしたが、一撃の重さに思わず上体が崩れた。それでもかろうじて左腕を受け流す。しかし姿勢を崩しているため怜に向かう右腕を防ぐことはできなかった。

「怜っ」

八代はついに由宇が音声ファイルを書き換えた防犯ブザーを鳴らした。雷鳴動の音波に慣れてきていたグラキエスは、ふいにまるで違う種類の不快な音にさらされたからか、思った以上に効果があった。

「うわあ、ちょっとプライド傷つくな」

後ずさりするグラキエスを前に八代はただただ苦笑いをする。

「技の鍛錬を怠るから、その程度の効果でも傷つくんですよ」

怜の雷鳴動の威力は健在だが、本人の体力が尽きかけているのは明らかだった。

「さすがに限界か」

甲高い金属の音に八代が振り返ると、怜が武器のクナイを落としたところだった。手に力が入らないのか、指先が痙攣している。

「舞風君を連れて、そこのドアに入って。NCT研究所と構造が一緒なら頑強で籠城にちょうどいいはず」

「あなたはどうするんです？」

「入り口を守る門番は必要だろ」

「無茶です！」

「僕の大事な人達を守るんだから、命がけくらいどうってことはないよ」

八代はかっこつけてウィンクをしようとしたが、疲労で表情が歪んだようにしか見えなかった。ごまかすようにドアを蹴飛ばして開けようとしたものの、思いのほか頑丈でビクともしなかった。

「あれっ？」

もう一度、ドアを蹴飛ばそうとするのを、怜が止める。

「もう終わりましたよ」

振り返ると、最後の一体のグラキエスが崩れるように倒れて動かなくなった。

「たとえ3ドルブザーでもさすが峰島製ですね。私の雷鳴動と共鳴させることで、大きな隙を作ることができました」

そう語る怜の手には安っぽい防犯ブザーが握られていた。

やや拍子抜けした八代だが、それでも僥倖に違いなかった。

「さて由宇君も闘真君もいないことだし、これから特命のほうを片付けるとしようか」

足下に転がる無数のグラキエスの残骸。気を失ったマモンを守りながら、二人で戦いきったのは奇跡のようだ。

「端末設備のある部屋があると好都合なんですが」

「ならさっき入ろうとした部屋かな。NCT研究所なら最下層一帯の制御施設だ。問題はどうやって中に入るかだけど。思ったより頑丈な……」

悩む八代の前で怜はドアのノブを回してあっさりと開けた。怜の冷たい視線に耐えきれず、八代は顔をそらす。

中に入ると状態は比較的綺麗に保たれていた。NCT研究所と同じく情報管理室の一種だろうか。様々な計器類が並んでいる部屋であったが、いくらキーやボタンをいじったところで反応はなかった。

「完全に死んでいるようですね」

怜は動かすことをあきらめて部屋を出る。すぐそばにまだ目を覚まさないマモンと心配そうに見守る八代の姿があった。

「駄目だった？　まあ、しかたないよね」

怜は表情から悟らせるほど感情を表に出していなかったつもりだが、あっさりと言い当てられたことが少しばかりシャクだった。

「なに？　僕の顔に何かついている？」

「いえ、少し気にくわなかっただけですので、お気になさらず」

「そう言われて気にしない人いないよね！　そっぽ向いてそっと気づかれてないふうを装って

ため息つくのやめてくれる？　気づかれるってわかってるよね。全部わざとだよね！　その冷めた目やめて。地味に傷つくから」

「少しうるさいですよ」

「あっ、はい、ごめんなさい」

八代は周囲を見渡して何事も起こっていないことを確かめた。

「よかった。なんとも……あっ」

「これは？」

怜と八代は同時に声をあげて顔を見合わせた。

目に見えて何かが変化したわけではない。声や物音がしたわけでも、空気の流れが変わったわけでもない。しかし二人には周囲の雰囲気ががらりと変わったように感じた。ほとんど直感のようなものだ。

「元に戻った？」

「成功した、ようですね。いえ、そのような判断をするのはまだ早計かもしれませんが……」

緩みそうになった表情を慌てて引き締める。対照的に八代はすでに喜びの感情を全身で表していた。

「いやいやいや、これはもう成功でしょう。由宇君と闘真君がやってくれたんだ。すごいな！」

いつもならばたしなめられそうな八代のはしゃぎっぷりも、今回ばかりは怜も静観していた。それどころかほんのわずかだが笑みさえ浮かべていた。

「舞風君、君のおかげでもあるよ。由宇君をあそこで向こう側に送ることができなかったら、きっと結果は変わっていた」

いまだ目覚める様子のないマモンの頭を優しくなでた。

「もう一度、制御室が動くか見てきます」

怜はすぐさま制御室に入るとモニターの電源がついていることに気づく。非常電源が動作したのか、あるいは基地と電気が繋がっているのか。

「監視カメラも生きている」

怜はいくつかの監視カメラをすばやく切り替えた。カメラのほとんどはまともに機能していなかったが、数少ない生きているカメラの一つが、ドアの並ぶ通路を歩く岸田博士の姿を一瞬だけ映した。

「ここなら解るぞ。NCT研究所にも似た場所がある」

ここで建物の構造をよく知っている八代の強みが出た。

「なんとか私達の使命も果たせそうですね」

怜はコネクタのある端末にハッキングの機械を差し込む。施設にある全データを探りゼロファイルに該当するものがあれば、完全に消去するようになっている。

進行状況を示すメーターがゆっくりと上昇していった。意外と時間がかかりそうだった。

電源が入ったと同時に建物のどこからか何かが軋むような音が聞こえてくる。さほど大きな音ではないが、聞いているとなぜか不安になった。

「なんの音だ？」

八代は音の源を探そうとして周囲を見た。いまここで何かが起こるのはまずい。マモンは意識を失ったままだし、岸田を見つけた場所まで行かなくてはいけない。

天井を見上げると、パラパラと何かの破片が落ちてきた。

「ずっと微振動が続いてますね」

ふいに遠くから折れ曲がるような甲高い音が鳴り、少しの間を置いて轟音と振動が起こった。地面は揺れて、天井や壁から大きな破片が降ってきた。八代はとっさにマモンの上に覆い被さり、崩れてくるものから守った。

揺れはさほど長く続かなかったが、建物内はひどい有様だった。もともと廃墟然としていたが、いまはいつ崩れてもおかしくないほど、不安定に見えた。

「これは、まずいですね」

「この建物が現実のほうに戻ってきたってことか」

そもそも四方八方に細く伸びた地下施設が剝き出しになっても崩れなかったのは、世界の外側に半歩踏み出していたため、物理法則の影響が小さかったからだ。現実世界に戻ろうとしているいま、必然物理法則は大きくなり、不自然に維持されていた建物は崩壊しようとしていた。そのようなことが起こるのは事前に予測されていた。由宇は建物が崩れるまで十四分以内と予測していた。

「急いでここから脱出しないと」

八代がそういった矢先に通路のシャッターがいっせいに降りた。

「ちょっと待って。なんでこのタイミングで」

「建物の揺れが危険と判断された？　だとしても避難できなくなるのでとんでもない欠陥ですが」

怜はすぐさまシャッターの制御関連の項目を見つけると全シャッターをオープンにした。

「よかったこれで……」

しかしすぐさま開いたと思ったシャッターが閉じた。

「駄目ですね。開けてもすぐさまこの揺れで防護シャッターが作動してしまいます」

「オフにはできないのか？」

「探しましたが見つかりません。元々そんな機能を用意していないのか、あるいは思いも寄らない場所に隠されているのか。制御端末のひどいUIを考えるに前者の可能性が高いですが」

「つまりここに閉じ込められた？」

怜は首を振る。

「そんなことはありません。誰かがここに残り、シャッターのオープンボタンを押し続ければいいんです」

「なら僕が！」

八代の言葉を怜は首を振って拒否する。最後まで言わせない力強さがあった。

「論理的に考えましょう。まずマモンですが、見ての通り意識を失っています。ここに残っても何もできない。故に役目に適しません」

「僕と怜ならここに残る意味にさほど違いはないぞ」

「そうですね。残る意味だけをとるならば、私とあなたどちらが残っても大差はないでしょう」

「だったら年長者が残るべきだ」

「話は最後まで聞いてください。残る理由に大差はありませんが、逃げる理由には大きな差があります。この建物の構造はＮＣＴ研究所に酷似しています。つまり逃げ道を探る上で、建物の構造を知っている人間のほうが有利だということです。ああ、まだ口を挟まないでください。理由はもう一つあります」

怜は頭を指さし、二つ目の理由を口にする。

「あなたの頭にはマモンから書き込まれた基地周辺の洞窟の構造が書き込まれている。岸田博士が映った場所も知っています。建物内と建物の外。両方とも私より熟知している。ならばもうどちらが残りどちらが逃げるかは明白でしょう」

「でも……」

「そうですね。三つ目の理由として、あなたの腕の中のマモンが目を覚ましたとき、あなたを置いて逃げたと知れば引き返すとごねかねません。なにせ彼女はあなたを救うためにヘリの上から飛び降りたくらいですから」

「そんなの、嘘を言えばいいだろう」

「私は嘘が苦手なんですよ。そもそも六道家のリーディング能力者に嘘をついても意味がないでしょう」

　それでもと言いかける八代を手で押しとどめる。

「これは人の生き死にから目を背けてきたツケですよ。どうしても抜き差しならない状況が肉親だった。そういうことです」

　言葉の内容とは裏腹に、責めるような口調はいっさいなかった。

「そうそう最後の言葉、というわけではないですが一つ訂正させてください。生き死にを避けてきたツケと言ってしまいましたが、あなたが正しかったこともある。以前マモンは殺すべきだと忠告しましたが、結果的にあなたが正しかった。マモンがいなければ、勇次郎を追うことはできませんでした。敵にも味方にも自分にも甘いあなたの行動が功をなしたわけです。敵にも味方にも自分にも厳しい私では成し得なかったでしょう」

「責めてるよね？　訂正してないよね？」

「理屈と感情が割り切れないのは昔からです。私もいまだ未熟な身です」

怜は目を細めて、珍しく穏やかな笑顔を見せた。

「さあ行ってください。これ以上ここで時間を無駄にするわけにはいきません」

八代の表情が歪む。

「そんな顔をしないでください。お互いやるべきことをやりましょう」

「絶対に助けるから！」

八代はそう言うといまだ目覚めないマモンを抱きかかえて走り出した。

15

八代はマモンを抱えたまま全力疾走する。建物の構造はよく解っている。建物とNCT研究所に共通点は多かったが、最下層の区画ではほぼ一緒と言っていいほどに似通っていた。

時折通路がシャッターで塞がれていることもあるが、すぐに開く。怜がいまだに制御室にいる証だ。

「いや、いいほうにとろう。怜が生きている証でもある」

八代は急ぐ。そして扉がたくさん並んだ部屋に出た。監視カメラに映っていた場所だ。岸田博士が一瞬だけ見えた場所だ。

案の定、通路の先に人影が見えた。

「岸田博士、よかった」

名前を呼ばれて顔をあげた岸田博士は、八代を見て目を丸くしていた。

「八代君、なぜ君がここに？　それに舞風君はどうしたんだい？」

「事情はあとです。早くここから……」

近づくと岸田博士も子供を一人抱きかかえているのに気づいた。

「クレール？　どうしてここに」

「話せば長くなるのだが……」

岸田博士が見た通路の奥にもう一人壁にもたれかかっている人物がいた。

「スヴェトラーナさんまで？」

「事情を説明するつもりも時間もないから、聞かないでください」

息も絶え絶えにスヴェトラーナが答える。

「見ての通り死にかけの女です。ここはいずれ崩れるから早く行きなさい」

振動がひどくなる。壁や天井には無数のヒビが入り、いつ崩壊してもおかしくなかった。

「さあ、早くなさいな」

スヴェトラーナの怪我は一目見て助からないものだと気づいた。普通ならば死んでいる。髪った。


で応急処置のできるスヴェトラーナだからこそ、かろうじてまだ死んでいないにすぎなかった。

「まさか私まで抱えて逃げると言いませんよね？　私の命は数分も持ちませんよ」

また一人見捨てなくてはならない。八代は己の無力さがこれほど悔しいと思ったことはなかった。

——このまま逃げるしかないのか。

いまにも崩れそうな建物を見て、電光石火のごとく思い浮かんだ案があった。置いてきた怜を思い、そして目の前のスヴェトラーナを見た。

「ためらっては後悔するだけですよ」

何かを見透かしたのかスヴェトラーナが諭すように言う。

そうだ、ここでためらう意味はない。八代は思いついたことをスヴェトラーナに話した。二人は助けられない。しかし一人だけならばなんとかなるかもしれない。

「死にかけの人間をずいぶんと働かせるのね。それに、あなたの提案を実行したら、残り少ない命が完全につきることになる」

「奥に残っているのは僕のたった一人の兄弟なんです。嫌われてますけどね」

八代は苦笑し、それでも救いたいと言った。ずっと険しかったスヴェトラーナの表情がふと緩む。

「そんな顔しないでいいんですよ、一さん。あなたは以前、避難民や私達を逃がすために一人残ってくれました。いまその恩を返すとしましょう。でもどこをどう支えればいいか私には解らない」

八代は手早く建物の構造を書く。時間は数分も残されていない。

「ここところ、それにここもお願いします」

「要点を押さえたいい図面ね。とても解りやすい」

スヴェトラーナの髪がコンクリートにめり込む。

「さあ行きなさい。生きている限りはやるべきことをやっておくから」

クレールを抱えた岸田博士とスヴェトラーナはうなずき合い、八代も深々と頭を下げた。

「行きましょう」

それぞれ一つの命を抱きかかえた八代と岸田博士は走り出す。

「この基地に残っているゼロファイルのデータは消去しました。あなたを苦しめた研究はもうここには残っていません」

八代は最後の最後に振り返りざまに叫んだ。

「そう……」

二人の背を見送るスヴェトラーナは深く安堵したように微笑んだ。

いったい何度実行しただろうか。防護シャッターが閉じるたびに怜は開けるコマンドを入力した。

16

「そろそろ建物を出た頃でしょうか」

建物の外の洞窟まで崩落の影響がないといいのだが。

ゼロファイルを消去するハッキングプログラムも残りわずかとなり、やがてコンプリート表示になりデータの完全抹消に成功したことを告げた。

任務は達成できた。

ふいにモニターの表示が消えた。建物の崩壊が進み電源が通じなくなった。通路の奥を見てシャッターが開いていることに安堵する。八代や岸田の退路は確保されたままだろう。

「残ってスイッチを押し続けたかいもありましたね」

ここで自分の命は尽きるだろう。もう麻耶のそばにいられない悔しさはあるが、以前のように真目家は麻耶の敵ではない。闘真も由宇も麻耶を支えてくれるだろうという安心感があった。

さらに大きな揺れが起こった。天井や壁が完全に崩れる。大きな無数の瓦礫も見えた。数秒後にはその瓦礫の一つが自分を押しつぶすだろう。怜はその様子を自分が思っている以上に冷静に見ていた。

　しかしその瞬間はやってこなかった。

　崩れかけた天井の隙間に何か糸のようなものが見えた。

「あれは……」

「糸……いえ、髪ですか？」

　コンクリートの間に潜り込んだ髪の毛が建物の崩壊を防いでいる。とはいえ、カーボンナノチューブのように頑丈な髪だったとして崩落を押しとどめるのはわずかな時間だろう。

　怜はすぐさま走り出していた。

「崩落していない場所が、そのまま逃げ道の道しるべとなる。なるほど」

　スヴェトラーナがわざわざ自分を助けるためにそんなことをするはずがない。だとしたら答えは一つだ。

「……兄さん」

　どのような顔で自分の生還を出迎えるのか考えると腹立たしくもある。が、その表情を早く見たいと思う自分もいた。

17

『真目麻耶からの情報によると衛星から確認できる範囲では全グラキエスが崩壊したそうだ。フリーダムからは肉眼で確認した範囲ではボーダーレス現象は消失。いま確認を急がせているが、97パーセント以上の確率で解決したと思っていいだろう』

風間が淡々と告げる。

勇次郎がいなくなりボーダーレス現象もグラキエスも消滅したことにより、通信機能は回復していた。

グラキエス脳が破壊され洞窟内の明かりはほとんどなくなり、非常用ライトとモニターの明かりだけが周囲を照らしていた。建物が崩れたため、由宇と闘真は洞窟内のルートから地上を目指すことになった。

『伊達司令から通信が入っているぞ』

伊達の姿と音声が届けられた。

『ボーダーレス現象は完全に消滅。地上から観測できる範囲内のグラキエスは全滅と言っていいだろう』

「理論上は地下のグラキエスも全滅しているはずだ。単独で50キロ以上離れて行動しているものがいない限り、という条件付きだが。現時点での予測では生息圏を離れてそこまで単独行動できるグラキエスの可能性はほぼゼロだ。警戒を続ける必要はある。音ウィルスの欠点は宿主をあっというまに破壊してしまうため、長期的に存続できないことだ。スピーカーで音ウィルスを定期的に流すくらいの慎重さは必要だろう。ただ個人的な見解を言わせてもらえば、グラキエスは全滅した」

伊達は深くうなずいた。

『よくやった』

「礼を言われる筋合いはない。自分のためでもある」

『それでもだ。全人類を代表して、というわけではないが、心から礼を言わせてくれ。本当にありがとう』

モニターの向こうで伊達は頭を下げた。

「ら、らしくないことをするな。気持ち悪いぞ！」

由宇のしどろもどろになる姿が珍しいのか、伊達は思わず口元をほころばせていた。

『もう一つ朗報がある。八代達が岸田博士の救出に成功した』

由宇の安堵の表情は、これまで見たどんな表情よりも柔らかなものだった。

「そうか。よかった……」

『早く日本に帰ってこい。これからのことを考えなくてはならない』

「私ももう寒い場所には辟易していた。久しぶりに暖かい場所で休みたいものだ」

「そうだね。さすがに僕も疲れた。……見て、明かりだ」

闘真の指さした先に明かりがある。ほどなく外に出られる道を見つけると、二人は手を繋いで小走りに洞窟の外へと出た。

肺に突き刺さりそうな冷たい空気がほんの少し柔らかくなる。空をずっと覆っていた分厚い雲は風に流れ、たまに谷底の合間から青空を覗かせていた。

二人はしばらく空を見上げていた。

しかし途中から闘真だけは由宇を見ていた。目を細めてまぶしそうに空を見ている姿を、心の奥底に深く焼き付けるように見つめていた。

――この顔を見られただけでよしとするか。

「全面的に同意するよ」

闘真は気持ちを断ち切るように由宇から顔をそらすと、エレクトロン・フュージョンを手に取った。

――ケリはつけないとな。

気づいた由宇は目を見開き、泣きそうな顔になる。彼女は闘真が何をしようとしているかきっとすべて察している。こんな顔をさせてしまっていることが心苦しかった。

「やはり行くのか？」

いまにも消えそうな震える声だった。

闘真は自分の頭を指さした。

「ここにもう一つ、峰島勇次郎のやっかいな遺産が残ってるから」

「私がなんとかする。だからもう少し待ってくれ」

詰め寄る由宇に闘真は弱々しく微笑みながら、それでもしっかりと首を横に振った。

「ごめん。もう待つ余裕はあまりないみたい。鳴神尊を抜いていなくても開いているのが解る。いまも力を抑えているのが精一杯なんだ」

世界の外側へ何度も踏み込みすぎたか。あるいは勇次郎がいなくなったことで、かえって禍神の血の奔流が大きくなったのかもしれない。

解るのはこのままではいけないということだ。

「駄目だ、駄目だ駄目だ！」

由宇はすがるように言う。

「何も死にに行くわけじゃない。ただ脳の黒点を完全に閉じるだけだよ」

「その結果、どんな運命が君に待っているのか解らないんだぞ。人格が崩壊する可能性がある。そもそも生きて帰れる保証はないんだ。何があっても君と生きると私は決めたんだ！」

「ありがとう。でも……」

状況は変わってしまった。口にしなくても由宇は解っているはずだ。だから闘真をつかむ手の力も弱々しい。他に方法がないことに気づいている。

「私は、私は……」

嗚咽のようにつぶやき、闘真の胸に顔をうずめ、彼女はしばらく葛藤していた。どれだけ時間がたっただろうか。シベリアの強い風が吹きすさび、引き離されるように由宇は後ろに下がった。目にたまった涙を振り払い、

「ならば私が全力でサポートする。絶対に君を生きて返す」

力強い声で言い放った。

「うん、それでこそ由宇だ。僕の好きな由宇だよ」

闘真がエレクトロン・フュージョンをかぶるのを黙って見守っていた。

「これでいい？　間違ってない？」

「……似合ってないな」

「なんだよもう」

由宇はLAFIサードでしばらくセッティングをしていた。入念に、一片のミスも許されないとでもいうように。

「準備が、できたぞ」

闘真はその場に座ると、鳴神尊を手に取る。何度か深呼吸をして、空を見上げ、最後に由宇を見つめた。

「僕も準備できたよ」

由宇は闘真の手を強く握りしめた。何度も握ったことのある彼女の小さな手。

「あの時と同じだね」

スフィアラボ事件で二人が出会ったとき、セントラルスフィアの中で由宇は風間の暴走を止めるためにLAFIファーストの中にダイブした。

「絶対に帰ってこい。絶対にだぞ」

「うん。由宇の手は温かい。もしも道に迷ったら、この手のぬくもりを頼りに帰ってくるよ」

しばらく二人は見つめ合い、どちらともなくキスをする。わずかにざわついていた気持ちが不思議と落ち着いた。

やがて唇と唇は離れ、闘真は少しはにかむように笑い、由宇はまっすぐに見つめ返し、二人は同時にうなずいた。

「始めて」

「わかった」

闘真は鳴神尊を引き抜き、由宇はエレクトロン・フュージョンを起動させた。

18

五感の感覚がすべてデタラメになった。上も下も右も左も前後も何もかもぐちゃぐちゃになった。嗅覚がうるさく味覚がまぶしく聴覚が苦い。全身が熱く冷たく痛くくすぐったく、何もかもが目まぐるしくデタラメに混ざり合っていた。

気づけば闘真はだだっ広い空間に立っていた。薄暗く真っ平らな地面がどこまでも続いていて果てが見えない。

ただ一つだけそんな空間にそぐわないものが存在していた。その前に闘真は立っていた。

空間に巨大な穴が渦巻いていた。

「本当に穴の形をしてるんだな」

状況的にも本能的にも、目の前の穴が禍神の血、脳の黒点だと解った。何もかも呑み込んでしまいそうな、あるいはあらゆるものを吐き出してきそうな、おそらく理解の範疇を超えた存在が目の前にあった。

『ある程度はおまえの意識の形が反映されている』

「ああ、なるほど」

と答えてから、風間の声に驚いた。

「あれ？　いるの？」

『サポートを任されているが、声を届けるのが精一杯だ。それもまもなく不可能になるだろう。この空間と世界の乖離が大きくなれば、俺の声も届かなくなる。最初に言っておくが、いまの状態で穴に入ろうとするな。何もかも引っ張られておまえの人格は完全に破壊される。それだけならいいが、おまえの脳を中心に世界が歪み、そばにいる由宇も巻き込まれる』

闘真は慌てて穴から距離を取った。

「どうやって閉じればいい？」

「聞く相手を間違ってないか」

風間ではない声がした。よく知っているようで違和感のある声。気づけばすぐそばに一人の人間が立っていた。

「やっぱり会えたね」

そこにいたのはもう一人の自分、坂上闘真だ。細部に至るまでいっさいの違いはないはずなのに、鏡に映したような姿であるはずなのに、自分であって自分ではないと感じる。

「内面の違いだけで、こうも違うものなんだね」

「一緒にするな」

もう一人の自分が穴を指さし問う。

「で、あれをどうやって閉じるか、まだ解っていないのか？」

「ああ、うん……」

闘真は言いよどむ。

「本当は解ってるんだろう。言いにくいなら言ってやろうか。意識の形が反映されるっていうなら、禍神の血を根元から断つには穴に飛び込んで向こう側から閉じる。そう意識するのが一番しっくりくるだろう」

『おそらく、それが正解……だ……が』

風間の声が聞こえなくなってきた。世界との乖離が進んだらしい。

いまここには闘真と闘真しかいない。

目を閉じ深呼吸をして静かに覚悟を決めた。

「ここに君がいて安心したよ」

闘真はもう一人の自分に笑いかける。

「僕はずっと嫌な役目を君に押しつけてきた。ずっと助けられてきた。だから今度は僕が助ける番だ」

しかしもう一人の自分は、闘真の言葉が気に入らないようだった。

「ふざけんな」

「いたって真面目なんだけど」

「そんなしみったれた同情心で自分が犠牲になるだと？　なめるな！」

　もう一人の闘真(とうま)は鳴神尊(なるかみのみこと)を抜いた。刃をまっすぐに向けてくる。

「抜けっ！　ここで白黒つけようじゃないか」

「闘う必要なんて」

「あるだろうが」

　もう一人の自分は断言した。

「完全に袂(たもと)を分かつ。決別する。より明確にイメージできて成功率が上がる」

　ぐうの音もでないほどの正論だ。

「わかった。そうするしかないみたいだね」

　二人の手には鳴神尊(なるかみのみこと)があった。ならばもう道は一つしかなかった。

　二人同時に上段から思い切り鳴神尊(なるかみのみこと)を振り落とした。強烈な衝撃と火花が散った。二合、三合とリズミカルに速いテンポで打ち合う。

　同じ身体(からだ)、同じ力量、同じ闘真(とうま)とはいえ性格は異なる。本来ならば差異が生じる。なのに二人が織りなす太刀筋は鏡のようにまったく同じ軌跡だった。この瞬間、二人の気持ちは完全に重なっていた。心の底まで同一と言ってよかった。

　演武のように美しく、死闘のように苛烈で、息を呑(の)むほど尊厳に満ちた闘いであった。

　いままで闘うのを楽しいと思ったことはない。いや、ないこともないが、暗い感情がつきまとっていた。いまはなぜか晴れやかな笑顔が出てしまう。ただただこの時間が楽しい。

どこまでも続けたい。しかしそれは不可能だ。肉体のないかりそめの世界とはいえ心は疲弊する。なにより鳴神尊がぶつかり合うたびにひび割れて欠片が飛び散った。砕けるのは時間の問題だった。

そしてまったく同一に思えた二人に差異が生じた。

一人は切り上げ、一人ははじかれた。同時に二人の鳴神尊が砕けた。

「これで終わりだっ！」

体勢を崩した闘真へ折れた刀身で渾身の一撃を放つ闘真。

はじかれたように真後ろへ吹っ飛び転がる身体は、ボロ雑巾のような有様でうつぶせのまま動かなくなった。

「俺が本気を出せばこんなもんだ」

闘真は上機嫌に鼻で笑い、そして穴に向かって歩き出した。

「ま、待って……」

指先一つ動かすのもつらい闘真は、なんとか頭を持ち上げた。穴に向かう闘真の後ろ姿が見える。

「敗者がうだうだ言うな。好きに振る舞うのが勝者の特権だ。だいたい俺が残ってどうすんだ？　禍神の血を失って平々凡々なくせに、闘争本能に振り切ってる人間なんざ、ただの歩く迷惑だ」

それから闘真はもう振り返らなかった。なんの迷いもなく穴に向かう。しかし穴を目の前に、闘真は立ち止まって後ろを見た。

「おまえとの闘い、楽しかったな」

そこにはまだ立てない闘真がいる。何か叫んでいる。しかしもう何も聞こえない。

「じゃあな」

穴の中に半歩踏み込んだ。そこで初めて穴の中に誰かが立っていることに気づいた。

「まさか律儀に出迎えが来るとは思ってもなかった」

相手は帽子を軽く持ち上げて挨拶をする。

「一人で行くよりは退屈しないですみそうだ。だいたいあんたが俺を勝手にいじって広げたんだろ、閉じるのを少しは手伝えよな」

軽口を叩きながら、軽やかに闘真は二歩目を踏み出し、穴の中に入った。白いスーツ姿の人物が並んだ。二人が穴の奥に進むにつれ、穴は塞がり、やがて完全に閉じた。

もう一人の自分が穴に入っていくのを闘真は見ていることしかできなかった。中に入ると穴が閉じていく。目の錯覚だろうか。誰かと並んで消えていく姿が見えた気がした。白いスーツと帽子が見えた。それこそ気のせいだろうか。まるで旧来の友のように並んでいた。

やがて穴は完全に閉じて何も見えなくなった。

ようやく身体を起こす。何もない空間だけが広がっている。あるのは勝負に負けた己の身体と砕けた鳴神尊だけだ。

どこまでも続く地面。しかしそれも遠くから見えなくなっていく。暗闇に包まれていく。どうすればいいのか解らない。やがて暗闇は闘真がいるところまで覆い尽くした。

失ったのは視覚だけではなかった。最後まで共にあった鳴神尊の感触も消えてしまった。あらゆる感覚が消失し、自分が生きているのか死んでいるのか存在しているのかすら危うかった。一切の光もないのに闇も感じない、すべてから隔絶された感覚。そんな闘真の感覚で唯一確かなものが、右手に感じるほのかな温かさだ。

——この手のぬくもりを頼りに帰ってくるよ。

このぬくもりはきっと由宇だ。闘真はぬくもりがより感じられるほうへと向かう。

やがて遥か遠くに一筋の明かりが見えた。

近づくと地面に、見たことのない一本の刀が突き刺さっていた。

「これは……」

無骨な木の柄に手をかける。初めて見る刀のはずなのに不思議と懐かしい感じがした。

そのまま引き抜くと、周囲に光があふれた。

19

「闘真、闘真、闘真！」

目を開けると黒曜石の瞳に大粒の涙を浮かべた由宇の顔が目の前にあった。

「ああ、よかった。目を覚ましてくれた」

由宇は両手で握っていた闘真の手を顔に当てて祈るように言う。

傍らには粉々に刀身が砕け散った鳴神尊の残骸があった。手に取ってももうなんの力も感じない。

『脳の黒点は完全に閉じた。禍神の血による世界の歪みはもう起こらないだろう』

エレクトロン・フュージョンを利用して闘真の脳を測定したのか、風間が報告する。

「そうか……」

もう一人の自分は脳の黒点が閉じられると同時に、手の届かない世界の外側に行ってしまった。

「ずっと助けられっぱなしじゃないか」

何一つ恩を返せていない。彼は本当にそれでよかったのか。少しでも幸せだと思える瞬間があっただろうか。

自然と涙がこぼれた。

「大丈夫か？　どこか痛むのか？」

由宇が心配そうに闘真の身体に異常がないかあちこちさわり始めた。

「うん心配しないで。僕は大丈夫だよ。ただ……僕が行くつもりだったんだ」

砕けた刀身に、由宇はすべてを察していた。

「君たち二人、どちらもいなくなって欲しくなかった。……消えて欲しくなかったんだ」

「本当は僕が消えるつもりだった」

「馬鹿なことを言うな！　そんな自己犠牲、私が許さない！」

「でももう一人の僕が助けてくれた」

由宇は目をつむり涙を流す。

「最後は笑ってた。あんないい笑顔、初めて見たよ」

「……そうか」

由宇は闘真の身体に腕を回して強く抱きついてきた。いまここにいる闘真も消えてしまうのではないかと恐れているかのように。

闘真も由宇の存在を強く感じたくて、その身体を抱きしめた。

二人はいつまでも抱き合っていた。

いつしか上空からヘリコプターの音が近づいていた。

「立てるか？」

「大丈夫、だと思う」

ふらつきながら闘真が立ち上がると、何かがカランと鳴った。地面の上に転がったのはあのとき暗闇にあった刀だ。

「どうかしたのか？」

由宇は初めて見るはずの、鳴神尊とは別の刀の存在を不思議に思っていないようだ。刀をじっと見つめている闘真のほうを不思議がっているふしさえあった。

「ううん、なんでもない」

もしかしたらこれは峰島勇次郎、最後の遺産かもしれない。

——またな。

どこからか声が聞こえた気がした。

「何を笑っているんだ？」

由宇が不思議そうに闘真を見ていた。

「なんでもない。ただうれしいんだ」

そう言って由宇を強く抱きしめた。

エピローグ

1

目の前にはグラキエスの行軍で荒れ果てた大地が広がっていた。木々はことごとくなぎ倒され、小さな集落のあった場所は、家屋の残骸らしきものがかろうじて残っているだけだ。

シベリアの長い冬はようやく終わりをつげ凍てついた大地は雪解けでぬかるんでいた。木々には葉がしげりはじめ、芽吹いた命はぬかるんだ大地に彩りを添えている。

クレールは凹凸の激しい荒れた地面に足を取られることもなく身軽に飛ぶように進んでいく。たどり着いたのは見覚えのある家屋だ。倒壊した巨木が盾になってくれたのだろうか。無事とは言わないまでも、奇跡的に家としての形は保たれていた。

短い間だったが母と過ごした時間は深く心の中に残っていた。

ここを訪れたのはつい最近のことだが、遠い昔のように感じる。そんな感慨を抱く自分が不思議に思えた。

ここから始めよう。新たな自分のスタートとしてここ以上にふさわしい場所はない。

またここに人は戻ってくるのだろうか。家への道を塞ぐかっこうになっている倒木を力いっぱい押してみる。

「あっ……」

倒木がクレールに向かって倒れてきた。回避しようとした彼女の足はぬかるんだ地面にとられてしまった。

覆い被さるように倒れる巨木をなすすべもなくクレールは目を見開き見ているしかなかった。

「危ないだろ」

クレールが押しつぶされる寸前に崩れた巨木を片手で支えたのはリバースだ。

なぜ彼がここにいるのかクレールには解らなかった。リバースの熊のような風体を見て、初めて彼がこのような風貌をしているのかと不思議な感慨を抱く。

いままで人の顔に違いがあるなど考えたこともなかった。見ているものは同じはずだ。記憶にある造形と一致する。しかしまるで別のものに見える。

「ひでえ状態だな。ここから立て直すのはお嬢ちゃん一人じゃちょっと骨が折れるんじゃないか？」

「僕も手伝う。なんとかなるよ」

そう言って現れたクレールより年下の少年は、グラキエスから逃げてきた避難民の一人ヴォルグだ。この少年に対してもまた以前とは違った感慨を抱く。

くるくると変わる表情は何よりも元気な証で、クレールは目を細めて少年の表情の変化を慈しんだ。

「僕達だけじゃないよ。ほら」

ヴォルグが背後に振り返ると、遠くから大勢の人影が姿を見せた。ヴォルグと同じくグラキエスの避難民達だ。

「みんな、やっぱりシベリアを離れられないってさ。こんな目茶苦茶になったのに、おかしな人達だよね」

そう言って笑うヴォルグもおかしな人の一人だ。

「故郷ってのはそれだけ大事なところなんだよ」

シベリアに住んでいた人々の半数以上は住み慣れた大地に残ることを選んだ。その出発点に選ばれたのは、スヴェトラーナがかつて住んでいた村だった。リバースの説明を不思議な気持ちで聞いていた。

「故郷……」

クレールに故郷という感慨はいままでなにもなかった。自分がどこで生まれたのかも知らない。父のいた国の日本で生まれたのか母が亡命した先のアメリカなのか、それすらも知らなかった。

どちらの国にもたいした思い入れはない。

ただなぜかたった数日しかいなかったこの大地は気になった。いままで気づかなかったが、禍神（まがかみ）の血（ち）の呪縛がなくなると晴れ渡った心の奥底にひっそりと、しかし深く突き刺さっていた。

「ここがお嬢ちゃんの心の故郷なのかもな」

リバースの言葉がすとんと胸の内に落ちる。

ヴォルグや他のみんなも笑っている。荒れた土地を立て直すのは並大抵の苦労ではないだろう。しかし悲壮な表情をしている人は一人もいなかった。それどころか驚いたことに明るかった。そのようなことが解（わか）る自分にも驚いた。

見知った人達の笑顔を見ていると、なんでもできるという気持ちが湧き上がってきた。

「クレールの笑った顔、初めて見たかも！」

そう言ってヴォルグが笑う。

「私、笑っている？」

「うん」

笑顔を見ると人は笑顔になることも初めて知った。

クレールは花のような微笑（ほほえ）みを少年に向けた。

抜けるような青空をいつまでも飽きることなく眺めていた。

2

屋上と言えるかどうか解らないが、建築物の一番上に大の字になって寝転がり、空ばかりを眺める毎日を過ごしていた。

雨の日ですら濡れるのもかまわず、それどころか笑い出したくなるような喜びとともに、全身で雨粒を受け止める感触を楽しんだ。

どれだけ時間が経過しただろうか。時間を忘却するなどいつ以来のことだろう。もしかしたら生まれて初めてかもしれない。

ここでは一秒一秒を心の中で正確に刻む必要はない。いま昼間か夜か時間のカウントのみで知ることはない。朝を知りたければ、昼の日差しの高さを見たければ、夜の帳がおりるのを眺めたければ、ただ外に出ればいい。

ときおり轟音とともに不純物とでもいうべきものが視界のすみを横切るが、さほど気にならない。些細なことだ。ただし今日に限っては、不純物の数が多い。

寝転がっているすぐ真横のハッチが上に持ち上がり、中から闘真が顔を覗かせた。

「やっぱりここにいた」

よっと勢いよく身体を引き上げると、そのまま由宇の隣に座った。

由宇と同じように空を見上げていたがやがて視線は下がり、眼下に広がる大海原を見た。空に負けず劣らず、まさしくマリンブルーという言葉通りの深みのある青が広がっていた。見渡す限り三百六十度見えるのは空と海ばかりだ。

視線をさらに下げると、いま自分達が立っている建物の建築中の様子が目に入る。まず目に入るのは弧を描く巨大な建築物だ。遠くから見れば海上に半球状の建物が浮かんでいるように見えただろう。

「今日もいい天気だね。こんな日は気持ちがいいな」

と思ったのもつかの間、すぐそばを資材を運ぶ搬入用のヘリコプターが横切ると、眼下に見える海の上に浮かぶヘリポートに降り立った。桟橋も併設されており、そこには船も停泊していた。

「なんだか懐かしいね。あのときもヘリコプターに運ばれて、あんな感じのヘリポートに降りたよね」

占拠されたスフィアラボから脱出し、ＮＣＴ研究所の地下で由宇と出会い、ともに訪れたことを思い出す。

「君にとっては懐かしい思い出かもしれないが、私にとっては空をちらっと見せられて外を渇望する気持ちが高ぶっただけの、生殺しのような出来事だったぞ」

由宇は上体を起こすと険しい顔をした。

「あ、ご、ごめん。そうだよね。いい思い出じゃないよね」

由宇は急に吹き出したかと思うと、身体をのけぞらせて笑い出した。

「ははははは、すまない。そんなに真に受けるな。あの日の夕日は私にもいい思い出だ。あのときの夕日は本当に美しかった。あの思い出があれば、この先ずっと地下1200メートルで暮らしていけると思えるほどに、素晴らしいものだった」

闘真がほっとするかと思ったが、予想に反して暗い顔になった。

「そんな……。ほんのいっときの思い出で一生って……」

「いや、闘真？　いまはもうこうして外に出られるようになったんだ。周りは海ばかりで孤島のようだが、それでもいままでの待遇に比べれば雲泥の差だ。週に一回は陸に上がる許可もあるんだぞ。和恵のハンバーグもまた食すことができたし、鏡花にも会えた。そうだ、またショッピングとやらに行こう。ああ、でも今度は君の妹と行くのはなしだ。世間知らずの私でも法外な買い物ばかりだと解ったぞ。普通一日で一億円も使うか？　せいぜい一千万くらいだろう？」

由宇も大概に世間知らずだった。

「ふふ、あはははは」

闘真が突然笑い出したので由宇は目を丸くしたが、すぐに柳眉を逆立てた。

「なんだ意趣返しのつもりか。性格が悪いぞ！」

「ごめんごめん。でも由宇も麻耶もあまりレベルは変わらないよ。由宇は世間知らずで、麻耶は浮世離れしてるって違いはあるけど」

　本当に気落ちしていたのだが、闘真は冗談にすることにした。この青空の下で暗い気持ちはふさわしくない。

「謝罪になってないぞ！　だいたい世間知らずと浮世離れでは前者のほうがバカにされている気がする」

「ちなみに僕がスフィアラボでバイトしてたときの時給は九百円だったよ」

「九百円？　ドルでなくてか？」

「ほら、やっぱり麻耶と由宇は似た者同士だ」

　笑い出す闘真につられ怒った顔をしていた由宇もすぐに笑い出した。二人でしばらく笑い合ったあと、青空を黙って見上げる。どれだけ時間が経過しただろうか。

　闘真の持っている赤い携帯のアラームが鳴った。

「そろそろ時間だね」

「ああ、もうそんな時間か。ぼんやりしているだけなのにあっというまに時間は過ぎ去るのだな」

　由宇がＬＡＦＩサードを開くと既に放送が流れていた。

『……の峰島勇次郎の遺産犯罪数は前年より7パーセント上回っています』

聞こえてきたのは麻耶の声だ。演説の途中らしい。

「もう始まっているぞ」

「あ、そうだった。この携帯、壊れかけてて時間がおかしいんだった」

悪びれもせず答える闘真にややあきれ顔の由宇だが、この大海原のまっただ中で、時間に追われるのもどうかと思った。闘真くらいアバウトなほうがここでは正しいのかもしれない。

「ちゃんと聞かないと。あとで麻耶に感想を聞かれて、うまく答えられなかったらへそを曲げられる」

「それは大変だな」

二人は姿勢を正して、麻耶の放送に集中した。


ニューヨーク国連本部の総会議場ビルにあるホールで百名を超える世界各国の代表が、麻耶の演説を静聴していた。

「昨年の峰島勇次郎の遺産犯罪数は前年より7パーセント上回っています。これは十年前と比べて221パーセント。十年で三倍にまで膨れ上がりました。これを聞いて皆さんはいかが思いましたでしょうか？　遺産技術は犯罪を助長する、と考えたのではないでしょうか」

麻耶は大きくかぶりを振り、やや大げさにも見えるゼスチャーをした。

その様子を何台ものテレビカメラが映している。聞いているのは各国の代表だけではない。世界中に中継されている。

「断じて違います。なぜならば犯罪の総数そのものは微増にとどまっているからです。これまでの犯罪が遺産犯罪に移行したに過ぎないのです。人の悪意が遺産犯罪を生み出すのです。遺産技術が人の悪意を生み出すのではありません」

麻耶は自分でも驚くほど落ち着いていた。

「しかし人々は惑わされます。遺産技術があるから犯罪が起こるのだと。違います。ただ犯罪の形が変わっただけです」

これから世界は変わる。

「遺産犯罪は組織や企業、そして残念なことに国が手を染めていることがほとんどです。しかしこれだけ遺産犯罪があふれていながら、在野に広がることはほとんどありませんでした。これは遺産犯罪を瀬戸際で食い止めている成果といっていいでしょう。これに大きく貢献したのが」

麻耶は一呼吸を置いて一言を放つ。

「ADEMです」

『ADEMです』

麻耶の声に呼応するようにカメラが切り替わり、やや緊張した面持ちで関係者席に座っている伊達の姿が映し出された。

「あははは、伊達さん表情が硬いですよ」

テレビを見て笑ったのは八代だ。

「こらこら笑っている暇はあるのかね？　引っ越しはまだ終わっていないのだよ」

八代をたしなめたのは、段ボール箱をカートに乗せて運んできた岸田博士だ。

「笑いたくもなりますよ。伊達さんの仕事はあそこで座ってるだけなんですよ。だというのに、僕の仕事は……」

八代は疲れた表情でADEMの新しい執務室を見渡した。広い部屋には段ボール箱がいたるところに積まれており、これらをすべて整理しないといけないと思うと、うんざりした気持ちになる。

「何を言うんだね。伊達司令はこのあと、一日中各国の偉い人から質問攻めにあうんだよ。言葉一つ間違えるだけで、信用を失いこれまでの苦労が水の泡になりかねない。私は喜んで引っ越しのほうを選ぶよ。それにだ」

岸田博士は八代の肩を力強く叩いた。

「いずれ君の部屋になるんだよ。八代副司令」

副司令と呼ばれた八代の表情は、一気に緩んだものになった。

「やだなあ副司令だなんて。名前だけの役職ですよ」

「いやいやいや、伊達司令の右腕として長い間活躍してきたんだ。今回の出世は妥当なものだと思うよ」

「そうですか？　でも、秘書官から仕事内容そんなに変わってないですよ。量が増えただけというか……」

そう言いながらも段ボール箱から分厚い専門書を取り出しては、壁の一面を占める本棚に並べていく手際は、最初よりテキパキとしている。どう見ても上機嫌に張り切っているのは明らかだ。

それでも本と書類が詰まった段ボール箱はまだまだ山積みで、いつ終わるとも知れない。

「どうしていまだにペーパーレスが進んでないんでしょうね。ぱぱっと整理できる遺産技術ないんですかね？」

「私はあいにくそんな遺産技術があるとは知らないな。ならば由宇君に交渉してみたらどうだい？」

岸田博士は上を指さし、八代の適当なぼやきに真面目に答えた。

「ああ、また屋上ですか。自由を満喫してるなあ」

「邪魔しちゃ駄目ですよ。由宇さんは、いままでできなかった青春を楽しんでるんですから」

そう言って入ってきたのは小夜子だ。眼鏡をかけているが視力が悪くなったわけではない。そもそも彼女は盲目だ。眼鏡に見えるのはカメラであり、脳の視覚野に情報を送っている。解像度はまだ粗いらしいが視覚を取り戻していた。由宇の開発した技術に、小夜子が涙を流して喜んだのはつい先日のことだ。以来、由宇のことを神のようにあがめていた。

「まだまだ不自由をさせているよ。由宇君にはもっと自由をあげたい」

岸田博士はいまだ現状に納得していない。

「そうですね。世界中どこでもフリーパスくらいの権限、あってもいいと思います」

小夜子が前のめりに同意する。

「伊達君も由宇君と二重奏をするくらいになったのだから、交渉次第ではいけるはずだ！」

「いやあ、本人はいまの状況に満足してるし、いいんじゃないかなあ」

八代に保護者と信者相手に正面切って異を唱える勇気はなかった。二人と会話をしていると伊達への陳情の仲介者にされかねないので、意識をテレビに戻した。麻耶の演説はまだ続いている。

『六月のロシアで起こった遺産技術による異常気象と地殻変動は記憶に新しいでしょう。ＡＤＥＭの活躍がなければ、シベリアの植生は崩壊し、地球全体に大打撃を与えるところでした』

シベリアのグラキエス事件は昨日のことのように思い出せる。あんな事件がもう起こらないようにするためにも、新たな組織で新たな場所で気持ちも新たに遺産事件に取り組む決意をした。ＬＣ部隊の再編をしなければならないだろうし、組織のオープン化に伴う遺産技術の取り組みも考え直さなくてはいけない。

「やっぱり副司令ともなると、やることも考えることも増えたな」

まんざらでもなく独り言をつぶやいている八代の携帯電話が鳴った。

「やあ舞風君。明日退院だってね。すっかりよくなったようでよかったよ。君にはアドバンスＬＣ部隊に入ってもらうからね」

『うん、だから僕のコードネーム決めたよ！　ハニー。これからハニーって呼んでね！』

「え、なにコードネームって？」

『萌って大きな人も本当は名前違うんでしょう？　だから僕も別名を用意してみた。さあ呼んで、マイハニーって！』

「萌ちゃんは例外だから。君にはコードネーム必要ないから」

ハニーって微妙に死語ですねと小夜子のつぶやきが聞こえたが、聞こえなかったことにした。

何度か押し問答をしたあげく、

「ともかく明日は迎えに行くから。それまでおとなしくしてるんだぞ」

と慌てて電話を切った。少し強引に話を切り上げてしまったので、あとでフォローのメールでもしようかと考えていると、小夜子と岸田博士が自分を見ていることに気づく。

「病院まで迎えにいくのかね？」

「え、あ、いやあ、そのまま舞風（まいかぜ）君を連れてＬＣ部隊の詰め所に出向いて、正式な入隊の辞令を受けさせるんですよ。副司令ともなると、やることが多くて大変で……。ははははは」

「急に早口ですよ？　節度ある行動してくださいね。副司令」

二人の視線に針のむしろに座らせられた気分になった。


『……地球全体に大打撃を与えるところでした』

聞こえてくる麻耶（まや）の声に勝司（かつし）は鼻で笑う。

「大打撃どころか地球上の生き物すべて滅んだだろうな。親に似て嘘（うそ）がうまい。ここまでしれっと言えるのは一種の才能だな。嘘（うそ）発見器にも引っかからないんじゃないか」

勝司（かつし）は片肘をついて、麻耶（まや）の演説放送を退屈そうに見ていた。

「どうした？」

シベリアで何があったのか詳しい報告を聞いてから、才火（さいか）の様子が少しおかしかった。何かを勝司（かつし）に言いたそうにしては口ごもることが多かったので、話しやすいように水を向けることにした。

「六道家（りくどうけ）では僕が一番だったはずだよ」

「ふむ、それで？」

「なのにどうして舞風ちゃんが、あんなに活躍してるの！　他人に脳の黒点を書き込むなんて、僕にもできないのに……」

才火は相手に触れることなく、脳の情報をなんなく読んでしまう。しかしマモン――舞風と違い、読み取るのみだ。

「あら、ませていて可愛げのない子供かと思っていたけど、そんな可愛らしい表情もするのね」

ドアを開けて入ってきたのはアリシアだ。才火の頰を膨らませた表情は年相応に見えた。

「あ、こんにちは。お土産買ってきてくれた？」

自分の周りを跳ね回る才火に苦笑しながら、手に持っていた紙袋を渡した。

「はい、なんだかよく解らない耳が大きな猿のぬいぐるみ。ロシアじゃ人気キャラクターらしいわよ」

「猿じゃないよ。正体不明の生き物なんだよ」

紙袋からぬいぐるみを取り出すと、うちわのように大きな両耳を持って振り回している。先ほどまで落ち込んでいたのを忘れてはしゃいでいた。

『ここで私はみなさんに伝えたい。遺産犯罪が人の悪意から生まれたものならば、それに対抗する手段は人の善意のみです。善意のみが対抗する唯一の手段なのです』

「理想論ね」

テレビから聞こえてくる演説を、アリシアは一言で切り捨てた。

「放送向けのプロパガンダだよ」

「解ってるわ。したたかそうなのはさすがあなたの妹って思うもの。でももう一人のお兄さんの影響で、理想論を実現させようとする甘さもあると思うわよ」

勝司は軽く肩をすくめただけで、肯定も否定もしなかった。

「はい、これが現在のロシアの状況の資料。それであなたは今後どういう方針で行くの？」

「せっかく裏社会に潜ったんだ。そこでしかできないことをやらせてもらうさ」

「ときに妹さんに情報を売って？　ずいぶんと妹さん思いなのね」

「利害が一致しているだけだ」

勝司はワイングラスを二つ取りだし、

「飲むか？」

と笑いかけた。

『ただしADEMは国連所属でありながら、組織の形態は日本に大きく傾き、また不透明な運営から公平性が疑問視されていました。その疑問を払拭するためにも次の段階に進まなければなりません。新しい組織が必要？　いいえ。組織という枠組みに縛られてはいけません』

福田は訓練場での鍛錬を中断し、イヤホンから聞こえてくる麻耶の声に耳を傾けた。

元海星の兵士は大きな行動制限をかけられ、危険な任務を課せられる部隊となった。

福田はそのことを償いだとは思っていない。これも黒川が目指したものの延長上にあるものだ。彼の行動は、峰島由宇とＡＤＥＭに、そして世界に影響を与えた。砂塵舞う戦場を、踏みにじられる人々を、座して傍観するな、と。

『何をすべきか、何をしなければならないか。再度問いかけるときが来ました』

麻耶の演説に目を細めて福田は空を見上げる。

「黒川さん見ていますか。もしかしたら世界は変わるかもしれません」

彼がいまの状況を見たら、うなずき納得するだろうか。まだ手ぬるいと渋面を作るだろうか。

福田には解らない。それでも彼が望んだ、人が人として生きていける世界はこの先にあると信じ、前に進むことを誓った。

『何をすべきか、何をしなければならないか。再度問いかけるときが来ました』

麻耶の演説が学校のテレビ画面に映し出されていた。

「はあ、すごいなあ」

麻耶の演説はちょうど正午に行われたため、昼休みに視聴している生徒も少なくなかった。長谷川もその一人だ。学校の外にあるベンチに腰掛けて、サンドイッチを頰張りながら、携帯で麻耶の放送を見ていた。

数ヶ月前に麻耶とファミレスでランチを食べたのが夢のようだ。あのとき一緒にいた萩原は最近学校に来ていない。麻耶の兄である闘真は休学という話だ。

「本当に夢だったのかな」

そう考えたほうが自然なくらい、関わりのある人達がいなくなっていた。

「坂上、どうしてるかな?」

最後に会ったのはGWの前だ。それからたまにメールはくるものの日本にいるのかもよく解らない。

「おいおい、坂上だけで俺のことは無視か?」

久しく聞いていなかった声に驚き顔を上げると、そこには萩原が立っていた。

「なんだずいぶん久しぶりじゃないか。学校休みすぎだろう」

「親の仕事の都合でね。学校に来るのが面倒くさく……じゃなくて、通うのが難しくなったんだ。まあ見ての通り元気だから心配すんな」

萩原は両手を広げて、元気であることをアピールする。

「ちょうどおまえと、この麻耶ちゃんと三人でファミレス行ったこと思い出してたんだ。なあ、あれって夢じゃないよな？」

予想に反して萩原は青ざめた顔で言う。

「おまえ大丈夫か？　いつから妄想と現実の区別がつかなくなったんだ？」

「え、やっぱり……」

夢だったかと気落ちする長谷川を見て、萩原は吹き出した。

「悪い悪い、ちゃんと覚えてるよ。いやあ、夢のような時間だったな」

「おまえ性格悪くなってないか？」

「なことないって。なあ、今度文化祭に麻耶ちゃん誘ってみようぜ。連絡先聞いただろう」

「でもなあ」

中継で映っている麻耶はまさしく別の世界の人間だ。

「坂上も呼んで、麻耶ちゃん連れてこいって頼めばいい。それに文化祭なんて庶民の平和な催しもの、きっと喜ぶと思うぜ」

萩原の言葉に勇気づけられ何度かうなずいた。

「そうだよな。うん、その通りだ」

「平和なのは日本とかごく一部の国だけかもしれないけど、それでも俺達が毎日を楽しく過ごしていられるのは、麻耶ちゃんだって嬉しいだろうし」

「おっさんみたいなこと言い出した……」

「誰がおっさんだ！」

萩原の言う通り、春までは多かった遺産犯罪も減ったように思える。確かに日本は平和になった。きっとこのことを伝えたら麻耶は喜んでくれるに違いない。

闘真も来るだろうか。久しぶりに再会してもあいつは何も変わっていない気がする。何を話そうか。背が2センチ伸びたことか、今ハマっているマンガの話か。闘真はきっと前と変わらずのんびりと自分の話に相槌をうってくれるだろう。

「そのために新たな拠点が必要となります。場所はどこの国にも属さないことを示すため、公海に浮かぶ直径250メートルの球形施設。スフィアベースです」

麻耶の演説は十分以上続いていたが、総会議場ビルに集まった人々は一人たりともあくびをしたり寝たりすることはなかった。全員が真顔で麻耶の言葉を聞いている。

海上に浮かぶ巨大な球体、スフィアベースが公開されたときは、感嘆の声があちこちから聞こえてきた。

場の雰囲気は最高潮と言ってよかった。最後のときが迫っている。誰もが待っていた。新たな対遺産犯罪の手段を。

麻耶は最後の言葉を言うために一度深呼吸をして、高らかに宣言する。

「ここに新たな遺産犯罪を撲滅する仕組みを作り上げます。組織という枠組みを取り払い、遺産犯罪を取り締まるシステム、The Security System that Seals the Savage Science Smartly by its Supreme Sagacity and Strength。９Ｓの創立をここに宣言します」

　全員が立ち上がり万雷の拍手が起こった。

「要約するとだ」

　演説が終わると由宇はやや不機嫌に言う。

「君の妹はいままで以上に私をこき使う、と言っているように聞こえるんだが」

「ま、まさか、そんなことは……ないと思うよ？」

　闘真の声からどんどん自信が失われていく。

「しかし公海に拠点を構えるからどこの国にも属さないとは、とんだ詭弁だな。前より小型になり、世界各国の海を渡り歩けるようになった。これはもう海底のフリーダムだ」

　由宇は自分達が乗っかっている建築物を手のひらで叩く。ちょうどスフィアベースの頭頂部にあたる部分だ。

「君の妹は無意識のうちに世界征服をしようとしているぞ。さすが真目家の人間だ。私は中立を保つからな」

「いきすぎるようだったら、僕からも注意するから」

「あれが君の注意を聞くようなたまに見えるか？　そもそも'The Security System that Seals the Savage Science Smartly by its Supreme Sagacity and Strength'で９Ｓだと？　ネーミングセンスの悪さは相変わらずだな」

「僕は悪くないと思うよ。……意味解らないけど。ねえ、もしかして麻耶と仲が悪いの？」

「そんなことないぞ？　ある意味、君より遥かに頼りにしている」

なぜそんなことを聞くのかと由宇は不思議そうな顔をしている。

ヘリコプターの音が近づいた。荷物の搬入かと思ったが見るからに戦闘ヘリというシルエットで、側面には新しい組織名である９Ｓのロゴが描かれていた。

「見慣れないヘリコプターだね」

「私が設計した。詳しいスペックは……」

由宇の長々とした闘真には理解できない説明が始まりそうになったとき、

「そこでサボってる二人、遺産事件が起こったよ。早く準備して！」

ヘリの後部ハッチから拡声器で怒鳴るあきらの声にかき消された。

「はい、仕事道具。持ってきてあげたよ」

そういって投げ出された装備一式を闘真と由宇は慌てて受け止めた。一歩間違えれば、スフィアベースの表面を滑り、１５０メートルの高さを真っ逆さまだ。

『休暇はおしまいだな』

闘真と由宇はＬＣ部隊の標準装備を身につけ、由宇は腰の後ろにＬＡＦＩサードが収まるホルダーを、闘真は刀を手に取った。

闘真が刀を持っているのを見て由宇は少し首をかしげる。

「何かおかしいな。前持っていたのは、もっと短くなかったか？」

「え、そ、そうかな？　こんなもんだったよ？」

しばらく疑わしそうに見ていた由宇だったが、まあいいかと途中で思考を放棄した。ここ最近見せるようになった以前の由宇らしくない鷹揚な行動だ。

『鷹揚すぎないか？』

闘真の思考を読んだように風間がつぶやく。

スフィアベースの頂上にヘリコプターが着地する。

「ほら、急いで急いで。今回の会議を狙ったみたいに馬鹿やってる連中が現れたってさ」

あきらは腕をぐるぐる回して二人をせかした。

「そうせかすな」

由宇はＬＡＦＩサードを片手に乗り込んだ。初めて会ったあの日、由宇とスフィアラボで別れたときは、再び幽閉される彼女を見送ることしかできなかった。

「さあ、闘真」

しかし今は違う。由宇が手を差し伸べた。

ともに行くことができる。歩むことができる。並び立つことができる。これからずっと二人でいられる。

――いや、三人かな。

背には慣れ親しんだ気配があった。

闘真は由宇の手をつかむと勢いよくヘリに乗り込んだ。

かつて分かたれた二つのシルエットは、重なり合ったまま離れることはなかった。

跋文(ばつぶん)

マッドサイエンティストと聞かれたら、たいていの人は口をそろえて峰島勇次郎(みねしまゆうじろう)の名をあげるだろう。だが峰島勇次郎(みねしまゆうじろう)に娘がいることをどれだけの人が知っていただろうか。

彼女はあらゆる分野で父親に匹敵する才能を持ち、それ以上に良識的な言動が目立った。しかし彼女はまぎれもなく天才だった。峰島勇次郎(みねしまゆうじろう)でさえも、彼女の才能の前にはかすむだろう。

峰島勇次郎(みねしまゆうじろう)が行方不明になってから、世界各地に残された遺産と呼ばれる発明に世の人々は踊らされ続けた。残された遺産の狂気に呑(の)まれ世界は歪(ゆが)んでしまった。しかしそれでもなお――世界が正常な状態を保ち平穏がもたらされていたのは、ただ一人の少女がいたからに他ならない。

峰島(みねしま)の遺産という言葉を、真逆の意味で人々が語る未来はもう遠くない。

科学を人々の幸福のために使いたいというその高い志と美しい眼差(まなざ)しは、私を始め多くの人々を魅了し続けているのである。

真目家(まなめけ)当主の言葉より抜粋

あとがき

ついに最終巻のあとがきです。

何から書こう、何を書こう、悩みながら書き始めております。

一巻が出版されたのが2002年。二十年を連呼するのもどうかと思いつつ、まずはあるあるネタからまいりましょう。

連載が長期にわたると現実の世界とのギャップが生じます。黒電話や公衆電話が携帯電話に、携帯もガラゲーからスマホへとか、よくありますよね。

脇役の名前に一世代前感が漂っていたり、作中の流行が明らかに違ったり。

まして9SはSFです。二十年後はもはやリアル近未来。

テクノロジーの進歩の予想は難しく、数十年後には実用化されていると思われたものがまだぜんぜんだったり、もっと先だと思われていたものがあっという間に進化したりしますが、この二十年での一番はやはりインターネットの分野でしょうか。

そう思って読み返すと、けっこうあります、近未来がちょっと昔になっちゃってる箇所。

二巻で伊達と八代が情報屋との取引で小指の先ほどのチップ、なんてことが書いてありますが、いまは micro SD がコンビニで売ってます。しかもテラバイト。

風間が軍の衛星からハッキングして見せる画像は、誰でも気軽にグーグルマップで閲覧可能。

闘真はコンビニでプリペイドのガラゲーを買っていたりもしました。

萩原のPランクの通信機も、今ではそれを「スマホ」と呼びます。

量子コンピュータはもちろん、ＡＩも大航海時代。風間が実現される日も遠くないかもしれません。

でも、なんとか、作中のメインの遺産や雰囲気が、陳腐にならずに済んだのは良かったなと、作者としては胸をなでおろしています。

二巻くらいまではここまで書けると思っていなかったので、最終巻ってこうかなあ、と思っていたメモを今読み直すと面白いです。

あるキャラは死んで部下が墓参りをしていたり、あるキャラは小物感満載で逃げていたり、あるキャラはどこか遠くに行って絵葉書が届いたり。

逆に絶対ここまで書けないだろうな、と思っていた設定や伏線がちゃんと全部書ききれたのは嬉しいです。キャラクターの関係なども、野暮になるちょっと手前くらいまで、描き切れたことに満足しております。

設定やキャラの裏話は、あとがきであまり書かないで欲しいという方もいらっしゃると思うので、リクエストがあれば後日、ブログやX（旧Twitter）で少し書こうかなと思っています。

9Sはこれで終わりですが、後日談のショートストーリーが発売と同時に展開されているオンラインくじのおまけについています。それとリクエストが多数いただけたら、短編集を出せるかもしれません。作者としては出したいので、ぜひリクエストよろしくお願いします！

いままでお世話になった方々への謝辞を。

まずは歴代担当の方々。

清瀬さんがいなければ9Sの続刊の話はなかったと思います。小野寺さん、短い間ですがお世話になりました。

現担当の由田さん、お忙しい中二冊同時刊行に尽力してくださいました。いろいろ無理を聞いてくださりありがとうございます。

そして一巻から、ずっと併走してくださった高林さん。どれだけ言葉をつくしても伝えきれないほど感謝しています。

校閲の安藤さん。作者も無くしていたような何年も前の資料を取っておいてくださったこと、嬉しかったです。

初代イラストレーターの山本ヤマトさん、世界観とキャラクターを見事に表現してくださいました。

そして増田メグミさん、難しいイラストレーターの引き継ぎを受けてくださりありがとうございました。増田さんが受けてくださらなかったら9Sはそこで終わっていたと思います。完結に悔いはありませんが、増田さんの描くキャラや世界はもっと見たかったです。最終巻の二冊も、素晴らしいイラストをありがとうございました。ちなみに最終巻二冊の表紙は上下巻で合わせると一枚絵になります。紙の本で買った方は、ぜひくっつけて並べてみてください！

デザイナー様、編集部、営業部やノベコミ+、印刷所の方々、書店さん、この本や素敵なグッズが読者さんに届くのは皆さまのおかげです。

台湾版翻訳者の邱鍾仁さん。作者の私より本文を読み込み理解している邱さんからの言葉は、本当に支えと自信になりました。解説を書いていただく夢がかない、とても嬉しいです。皆さま、このあとがきのあとに解説があります！　解説付きという贅沢な最終巻になり感謝でいっぱいです。台湾のイベントにご招待いただきサイン会ができたことも最高の思い出です。台湾KADOKAWA編集部と邱鍾仁さんに重ねてお礼申し上げます。

三上延さん、安東あやさん。情報を共有できる安心感、同業者だからできるお話など、どれだけ助けられたかわかりません。

三枝さん。他社の編集さんなのに、いつも気にかけてくださいました。最終巻を書き終わったとき、真っ先にお知らせしたのが三枝さんでした。

舞ちゃん、国ちゃん、真由美さん、千夏さん。ずっと読み続けてくれてありがとう。

行里さん、うめりん。愚痴を聞いてもらったり、アドバイスをもらったり。二十年余の年月は宝物です。

Dr.Kitaさん、SはSecurity Systemくらいしかなかった私の案を、かっこいいタイトルにしてくださいました。九つの頭文字、９Ｓの英文をちゃんと活かすことができ、ご恩返しできたでしょうか。

スペシャルサンクスとして、たからさん。送っていただいた写真集は執筆に行き詰まった時、何度も見返していました。

そして最後はなにより読者の皆様に。

ファンレターで、メールで、コメントで、ＳＮＳで、たくさんの応援の言葉をいただきました。小説は読んでくださる方に届いて、初めて本当の完結です。今この最終巻を手に取ってくださっている読者さんに、心からの感謝を。

今までのあとがきでよく登山に例えていましたが、山頂からの景色はどうでしたか？　私は今は頂上から降りて、登山口に戻ってきて、ロープウェイ乗り場で振り返っている感じです。

頂上に登れた達成感、無事に帰ってこられた安堵感、そして一抹の寂しさ。

この長かった山を、一緒に登ってくださってありがとうございます。もう何度でも書きますが、ありがとう以外の言葉はありません。

物語も終わり、あとがきも最後になると思うと名残惜しいですが、延々と書くわけにもいきません。

最終巻を読み終えていかがだったでしょうか。

読み進めるうちに左側のページが少なく軽くなっていって、めくるのが惜しいけどめくらずにはいられない、あの読書ならではの喜びとワクワクを、お届けできたでしょうか。

本をパタンと閉じたとき、こう思っていただけていたら、望外の喜びです。

「ああ、終わっちゃった！　ああ、でも、面白かった！」

それでは、また他の作品のあとがきでお会いできることを祈って。

２０２３年　11月　葉山　透

解説

はじめまして、『9S』台湾版の翻訳者です。今回はこのような機会と貴重なページを頂いて、日本の皆様に解説を書けること、とても光栄に思っています。

実は私、翻訳の仕事を頂く前から、『9S』のファンでした。なんとなく『9S』という潔いタイトルに惹かれ、ただ冒頭の数ページを読んだだけで。その内容は今でも鮮明に思い出せます。そう、視察しに来た高官たちが由宇の行動に度肝を抜かれたあのシーンです。

完全防音の分厚いガラスに阻まれながら、囚われの少女・由宇はなぜか高官たちの言う言葉をほぼ同時に喋ります。あれ、なんか予想した展開とは違うぞ。どういうことなのか、知りたくなりました。まさに好奇心を掻き立てられた瞬間でした。

読心術や未来予知か、それともなにかのテクノロジーなのか？　それも展開次第で面白い物語になる可能性だって十分にあります。しかし答えは違っていた。なんと、単なる頭脳労働の結果でした。由宇の先読みの精度や難易度は桁違いですが、誰だって多少は成功したことのあることでしょう。

さらにその同時に言い当てたことも利用して、高官たちに恐怖という感情を植え付け、相手の思考の方向を限定することで、先読みをより正確にする。その解釈を加えることで、ただ由宇の超頭脳で弾き出した結果という描写より、ずっと理解・共感しやすいものになります。そしてその解釈により、絵に描いたような「囚われの姫君」の構図をひっくり返しました。囚われの少女が逆に支配する側に立った。それがまた驚きや痛快感をもたらしてくれました。その手があったか。というのが正直な感想でした。

中国語に「出乎意料之外，合乎情理之中」という言葉があります。物語（に限らないですが）は展開が読めないものが、結末は納得できるものが面白い、という意味です。予定調和すぎると、驚きが足りない。かといって、予想外だけれど納得もできない、だと、もやもやが残ってしまいます。その手があったか、と読者が思うのは、まさに「出乎意料之外，合乎情理之中」を体現したということではないでしょうか。

しかも、由宇はまだ片鱗しか見せていません。これから由宇がその頭脳でどんな活躍をするのか、想像するだけでワクワクします。

模擬戦を何千、何万回やって、ようやくできたような最善の攻略法を、初見でできてしまう由宇といい、精密で壮大なドミノを崩すようなダイナミックな解決法といい、しかも毎回毎回戦うステージや仕組みが違って、読んでいて飽きないところが、止まらなくなります。寝る前に読むことはおすすめしません（笑）。

翻訳者としての立場から、『9S』を語るとき、もう一つ外せない要素があります。

台湾では、『9S』は硬派なSFアクション作品であり、現代科学・テクノロジーとシームレスにつながる多彩な遺産や特殊能力が設定されているので、複雑で、軽く読むには敷居がちょっと高いかもと思われがちでした。

しかし翻訳した私の感想は逆です。

まず文章。場面の描写の意図が明確で、読者にどんな情報を与え、どう感じてもらいたいか、とてもわかりやすいです。そしてSFラノベとして、遺産や特殊能力などの独自設定が、実は決して多くない、むしろ圧倒的に少ないことが挙げられます。

翻訳の際には、独自設定の翻訳案を一覧にして提出するので、意識しなくても、その少なさがわかってしまいます。独自設定が少なければ、読者も設定を憶えたり思い出したりする負担が減り、物語の面白さを追うことに専念できます。硬派な世界観、多彩なアイディア、SFらしい難しい単語、幾重にも重なる伏線、なのに読みやすい。それは読者の皆さんも感じていたのではないでしょうか。

同時に、少ない設定を組み合わせ多彩な局面を作り出すことは、遺産の使用が制限された由宇たちが知恵や工夫で解決していく構造にも重なり、読んでいて気持ちがいい。実によく計算されているのです。

さて。冒頭に書きました通り、私自身、読者として『9S』の面白さに直撃されました。

それから二十年の年月が流れ、ついに出版されることになった『9S』の完結編。あの峰島勇次郎との決着をつける。最初に聞いたときは信じられませんでした（笑）。

数年ぶりに続編を読み、ああこれこれ、これが由宇、これが『9S』だ、と思いました。

グラキエスとの決戦は、これでもかというぐらい、壮大で緻密な由宇の戦い方が堪能できて、それだけで全巻のクライマックスにふさわしいものだと思います。

しかし本当の意味での最終決戦、つまりすべての根源である峰島勇次郎との決着は、やはりそういうレベルの戦いではつきません。次元的な高み、世界の外側に近づくことが必要です。

実際に蓋を開けてみると、なるほど、手も足も出ないとはこういうことですね。圧倒的でありながら、飄々としていて、ラスボスという単純な枠に収まらないところが、『9S』全シリーズにおける彼の人物像にぴったりだと思います。

その決着もちゃんとつきました。ああ、これで本当に『9S』は終わるんだ、と思いました。ちゃんと『9S』のまま、有終の美を飾ることができました。

一読者としても、翻訳者としても、ただただ嬉しいです。

2023年 11月 台湾版翻訳者

邱鍾仁

◉葉山 透著作リスト

「9S〈ナインエス〉」（電撃文庫）
「9S〈ナインエス〉Ⅱ」（同）
「9S〈ナインエス〉Ⅲ」（同）
「9S〈ナインエス〉Ⅳ」（同）
「9S〈ナインエス〉Ⅴ」（同）
「9S〈ナインエス〉Ⅵ」（同）
「9S〈ないんえす？〉SS」（同）
「9S〈ナインエス〉Ⅶ」（同）
「9S〈ナインエス〉Ⅷ」（同）
「9S〈ナインエス〉memories」（同）
「9S〈ナインエス〉Ⅸ」（同）
「9S〈ナインエス〉Ⅹ true side」（同）
「9S〈ナインエス〉Ⅺ true side」（同）
「9S〈ナインエス〉Ⅻ true side」（同）
「9S〈ナインエス〉XIII true side」（同）
「0能者ミナト」（メディアワークス文庫）
「0能者ミナト〈2〉」（同）

「0能者ミナト〈3〉」(同)
「0能者ミナト〈4〉」(同)
「0能者ミナト〈5〉」(同)
「0能者ミナト〈6〉」(同)
「0能者ミナト〈7〉」(同)
「0能者ミナト〈8〉」(同)
「0能者ミナト〈9〉」(同)
「0能者ミナト〈9〉 ドラマCD付特装版」(同)
「0能者ミナト〈10〉」(同)
「0能者ミナト〈11〉」(同)
「ルーク&レイリア 金の瞳の女神」(一迅社文庫アイリス)
「ルーク&レイリア アルテナの少女」(同)
「ルーク&レイリア ネフィムの魔海」(同)
「ルーク&レイリア マグノリアの歌姫」(同)
「ニライカナイをさがして」(富士見ミステリー文庫)
「ファルティマの夜想曲 恋するカレン」(B'S―log文庫)
「それは宇宙人のしわざです 竜胆くんのミステリーファイル」(幻冬舎)
「霊能者のお値段 お祓いコンサルタント高橋健一事務所」(幻冬舎文庫)
「君は空のかなた」(同)

本書に対するご意見、ご感想をお寄せください。

ファンレターあて先
〒102-8177　東京都千代田区富士見2-13-3
電撃文庫編集部
「葉山 透先生」係
「増田メグミ先生」係

本書は書き下ろしです。

電撃文庫

9S<ナインエス> XIII

true side

葉山 透（はやま とおる）

◇◇◇

2024年2月10日　初版発行

発行者　山下直久
発行　株式会社KADOKAWA
〒102-8177　東京都千代田区富士見2-13-3
0570-002-301（ナビダイヤル）
装丁者　荻窪裕司（META＋MANIERA）
印刷　株式会社暁印刷
製本　株式会社暁印刷

●お問い合わせ
https://www.kadokawa.co.jp/（「お問い合わせ」へお進みください）
※内容によっては、お答えできない場合があります。
※サポートは日本国内のみとさせていただきます。
※ Japanese text only

※定価はカバーに表示してあります。

ISBN978-4-04-915147-3　C0193　Printed in Japan

電撃文庫　https://dengekibunko.jp/

電撃文庫DIGEST　2月の新刊

発売日2024年2月9日

第30回電撃小説大賞《大賞》受賞作

新作 **魔女に首輪は付けられない**

著／夢見夕利　イラスト／縣

〈魔術〉が悪用されるようになった皇国で、それに立ち向かうべく組織された〈魔術犯罪捜査局〉。捜査官ローグは上司の命により、厄災を生み出す〈魔女〉のミゼリアとともに魔術の捜査をすることになり――？

新・魔法科高校の劣等生
キグナスの乙女たち⑥

著／佐島 勤　イラスト／石田可奈

第一高校は、『九校フェス』を目前に控え浮き足立っていた。だが、九校フェス以外にも茉莉花を悩ませる問題が。アリサの義兄・十文字勇人が、アリサに新生徒会へ入るように依頼してきて――。

**ウィザーズ・ブレイン
アンコール**

著／三枝零一　イラスト／純 珪一

天樹錬が決着を付けてから一年。仲間と共に暮らしていたファンメイはエドと共に奇妙な調査依頼を引き受ける。そこで彼女達が目にしたのは――!?　文庫未収録の短編に書き下ろしを多数加えた短編集が登場！

9S<ナインエス> XII
true side

著／葉山 透　イラスト／増田メグミ

人類の敵グラキエスが迫る中、由宇はロシア軍を指揮し戦況を優勢に導いていた。一方、闘真は巨大なグラキエスの脳を発見する。困惑する闘真の目の前に現れた峰島勇次郎。闘真は禍神の血の真実に近づいていく――

9S<ナインエス> XIII
true side

著／葉山 透　イラスト／増田メグミ

完全に覚醒した闘真を前に、禍神の血の脅威を知りながらも二人で一緒に歩める道を示そうとする由宇。そんな中、全人類を滅亡させかねない勇次郎の実験が始まる。二人は宿命に抗い、自らの未来を手にできるのか？

ほうかごがかり2

著／甲田学人　イラスト／potg

よる十二時のチャイムが鳴ると、ぼくらは「ほうかご」に囚われる。仲間の一人を失ったぼくたちを襲う、連鎖する悲劇。少年少女たちの悪夢のような「放課後」を描く鬼才渾身の「真夜中のメルヘン」。

虚ろなるレガリア6
楽園の果て

著／三雲岳斗　イラスト／深遊

世界の延命と引き換えに消滅したヤヒロと彩葉は、二人きりで絶海の孤島に囚われていた。そのころ日本では消えたはずの魍獣たちが復活。そして出現した七人目の不死者が、彩葉の弟妹たちを狙って動き出す。

**赤点魔女に異世界最強の
個別指導を！②**

著／鎌池和馬　イラスト／あろあ

夏、それは受験生の合否を分ける大切な時期。召喚禁域魔法学校マレフィキウム合格を目指すヴィオシアも勉強に力が入って――おらず。「川遊びにバーベキュー、林間学校楽しみなの！」魔法予備校ファンタジー第2巻。

**教え子とキスをする。
バレたら終わる。2**

著／扇風気 周　イラスト／こむぴ

教師と生徒、バレたら終わる恋に落ちていく銀。そんなある日、元カノ・柚香が襲来し、ヨリを戻そうとあの手この手で銀を誘惑してきて――さらに嫉妬に燃えた灯佳のいつも以上に過剰なスキンシップが銀を襲う!?

新作 **男女比1:5の世界でも
普通に生きられると思った？**
～激重感情な彼女たちが無自覚男子に翻弄されたら～

著／三藤孝太郎 イラスト／jimmy

男女比が１：５の世界に転移した将人。恋愛市場が男性有利な世界で、彼の無自覚な優しさは、こじらせヒロイン達をどんどん“堕”としていってしまい……？　修羅場スレスレの無自覚たらしこみラブコメディ！

新作 **亜人の末姫皇女はいかにして
王座を簒奪したか**　星辰聖戦列伝

著／金子跳祥　イラスト／山椒魚

歴史を揺るがした武人、冒険家、発明家、弁舌家、大神官。そしてたった一人の反乱軍から皇帝にまで上り詰めた亜人の姫・イリミアーシェ。人間と亜人の複雑に絡み合う運命と戦争を描く、一大叙事詩。

全人類の記憶を
ロックした前代未聞の
身代金テロの真相は

夏海公司

絵・れおえん

セピア×セパレート

SEPIA × SEPARATE

復活停止

RESTORATION SUSPENSION

3Dバイオプリンターの進化で、
生命を再生できるようになった近未来。
あるエンジニアが〈復元〉から目覚めると、
全人類の記憶のバックアップをロックする
前代未聞の大規模テロの主犯として
指名手配されていた——。

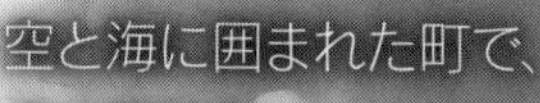

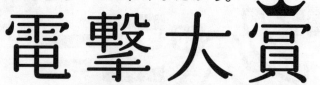